*l*ibretto

HERBERT ERNEST BATES

L'AVIATEUR ANGLAIS

roman

Traduit de l'anglais par
FLORENCE HERTZ

Titre original :
Fair Stood the Wind for France

© Evensford Productions, 1958.

© Libella, Paris, 2011, pour la traduction française.

ISBN : 978-2-36914-375-8

1

Parfois les Alpes vues d'en haut sous la lune ressemblaient aux plis d'un drap fraîchement froissé. Les vallées glaciaires alternaient l'ombre et la lumière, blancheur de linge amidonné dans la lueur crue du disque lunaire ; et puis dans le lointain, partout où se portait le regard, les hauts pics enneigés scintillaient, fluides comme des crêtes d'eau vaporeuse. Quelque part en dessous, avant la guerre, à Domodossola, Franklin se souvenait d'avoir attendu un train pour l'Angleterre.

Il approcha le micro de sa bouche, sèche après les longues heures de vol au-dessus de la France puis des Alpes jusqu'en Italie, et s'adressa à son équipage par l'interphone de bord.

– Paré pour retraverser la France, annonça-t-il. Des réclamations ?

– Je veux revoir le pays de mon cœur avant de mourir d'ennui, dit le sergent mitrailleur arrière. Je ne sais même plus en quelle année nous sommes.

– C'est la traversée des Alpes par Hannibal, répondit Sandy. Nous sommes en 218 avant J.-C.

– Ça se pourrait, intervint Godwin. Connie n'a pas à se plaindre, lui, il ne fout rien, il fait des patiences.

– Des patiences, tu parles ! s'insurgea O'Connor. Je ne tiens plus en place, maintenant !

Franklin écoutait d'une oreille distraite cet échange, l'intérêt émoussé par la tension. On était en août et les journaux reparlaient d'offensive contre l'Allemagne avec une certaine effervescence. Pour lui, cela ne changeait pas grand-chose. Cette offensive montait en puissance depuis des mois et, après quelques interruptions à la fin de l'hiver à cause du mauvais temps, elle se poursuivait dans l'été, le troisième depuis le début de la guerre. Il avait neigé au Nouvel An, comme l'année précédente et celle d'avant, et le printemps avait suivi, sec, froid et venteux en mai. Le vent d'est avait tant soufflé qu'à l'approche de l'été, parce que la situation se remettait à mal tourner en Égypte et que le beau temps se faisait désirer, tout le monde avait semblé de mauvaise humeur. Avec un peu de retard, attendant cette grande déferlante qu'annonçait la presse, lui aussi commençait à sentir souffler un aride vent d'impatience. S'il pilotait jusqu'en octobre, il aurait été en service actif une année entière avec le même équipage à l'exception de Sanders, l'opérateur radio qui les avait rejoints à la fin du printemps, et totaliserait trois cents heures. Pourtant il n'avait pas l'impression d'avoir volé très longtemps entre ses premiers raids sur Brême, la ceinture du harnais si serrée sur les aigreurs de son ventre qu'elle appuyait comme la lame chaude et tranchante d'un couteau, et les longues missions qu'ils effectuaient depuis la fin de l'été vers l'Italie. Pourtant ces sorties, interminables sur les monotones étendues françaises, spectaculaires au-dessus des Alpes, et pas encore violentes en Italie, lui paraissaient plus pénibles à elles seules que toutes les autres réunies. Lors des précédentes expéditions, il avait très vite appris à se détendre et à réduire la portée de ses préoccupations : il ne voyait jamais plus loin que le coin d'obscurité suivant. Il n'anticipait pas les tirs de la DCA, les projecteurs, la terreur enivrante de la cible, le long trajet du retour. Ainsi, les vols ne lui avaient jamais paru trop durer ; l'enfer se fragmentait en parties supportables. Il commençait tout juste à s'autoriser un début de fatigue.

Il se rendait compte, aussi, que sous lui les Alpes s'éloignaient très vite. Les plissements enneigés qui s'étendaient auparavant à l'infini étaient déjà limités au nord par la ligne sombre des massifs de plus basse altitude sous les neiges éternelles, comme un ciel bleu plombé par la barre noire d'un orage. Le changement lui fit du bien. Ces montagnes prenaient, tandis que l'appareil volait vers elles, une apparence rugueuse de vieille écorce, grise et craquelée dans le clair de lune. Il crut même distinguer devant lui le début de la plaine française tant la lumière était vive, blanche et éclatante. Tout en fouillant des yeux le lointain, il luttait contre l'engourdissement qui sapait lentement sa concentration. Très vite, ces deux impressions fusionnèrent. Son regard et son esprit papillonnaient pareillement en cherchant à saisir les nouveaux horizons au-delà des cimes, se heurtant l'un à la distance et l'autre à la fatigue.

Il se secoua pour sortir de cette somnolence passagère et se remit à penser à l'équipage. Ils ne parlaient plus ; il n'aimait pas les conversations. Pour lui, c'était une affaire très sérieuse que de transporter quatre personnes sur de longs et dangereux parcours. En un an, son affection pour ces hommes s'était renforcée plutôt qu'elle n'avait crû. Il mesurait à présent son attachement moins à l'aune de leur caractère qu'aux craintes des changements qu'entraînerait la perte de l'un d'entre eux. Ils étaient tous les quatre sergents, mais aucun ne l'appelait plus « mon lieutenant », et il ne faisait aucune différence, ni de grade ni de milieu social, entre eux et lui. En tenue de vol, les distinctions du sol disparaissaient. Il avait aussi toujours pensé que, étant le seul officier, c'était à lui d'aller vers eux plutôt que d'attendre qu'ils fissent un pas vers lui. Être accepté par les sergents, sentir se développer peu à peu la confiance qu'ils avaient en lui, voir s'abolir enfin toute barrière et être des leurs, cela comptait beaucoup. Il en avait conçu un sentiment plus grand que la peur : la certitude, jamais exprimée, qu'en cas de pépin ils seraient forts ensemble, les uns pour les autres, soudés les uns aux autres, prêts à affronter la fin, si la fin venait.

Les montagnes du lointain arrivaient maintenant sous eux, énormes, bleu foncé et ridées. L'aile gauche du Wellington les moissonnait comme la lame noire et luisante d'une faux géante. Coupées, elles disparurent, paisiblement remplacées par le lisse défilé de la campagne qui passait, de cette hauteur et dans le rayonnement blême, sans plus de vie qu'une carte en relief sur une table. Ce spectacle faisant resurgir l'ennui qui s'insinuait en lui, Franklin regarda sa montre, et fut surpris de constater qu'il était plus tôt qu'il ne le pensait. Il était deux heures moins dix.

– Ma montre a des ratés, dit-il dans l'interphone. Donnez-moi l'heure.

L'un après l'autre, les sergents s'exécutèrent. Sandy compta les secondes pour lui permettre de se régler sur la minute : « Cinq, six, sept, huit, neuf », et Franklin tourna machinalement les aiguilles, modifiant leur position de moins de trois secondes. À toutes les montres, il était deux heures moins dix. Il les remercia et entendit Taylor, dans la tourelle de queue, dire qu'il voyait toujours les Alpes et qu'elles étaient encore superbes. La lune commençait à redescendre, si bien que la clarté éblouissante qui avait illuminé les pics neigeux faiblissait déjà en se teintant d'ambre. Dans cette douce et plus belle lumière, les distances paraissaient plus courtes vers le nord. La France ne montra ensuite que de placides étendues jaunes qu'effaçaient à leur passage les deux ailes de l'appareil, jusqu'à l'apparition sur la gauche d'autres montagnes, pas très hautes, mais accentuées par les ombres vives que jetaient les rayons biais de la lune. Ne connaissant pas encore les missions sur l'Italie aussi bien que celles sur Brême ou Cologne, il ne savait pas de quelles montagnes il s'agissait. Le vague souvenir d'un autre vol, dix jours plus tôt, lui permit d'évaluer qu'ils avaient traversé une bonne partie du pays. Il estima qu'il pourrait arriver en Angleterre vers 4 heures.

Les montagnes, très vite, disparurent, et l'ennui des quiètes étendues françaises qui se succédaient, monotones, vers le nord, entamait déjà sa vigilance et l'engourdissait lorsque survint l'incident mécanique. Il eut l'impression que le moteur gauche expulsait quelque chose, qu'il s'allégeait brusquement d'une partie de son poids. L'appareil bascula sur la gauche et chuta à l'oblique. L'horizontalité des ailes, restée constante depuis si longtemps, fut perdue en une seconde. Saisi par la soudaineté du plongeon, il perdit environ cinq cents pieds avant de reprendre suffisamment ses esprits pour réagir. Ce flottement ainsi que les exclamations de l'équipage dans l'interphone de bord ne durèrent pas plus d'un instant. Le choc fut tel qu'il chassa sa peur, lui apportant une totale clarté de pensée qui lui permit d'envisager en un éclair tous les cas de figure. Dans cet état de conscience exacerbée, juste avant que ses mains et ses pieds ne recouvrissent leurs réflexes, il sentit l'appareil se cabrer, s'ébrouer en deux énormes secousses, puis se stabiliser. Cela se fit si vite qu'il s'accrocha encore un peu à l'espoir qu'il ne leur était peut-être rien arrivé de plus grave que d'être touchés par des turbulences, et que tout allait bien. Puis il sentit, plus qu'il n'entendit, et instinctivement plutôt que consciemment, le changement de timbre des moteurs. Ils rendaient un son moins profond.

– Bon Dieu, Frankie, dit O'Connor. Qu'est-ce que c'est? Qu'est-ce qui s'est passé?

Un concert de voix s'éleva, rendues stridentes par le choc. Il n'écouta pas. Il auscultait le bruit des moteurs, ou plutôt, il le savait fort bien, le bruit d'un seul moteur. Le gauche était hors service.

– C'était quoi, bon sang? demanda Taylor. On se serait cru dans une catapulte.

Franklin ne répondit pas. Les causes possibles de l'avarie,

qui avaient défilé si clairement dans sa tête, lui revinrent en ordre inverse, plus lentement, plus lucidement, plus fermement. Les mains moites sur le manche, il essayait de se rassurer sans réellement y parvenir. Il aurait voulu se dire que cela pouvait être un court-circuit, il excluait la surchauffe, ou un dommage causé par la DCA, les tirs italiens ayant été trop légers pour les toucher. Il pouvait tout simplement s'agir d'un de ces incidents inexplicables, sans cause apparente, susceptibles d'affecter un moteur à n'importe quel moment ; ses craintes et ses faux-fuyants se cristallisèrent finalement en la voix de Sandy.

– Hé ! Pilote ! Ça ne ferait pas autrement si on avait perdu une hélice.

Franklin garda le silence encore quelques secondes. Il surveillait l'altitude et la vitesse. La vitesse-air faiblissait déjà et chutait par à-coups irréguliers au cadran. L'altimètre indiquait un peu moins de seize mille pieds. Il voyait dégringoler l'aiguille sous ses yeux. Il n'en fallut pas plus pour achever de dissiper ses doutes. Ils disposaient encore d'une bonne marge de manœuvre, et il n'avait pas peur. Ils descendraient encore, mais, espérait-il, progressivement et pas trop vite. Très calmement, il abandonna tout d'abord l'idée de ramener l'avion à bon port, puis, dans la foulée, celle de faire évacuer l'équipage. En prenant cette décision, il se sentit d'abord très seul, mais en fin de compte sûr de lui. C'était un sentiment fort que n'égalait que sa colère : la rage de voir le cours de sa vie brutalement affecté par un événement qu'il ne maîtrisait pas et ne s'expliquerait sans doute jamais, et qui pouvait le mener à la catastrophe.

L'altimètre avait baissé en dessous de quinze mille pieds quand il s'adressa de nouveau à l'équipage :

– Oui, c'est l'hélice.

– Quoi, sans prévenir, comme ça ? protesta O'Connor.

– Elle s'est débinée. Et on ne peut pas rentrer.

12

Personne ne répondit. Il ressentit profondément ce silence ; c'était l'expression de leur confiance, qui n'avait pas besoin de se dire pour être comprise. Il avait complètement oublié les Alpes, la lune, l'ennui, et même l'hélice. Rien ne comptait plus que les quelques minutes qui allaient suivre. Elles formaient une rupture, un abîme dans leur vie à tous qu'il lui appartenait de leur faire franchir. Ils attendaient qu'il se prononçât.

– Écoutez, les gars, je vais me poser dans les cinq, dix minutes. Notre position en gros, Sandy ?

– Ouest-Nord-Ouest des Vosges. Bien au sud de Paris.

– Occupée ou non occupée ?

– Faudrait faire demi-tour pour être en zone non occupée. Mais je ne suis pas sûr de la ligne.

– Quelle différence ? intervint O'Connor. Ce sont tous des salauds.

– Tu verras ça vite, dit Franklin.

Il continua en leur donnant lentement, calmement ses instructions tout en surveillant son altitude et sa vitesse. Pendant les quelques minutes qu'il lui fallut pour leur rappeler de ne pas oublier les cartes et les rations de survie et pour récapituler la procédure d'atterrissage forcé, la situation ne lui sembla à aucun moment désespérée.

– Faites pas les imbéciles. S'il arrive quoi que ce soit à un camarade, aidez-le de votre mieux. Enlevez les marques d'identification. Pétez le zinc tant que vous pourrez, et partez vite. Allez vers le sud-ouest. Marchez de nuit et traversez les villes à la tombée du jour. Souvenez-vous des consignes. OK ?

– OK, répondirent-ils les uns après les autres. OK.

– OK. Préparez-vous pour l'atterrissage.

Il fit piquer le nez du Wellington vers le sol qui se dessinait déjà de carrés d'or et d'ombre, entrecoupés des lignes blanches des routes. Le terrain, peut-être sous l'effet des rayons rasants de la lune, semblait partout plat et propice à l'atterrissage. Plus bas, il distingua çà et là les cubes blancs et noirs de maisons éclairées par la lune. Le paysage fugitif s'animait. Dans la descente, il devenait réel, prenait vie, se peuplait de champs, de routes, de maisons, et, l'altitude ayant encore chuté, Franklin vit même les rangées de meules de foin dans les champs les plus pâles.

Il commença l'approche ; la lune, basse et rousse, à sa droite. Sa vitesse était un peu faible, mais le paysage blafard montait vers lui à un angle beaucoup trop abrupt. La queue ne baissait pas. Il appuya de toute la force de ses jambes sur le palonnier, et parvint enfin à corriger la pente, au moment où les arbres commençaient à défiler en trombe sous lui, comme des débris emportés par une tornade. Puis, devant lui, se présenta un bel espace plat totalement dégagé, presque rectangulaire, et lisse comme de l'asphalte, l'endroit idéal qu'il recherchait. Jusqu'à ce moment-là, l'enchaînement des événements avait été net et précis, sans complications. La terre claire se porta très vite à sa rencontre, et, après les premières secousses du contact, elle s'arrima pour ainsi dire à l'avion. Mais une seconde plus tard, il se rendit compte que quelque chose clochait. Le sol était trop mou et la lune, l'espace de quelques secondes, fut agitée de soubresauts désordonnés. Le Wellington fit un tête-à-queue quasi complet que Franklin ne parvint pas à contrôler. Il fut violemment projeté en avant, sentit une nausée le prendre, monter, jaillir et se répandre, acide, dans sa bouche, mêlée à l'odeur d'essence et d'huile. Un fracas assourdissant s'abattit sur lui et explosa dans sa tête, ses mains furent arrachées des commandes. Il perdit connaissance une fraction de seconde, mais la lune qui fonçait sur lui à pleine vitesse le réveilla brutalement en s'écrasant sur ses yeux, dans un moment de terreur folle. Il leva les mains pour se protéger. Son bras gauche heurta un objet pointu avec une force épouvantable, puis la lune se fracassa encore sur son visage dans une pluie d'éclats de verre ensanglantés, et après cela, plus rien.

2

Il rouvrit les yeux, la lune en pleine face. Une odeur aigre montait de son blouson, et il sentait dans son bras gauche battre, douloureuse et inquiétante, la pulsation violente d'un moteur d'avion, ainsi qu'une sensation humide et chaude. Ce terrible moteur qui grondait dans ses veines semblait vouloir lui désarticuler l'épaule.

– Tout va bien, ne t'en fais pas, Frankie, dit Sandy.

Il fut incapable de répondre. Il se savait couché sur le dos, car la tête de Sandy se déplaçait devant la lune. Et les autres ? Qu'était-il advenu des autres ?

– Tout va bien, répéta Sandy. Tout le monde s'en est tiré.

– Que s'est-il passé ?

– Atterrissage au poil, sauf que le sol était trop mou. On a fait un cheval de bois. C'est tout. Nous sommes tombés dans une sorte de marécage.

Le retour à la conscience fit aussi monter en puissance ce cognement de moteur qui lui arrachait le bras et lui infligeait une douleur insoutenable. Ses lèvres étaient exsangues, il avait très froid au visage, et se sentait partir.

– Où sont les autres ?

– Dans le zinc. Ils récupèrent le matériel. Que faut-il faire ? Nous y mettons le feu ?

– Je ne sais pas. Il ne vaut mieux pas.

– Tout le voisinage a dû nous voir descendre. Même s'il ne

doit pas y avoir grand monde dans le coin. Finalement, c'est peut-être une chance d'avoir échoué dans ce bourbier. Ça va ?

– Bon sang, je ne sais pas.

La souffrance épuisait ses forces. Impuissant, il se sentait aspiré dans un puits noir et glacé. Il enfonça les ongles de la main droite dans la terre pour lutter contre le froid et la faiblesse qui lui faisaient perdre connaissance, et parvint tout juste à se maintenir.

– Mon bras, c'est mon bras.

– Je vais t'enlever ton blouson. Tourne-toi un peu. Tu vas y arriver ?

Franklin roula sur le côté droit, ce qui permit à Sandy d'ouvrir la fermeture éclair de son Irvin. Ensuite, il parvint à dégager son bras droit, puis Sandy prit sa manche gauche et la tira doucement. Malgré ses précautions, la douleur irradia jusqu'à l'épaule, frappant dans ses veines à contre-courant. La manche descendit peu à peu, mais en quittant son bras, elle déchaîna son supplice. Il se sentit un instant si mal que la vision de la lune lui fut insupportable. Il baissa alors les yeux. Et là, au moment où la manche se retirait, il vit des jets de sang, mauvais, épais, gicler de sa blessure par à-coups saccadés.

– Nom d'un chien ! s'écria Sandy. Tu peux lever ton bras ? Tu peux le maintenir en hauteur ? Il faut te poser un garrot.

Il souleva la main, puis un peu le poignet, mais peine perdue. L'écoulement du sang était différent, mais ne diminuait pas, alors que se déchaînaient les élancements qui le tourmentaient de l'épaule jusqu'aux doigts.

Soudain, il sentit les pouces de Sandy sur son bras. Ils lui semblèrent tout d'abord énormes et trop rudes, puis peu à peu la compression prolongée atténua la puissance de l'hémorragie. Comme une éprouvette que l'on présente à une flamme, songea-t-il. Le liquide s'élevait en bouillonnant, mais quand on l'éloignait de la chaleur, il retombait, apaisé.

Franklin s'enfonçait dans son trou de froides ténèbres quand la voix de Sandy le ramena à lui. Pendant tout ce temps, il n'avait pas vu l'avion. En se rendant compte que Sandy n'avait pas besoin de monter le ton plus haut qu'un murmure pour parler à O'Connor, et qu'O'Connor répondait de tout près, il comprit que le Wellington était juste derrière sa tête. Sandy réclamait la trousse de secours, puis il vit O'Connor apparaître dans la lueur de la lune. Il entendit la boîte s'ouvrir, puis O'Connor posa le garrot. Dans les secondes confuses qui suivirent, il n'eut plus conscience que du lien qui se resserrait et mordait ses chairs, puis de la perte de toute sensation en dessous du coude.

– Tout va bien, Frankie, annonça O'Connor. Le sang ne coule plus.

Il essaya de parler, mais une dissociation s'était opérée entre sa langue, encore inerte et froide, et son cerveau. C'est vraiment idiot, pensa-t-il. Il voulut se lever. Trop faible même pour soulever la tête, il dut rester couché et ferma les yeux. Il fut alors assailli, avec une force terrifiante, par la conscience du danger qui les menaçait tous, surtout tant qu'ils resteraient près de l'appareil intact et des parachutes.

– Sandy, dit-il. Sandy, nous devons nous éloigner d'ici.

– Tu pourras marcher ?

– Je ne sais pas. Peut-être que, si vous m'aidiez à me lever, j'y arriverais. Où en êtes-vous avec le zinc ? Il faut absolument cacher les parachutes.

– Taylor et Goddy s'en occupent. Ils ont presque terminé.

– Que font-ils ?

– Ils démolissent l'intérieur. Ils essaient de planquer les parachutes.

– Depuis combien de temps sommes-nous ici ?

– Environ une demi-heure. Peut-être un peu plus.

– C'est trop long ! Nous allons nous faire prendre. Nous devons partir. Il le faut.

– OK. Dès que tu te sentiras capable de te mettre debout.

C'était cela l'essentiel, bien sûr. Il allait devoir marcher. La lune était encore trop brillante. Tout était contre eux, mais leur sort dépendait d'abord de lui. Il fallait qu'il se lève.

– Aidez-moi, commanda-t-il.

– Je vais te maintenir le bras, dit O'Connor. Ça y est, tu peux y aller.

Il se redressa entre les deux sergents, et une fois debout, il comprit que, s'ils le lâchaient, il tomberait. Il avait l'impression de n'être plus qu'une carcasse, vidée de son sang, de sa chaleur, et de ses capacités les plus élémentaires. Il avait vomi sur son blouson et sa chemise, et l'odeur lui retourna le cœur une nouvelle fois.

– Ne bougez pas.

– Bois un peu de rhum, suggéra Sandy. Ça n'est sûrement pas indiqué, mais un petit coup, ça te fera peut-être du bien quand même.

– Nous devons nous tirer d'ici.

– Tu devrais te rasseoir pendant que je vais t'en chercher.

– Non, je préfère rester debout.

Quand Sandy le lâcha, il prit appui de tout son poids sur O'Connor qui maintenait le garrot.

– C'est idiot. Je ne tiens plus sur mes jambes.

– Tu es resté dans les pommes pendant au moins dix minutes.

– Ça m'a semblé durer des siècles.

Au retour de Sandy, il but beaucoup, et vite, renversant le rhum, appréciant la suave morsure qui emportait l'aigreur de sa gorge. Il s'inquiétait énormément. Au prix d'un effort considérable, il réussit à prendre le dessus. L'alcool le réchauffait, en tout cas. Un feu descendit dans sa poitrine et, en quelques secondes, stimula son cœur.

– Quand ils en auront terminé avec le zinc, je crois que je serai prêt à marcher.

– Tu as froid ? demanda Sandy. Tu veux passer ton blouson ?

– Juste sur les épaules, alors, sans les manches.

Sandy le lui posa sur le dos, puis le laissa avec O'Connor. Pendant que Sandy s'éloignait, Franklin lança une dernière mise en garde pour lui rappeler qu'il fallait se dépêcher. Ils devaient partir à tout prix.

– Tu vas y arriver ? s'inquiéta O'Connor.

– Quand il faut, il faut. Je voudrais seulement savoir où diable nous sommes exactement.

Il avait retrouvé un peu de forces au retour de Sandy. Avec l'unique soutien d'O'Connor qui lui maintenait le bras, il parvint à rester debout seul une minute, pieds écartés, ancrés dans le sol, dents serrées, se faisant violence pour être à la hauteur de ses nouvelles responsabilités. Il devait aller de l'avant quoi qu'il arrive. Il ne pouvait pas reculer.

– Ils y sont presque, annonça Sandy.

– Ils ont pensé à tout ? Ils ont tout pris ? Il nous faut toutes les cartes, les boussoles, le journal de bord. Ne laissez rien. Ils ont vidé les réservoirs ?

– Ils ont attendu le dernier moment. C'est en train de se faire. Comment te sens-tu, vieux ?

– Ça va. Mais nous devons y aller. Il ne faut pas traîner.

Quelques secondes plus tard, Godwin et Taylor les rejoignaient, portant les rations, les cartes, le matériel récupéré dans l'avion. À présent, il entendait le carburant s'écouler, former sa propre mare dans la terre, et en sentait l'odeur. Il remarqua que la lune avait beaucoup baissé, et fut soulagé de voir le ciel assombri.

– Bien, vous êtes sûrs que vous avez tout ? Toutes les rations ? Nous risquons de devoir rester planqués pendant plusieurs jours.

– Nous avons pris tout ce que nous pouvions, assura Godwin.

– Bien. L'important, c'est de partir maintenant. Tout de suite. Quelle heure est-il ?

– 3 h 34, répondit Sandy, pile.

– OK. Nous pouvons avancer pendant une heure. Presque jusqu'au lever du jour. Ensuite, nous resterons cachés toute la journée. Essayons de garder le cap à l'ouest. Face à la lune. C'est notre seul bon point de repère. Tout le monde est prêt ?

– Affirmatif, répondirent-ils.

Sandy, Godwin et Taylor se mirent en marche à travers ce terrain plat, marécageux par endroits et entrecoupé d'îlots de végétation. Franklin ne pouvait se passer du soutien d'O'Connor. Tenu aux épaules par le sergent, il cala son avant-bras gauche à l'intérieur de son blouson à demi fermé. Il se tourna ensuite pour la première et dernière fois vers le Wellington, et considéra la grande queue incurvée dressée vers le ciel, le nez un peu plus bas qu'il n'aurait dû sur le sol. Il se sentait la conscience tranquille. La zone était si nue, si découverte, qu'il avait estimé dangereux, dès l'instant où il avait repris connaissance, d'incendier l'avion. S'il fallait choisir entre le devoir de brûler l'appareil et celui de sauver les hommes, il préférait sauver les hommes. Il contempla le Wellington pendant une dizaine de secondes, regretta un très bref instant ce bon compagnon qui avait fait partie de sa vie pendant si longtemps, puis il se détourna pour quitter les lieux.

Le martèlement du sang avait cessé dans son bras, et la chaleur revenait en lui, faible et pourtant bien discernable aux lèvres et au visage. Mais quand il commença sa marche, ce furent ses jambes qui lui semblèrent exsangues, vides de substance, fourmillant d'ankylose. Leur manque de réaction, leur mollesse lui étaient une nouvelle et exaspérante souffrance. Ses pas chancelants sur le sol marécageux étaient ceux d'un malade récemment sorti du lit ; il enrageait contre son sort absurde, tout en surveillant l'avancée des trois sergents, une centaine de mètres devant lui, visibles grâce au cuir de leurs blousons éclairé par la lune.

– Il ne faut pas les perdre de vue, dit-il. Le plus vache, c'est que je ne sens plus mes pieds.

– Tu as perdu beaucoup de sang, répondit O'Connor. Vas-y mollo.

Il progressa d'abord dans le marais par de longs à-coups, prenant le moins possible appui sur O'Connor, irrité par sa douleur autant que par cette vulnérabilité inacceptable qui lui était imposée. Et puis il prit le parti d'être raisonnable. Il se sentait très faible. Il lui fallait conserver ses forces, tout en s'éloignant le plus possible de l'avion. Alors il s'arrangerait pour étaler son effort, réduirait son horizon comme il avait appris à le faire lors des missions, n'anticipant rien, s'interdisant de voir au-delà du moment suivant.

Ainsi, avec l'aide d'O'Connor, il parvint à franchir deux cents mètres sans s'arrêter, sans perdre de vue les trois blousons éclairés par la lune. Ils se détachaient sur la terre noire du marécage, elle-même quadrillée d'un réseau d'étroits canaux, de deux pieds de large environ et peu profonds, en partie remplis d'eau. Ici et là, les herbiers formaient de grosses touffes qu'il n'arrivait pas à enjamber. O'Connor le retenait quand il trébuchait, ses grosses bottes de vol s'enfonçant dans la tourbière. Plus loin, à sa droite, un frémissement de feuilles dans le silence, agitées par le premier souffle de vent qu'il décelait depuis l'atterrissage, lui fit découvrir une plantation d'osiers hauts de trois mètres, gris dans la lueur opalescente, qu'il s'estima heureux d'avoir manqué en touchant le sol. Après les osiers, le marais continuait, seulement entrecoupé par le croisillon des rigoles et les joncs. La lune descendait, à chaque instant plus grosse et plus sombre. Le moment vint où il jugea qu'il ne restait pas beaucoup plus d'une demi-heure de clarté avant de voir poindre l'aube à l'horizon opposé.

Ils ne s'arrêtèrent que vingt minutes plus tard en rejoignant les trois autres dont ils avaient vu les blousons s'immobiliser devant eux.

– On dirait qu'il y a une route là-bas, annonça Sandy.

– OK, va jeter un coup d'œil, dit Franklin.

– Repose-toi pendant ce temps. Reprends un peu de rhum.

– Pas besoin.

Il savait à peine ce qu'il disait. L'immobilité faisait resurgir sa fatigue. Les élancements dans son bras avaient repris juste sous son coude, le garrot étant soit trop serré, soit pas assez. En tout cas, il ne sentait plus son avant-bras. Et pour la première fois, là, les jambes mortes dans la fraîcheur du petit matin qui séchait une sueur d'épuisement dans son cou et dans son dos, il se demanda si l'entaille était profonde. Si elle était longue et proche de l'artère, il était peu probable qu'elle se referme. Tôt ou tard, sa blessure deviendrait dangereuse non seulement pour lui, mais pour tous. Elle réduirait leur progression et les exposerait trop.

Il s'en inquiétait encore quand Sandy revint et annonça :

– On dirait un chemin agricole. Il y a une clôture de fil de fer de l'autre côté.

– Bien, nous allons la franchir, dit Franklin.

– À partir de là, le terrain monte. C'est la fin du marais.

– Peu importe. Nous allons continuer vers l'ouest pendant encore une demi-heure.

– Tu devrais reprendre du rhum.

– Non. Plus j'en prendrai, plus j'en aurai besoin. Pour l'instant, je me débrouille.

Ils se remirent en marche et traversèrent le chemin. Il était étroit, et de l'autre côté de la clôture, dans la prairie qui s'élevait au-dessus des marais, ils trouvèrent une herbe épaisse, jaunie par le soleil. Le bruissement de l'herbe sous leurs bottes accompagna leur ascension. Vite, comme à leur habitude, les trois sergents prirent de l'avance, laissant toujours entre eux un écart d'une centaine de mètres. Dans la montée, Franklin flancha de nouveau. Il tenait à peine sur ses jambes. Cette dénivellation, pourtant faible, soumettait son cœur à un effort beaucoup trop intense. Il le sentait se déchaîner avec une force colossale. Ses battements résonnèrent dans sa tête puis, avec plus de douleur encore, dans son bras. Il n'en pouvait plus ; il devait s'arrêter au moins un instant. Il trouva l'excuse du bandage qui se relâchait, et O'Connor fit une halte pour le resserrer. Hors d'haleine, Franklin ne respirait plus que par grandes inspirations haletantes qu'il ne parvenait pas à réprimer. Le sergent s'en rendit compte.

– Attention. N'en fais pas trop.

– Ça ira mieux quand nous serons arrivés en haut.

Il reprit sa marche, laborieuse, difficile, en gardant les yeux sur la lune. Se concentrant sur l'énorme disque blond qui descendait sur un horizon brumeux déjà presque noir, il progressa par assauts somnambuliques. Par moments, il ne savait même plus ce qu'il faisait. Dans les derniers mètres qui les séparaient du haut de la colline, la lune devint d'une grosseur invraisemblable. D'abord envahissante dans sa brillance dorée, elle s'assombrit finalement en s'éclipsant hors de son champ de vision. Au sommet, il fut surpris de voir que les trois sergents les attendaient. Il les avait complètement perdus de vue.

– À partir de là le terrain descend, annonça Sandy. Il y a une grande vallée.

– Ah ?

Il aurait voulu poursuivre, mais les mots refusaient de passer, trop gonflés pour sortir de sa gorge étranglée. Il avait l'impression d'avoir reçu un grand coup de poing au niveau du cœur.

– Ça va, Frankie ? demanda O'Connor.

– Merde, je… Merde…

– Assieds-toi, conseilla Sandy. Tu as beaucoup marché. Assieds-toi !

Il garda le silence pour mieux rassembler ses forces, ivre de fatigue. Ses facultés faiblissaient, lui échappaient, puis soudain elles se ranimèrent et, dans un sursaut désespéré, il s'y raccrocha. Il avait conscience que les quatre sergents attendaient sans rien dire en l'observant, témoins de cette lutte pour retrouver voix et vie.

Il reprit péniblement le dessus.

– Je ne peux pas m'asseoir maintenant. Il faut continuer pour trouver un coin où nous cacher. J'attendrai que nous soyons à l'abri. J'aurai toute la journée pour me reposer.

– Allez, reprends un peu de rhum.

– Juste une goutte, alors.

Avant de l'avaler, il garda la gorgée une ou deux secondes dans sa bouche desséchée par l'essoufflement. Le rhum, à la fois doux et fort, l'apaisa et lui donna l'énergie de repartir au bout d'un court moment.

– Reprenez la tête, dit-il, et essayez de trouver un endroit protégé. Un bois, si possible. En hauteur pour surveiller les environs.

Il vit de nouveau s'éloigner les trois blousons en mouton retourné bordés de blanc, qui disparurent derrière la courbe du sommet. Il suivit avec O'Connor. La lune était maintenant décalée sur sa droite, ce qui l'empêchait d'y plonger le regard pour oublier la souffrance de la marche. Alors il se concentra sur ses pieds. Il éprouva un étonnant réconfort à regarder ses énormes bottes fouler l'herbe sèche. Il avança encore dix minutes, et ne sortit de sa transe que lorsque ses pas entraînèrent de nouveau un afflux de sang douloureux dans son visage et dans ses bras.

Quand enfin il releva la tête, ce fut pour voir la lune, rouge sombre, coupée en deux par l'horizon, et les trois sergents qui attendaient sous des arbres.

– Ici, ça devrait faire l'affaire, dit Sandy. Il y a une forêt, un sous-bois épais, et on voit bien la vallée.

– Alors allons-y, mais pas trop loin. Il faut pouvoir surveiller les approches.

Il ne s'était jamais senti aussi peu sûr de lui. Dans un état second, il se rendit vaguement compte qu'il passait sous des arbres qui oblitéraient le ciel illuminé maintenant d'une aube qui tenait lieu de clair de lune. Il eut conscience de s'allonger dans l'obscurité, de sentir la fraîcheur de la terre sur sa nuque et sur sa main valide, puis, peu à peu, de s'enfoncer de nouveau lentement, malgré lui, dans les ténèbres froides et fiévreuses de l'inconscience. Il se sentait entraîné, de plus en plus profondément, si loin que même sa douleur au bras finit par disparaître.

3

Il s'éveilla dans la chaleur et le silence d'un jour nouveau. Au-dessus de lui, une zébrure de soleil éblouissante passait entre les frondaisons noires des pins. Un goût détestable lui empoisonnait la bouche. Quand il voulut bouger la tête, il eut l'impression qu'elle était lestée d'un boulet de plomb qui roulait d'une oreille à l'autre. Encore engourdi par le sommeil, il essaya de se tourner sur le côté ; la douleur qu'il sentit dans son bras précéda le choc plus lent du souvenir. Il baissa les yeux pour se regarder sans changer de position, et vit que son bras avait été pansé, très proprement, en laissant le coude libre. Le membre blessé était retenu en écharpe sur sa poitrine par un bandage qui l'empêchait de s'y appuyer par mégarde. On lui avait retiré son blouson, pour en faire une couverture, mais il avait glissé.

– Tu n'as pas besoin de te lever, dit Sandy.

– Non ?

– Tu es bien là où tu es. Nous sommes dans les bois. Nous ne risquons rien. Tu as dormi une dizaine d'heures.

– Tant que ça !

– Tu étais dans le cirage, et je t'ai fait une piqûre pour calmer ta douleur. Tu n'as pas bougé depuis.

– Quelle heure est-il ?

– Midi, à peu près.

Franklin resta allongé, les yeux levés vers la lumière dentelée qui filtrait entre les aiguilles de pin noires.

– Où sont les autres ?

– Partis en reconnaissance. Dans les bois. Nous voulions nous faire une idée du terrain. Ça semble immense. On dirait une très grande forêt.

– Ils n'auraient pas dû partir, protesta Franklin, inquiet. Nous ne devons pas nous séparer.

– Ne t'en fais pas. O'Connor veille au grain. Il a de l'expérience. Il s'est battu en France pendant les huit premiers mois.

– Ça ne change rien. Ce qu'il nous faut savoir, c'est si nous sommes en zone occupée ou non occupée. Peu importe le reste.

– Occupée, j'espère.

– Nous le saurons très vite.

Il se dressa sur son séant. La lourdeur qui l'avait cloué au sol remonta alors jusque dans sa tête où elle se concentra, lui donnant une impression de déséquilibre. Derrière la lisière sombre, la lumière du jour lui apparut avec la rapidité d'un obturateur d'appareil photographique : un passage éclair du noir à un blanc intense.

– Vous êtes allés voir par là ?

– Seulement de loin, sans sortir du bois.

– Alors allons-y.

Ils avancèrent lentement et s'arrêtèrent à cinq mètres de la lisière des pins. Dissimulés chacun derrière un tronc, ils inspectèrent la campagne qui s'ouvrait devant eux. La haute prairie brûlée par l'été, qu'ils avaient gravie la veille, prenait des couleurs de paille sale. En bas de la colline, sur l'autre versant, la vallée s'étageait en terrasses. D'abord s'étendaient les bandes pâles des champs de blé déjà partiellement moissonnés. Sur les niveaux intermédiaires, des rangées de vignes d'un vert bleuté s'alignaient sous le soleil vertical.

– Tu vois les poteaux télégraphiques ? demanda Sandy.

– Non, répondit Franklin en affrontant la lumière crue du lointain. Je ne vois rien.

– Là-bas, tout en haut au-dessus des vignes, en ligne droite.

– Toujours pas, dit Franklin, encore ébloui.

– Moi, j'en vois, j'en suis sûr. Ça doit être une route.

– Il n'y a pas de maisons.

– Quand on va plus loin, au coin du bois, on en aperçoit une, à mi-pente.

– Il faudrait la surveiller.

Ils retournèrent dans la forêt, où Franklin s'assit sur le tapis d'aiguilles en s'adossant à un arbre. L'exercice et l'éclat du soleil l'avaient fatigué.

– Et ton bras ? demanda Sandy.

– Ça va.

– Je dois te dire que la blessure n'est pas très belle. Tôt ou tard, il faudra s'en occuper. Si on ne te recoud pas, ça tournera mal.

– Nous verrons ça plus tard. L'important pour l'instant, c'est d'avancer.

– Mais nous ne pouvons pas partir avant la nuit.

– Je sais bien. C'est rageant.

Appuyé au tronc, il écouta le silence sourd de midi, sans un souffle de vent pour animer les branches et l'air sombre du sous-bois. La bouche sèche, il s'inquiétait de ne pas voir revenir les trois sergents.

– Ils n'auraient pas dû partir, dit-il. Ça ne sert à rien. Nous devons rester groupés.

– C'est ton bras qui te met les nerfs en pelote. Ils seront prudents.

– Ce serait heureux. S'ils se font voir, nous sommes tous fichus.

Il tendait l'oreille, anxieux, troublé par le sentiment d'irréalité que lui donnait cette situation à laquelle il ne s'était pas encore habitué. Cette forteresse de silence et de fraîcheur en apparence inexpugnable du sous-bois l'inquiétait. Il ferma les yeux.

Bientôt, le martèlement du sang dans ses tempes lui sembla être celui des pas des trois sergents qui revenaient. Il rouvrit les yeux et son soulagement se mua en agacement. Il sentit monter une colère qu'il essaya de contrôler. Il entendait le froissement des aiguilles de pin sous le pas des sergents qui émergeaient sans parler des profondeurs de la forêt. Puis il les vit arriver, blouson sur le bras, leur chemise bleue bien trop vive dans l'ombre de la forêt. Il se contint encore, préférant entendre leur rapport plutôt que de s'emporter.

– Bonjour, comment te sens-tu ? demanda O'Connor.

– Pas trop mal. Qu'avez-vous vu ?

– Pas grand-chose. Nous sommes descendus par là-bas jusqu'au bord du bois. Je crois que nous avons eu de la chance. La forêt s'étend sur des kilomètres. Il faudrait des jours et des jours pour fouiller tout ça.

– Bon. Et des maisons ? Vous en avez repéré ?

– Aucune.

– Bien.

Sa colère l'avait quitté. La compétence qui émanait de ce visage et de cette voix le rassurait. O'Connor avait trente-quatre ans. Il s'était engagé et avait été formé dans l'armée de l'air à l'adolescence, avait combattu en France, avait piloté des Battle, et avait été blessé à deux reprises. Ses traits rudes étaient modelés par la confiance. Il était naturel que Franklin l'écoutât.

– Où penses-tu que nous sommes ? lui demanda-t-il.

– En France occupée, j'ai l'impression.

– J'espère bien.

Les sergents s'étaient tous les quatre assis par terre sur leur blouson pour se reposer, paraissant très à l'aise.

– Et si nous mangions ? proposa Franklin, sa peur envolée.

Confortablement installés sur le tapis d'aiguilles sèches, ils déjeunèrent de chocolat et de biscuits, et burent une petite dose de rhum chacun. Mais le contrecoup du choc et la perte de sang donnaient à Franklin une sensation aigre et chaude qui lui comprimait la poitrine au-dessus du cœur. Il n'avait pas très faim.

– Discutons tout de suite de ce que nous allons faire, proposa-t-il. Je pense qu'il vaut mieux rester cachés ici et ne nous remettre en marche qu'à la tombée du jour. Il faut trouver une maison avant la nuit.

– C'est risqué, objecta Taylor.

– Oui, mais il faut tenter le coup. Et puis les fermes ne sont pas trop dangereuses. Il y a peu de chances d'y trouver des soldats. D'ailleurs nous n'avons pas le choix. Nous ne pouvons pas marcher sans nourriture.

– Tu parles français ? demanda O'Connor.

– Pas trop mal.

Dans la chaleur, le chocolat qu'il n'arrivait pas à manger mollissait déjà entre ses doigts. À son malaise s'ajoutait maintenant l'impatience. L'inertie lui pesait, et tout en sachant la chose impossible il aurait voulu partir sans attendre.

– Nous avons tout intérêt à nous reposer cet après-midi, dit-il. Dormez, si vous le pouvez.

– Organisons des tours de garde, suggéra O'Connor.

– Oui. Trois dormiront pendant que deux guetteront. L'un surveillera l'intérieur de la forêt, et l'autre la vallée.

– Et si nous voyons quelqu'un ?

– Nous aviserons.

Ils se reposèrent donc et montèrent la garde à tour de rôle pendant le reste de l'après-midi jusqu'au soir. La chaleur s'apaisa quelque peu quand le soleil descendit, vers les 6 heures du soir, mais il cogna tout l'après-midi, blanchissant les blés et faisant miroiter le vert bleuté des vignes. N'arrivant pas à dormir quand c'était son tour, Franklin contemplait le ciel qui prenait, fragmenté par les aiguilles des pins, l'apparence d'une dentelle bleue. Pendant ses tours de garde, allongé à l'orée du bois, il parvenait parfois à distinguer au loin les poteaux télégraphiques qui tremblaient sur un horizon rendu laiteux par la brume de chaleur. Une fois, il poussa jusqu'à l'autre côté du bois et, embusqué sous les arbres, il observa le corps de ferme qui se trouvait à deux ou trois kilomètres. Il s'agissait d'un simple bloc blanc, entouré de meules de foin fraîchement coupé, et flanqué d'un bouquet de hauts peupliers grisards, mais il ne vit personne en sortir, et la vallée, après les vignes, resta déserte sous le soleil.

Les premiers signes du crépuscule s'annoncèrent peu après 8 heures. La chaleur colora l'horizon d'une couleur violette qui fit paraître le vignoble plus vert encore. En descendant de la forêt, toujours derrière les trois sergents et accompagné d'O'Connor, Franklin ne quittait pas des yeux la ligne des poteaux télégraphiques, têtes d'épingles blanches piquées sur le ciel sombre. Ils devaient traverser cette route, qui était sans doute assez importante et allait vers le sud-ouest, la direction qu'ils devaient prendre. Il serait risqué de la rejoindre en passant à découvert par les champs et les vignes. La seule possibilité restait donc de traverser la ferme.

Il n'était d'ailleurs pas certain que cette ferme, qui se trouvait un peu à l'ouest du vignoble, formât avec lui une seule et même propriété. À l'est, les vignes suivaient la courbe de la colline et s'étendaient à perte de vue.

C'était une assez petite ferme. Au pied de la côte, Franklin leva la tête pour l'observer. Après la prairie, le chemin de terre rendu poudreux par la sécheresse remontait en longeant la clôture qui le séparait des vignes, pour se terminer dans la cour de la ferme. La maison, d'un seul étage, était chaulée et couverte de grandes tuiles rondes. Il remarqua deux petites meules de foin et un tas de fumier noir près de la porte, mais ne vit pas âme qui vive.

À mi-pente, il commanda aux sergents de faire halte. Leurs étranges blousons attiraient trop l'attention, et cela ne lui plaisait pas. Ils devaient se trouver à environ trois cents mètres de la ferme quand il les arrêta. Il leur ordonna de s'accroupir au pied des vignes, et, à son tour, il vit les longues allées ombreuses entre les rangs, et, parmi les feuilles, de grosses grappes rondes de raisin blanc.

– Je vais aller voir s'il y a quelqu'un, annonça Franklin. Si je ne rapporte pas de nourriture, nous aurons au moins du raisin.

– Du raisin, nous en avons déjà, protesta Taylor.

– Et si tu ne reviens pas ? demanda O'Connor.

– Tu seras maître à bord. Cachez-vous pendant la journée, et marchez toujours de nuit. Mais n'allez pas vers le nord. Quoi qu'il arrive, n'allez pas vers le nord.

– Tu reviendras, prédit O'Connor.

– Surtout, ne sortez des vignes sous aucun prétexte.

Il termina la montée d'un pas assuré, surveillant les champs au-delà de la clôture. Ayant conscience de l'étrangeté de l'écharpe blanche qui lui soutenait le bras, il la fit rentrer un peu plus dans l'ouverture de son blouson. Sa blessure l'élançait au rythme de ses pas, le sang battant la cadence dans sa tête. Quand il atteignit la ferme, le crépuscule s'épaississait. Sous un gros pommier, des poules blanches s'étaient déjà installées pour la nuit dans les creux qu'elles avaient grattés dans la terre sèche entre les racines. Elles s'agitèrent un peu à son passage. Il continua, et entra dans la cour, où il s'arrêta à une dizaine de mètres de la porte d'entrée.

Il se dit par la suite que la fermière avait dû l'apercevoir par la fenêtre, car elle sortit de la maison en courant et stoppa net, à environ cinq mètres de lui, le corps raidi par cet arrêt brutal, les mains figées en plein vol. Elle ne s'approcha pas plus près tout le temps de la conversation.

– Je suis anglais, dit-il.

Il se sentit tout bête. Son français, tout à fait correct d'ordinaire, ne lui revenait pas. Il resta muet comme une carpe devant elle. C'était une petite femme d'une soixantaine d'années aux cheveux gris, coiffée d'un chignon serré, et dont le visage jauni par un vieux hâle prenait, avec la peur, une expression presque hostile.

– Non ! s'écria-t-elle. Non, non, pas ici. Pas ici !

– Quelque chose à manger, dit-il.

– Non !

Elle restait immobile, plus effrayée qu'il ne l'était lui-même. La fixité de ses yeux noirs trahissait son anxiété.

– La route, est-elle dangereuse ?

– Je ne sais pas. Je ne sais pas.

– Jusqu'où va-t-elle ?

– Je ne sais pas.

– Ne vous en faites pas. Si vous êtes seule, ne craignez rien. N'ayez pas peur.

– Il n'y a rien à manger ici.

– Ce n'est pas grave.

– Rien, nous n'avons rien. Ils nous prennent trop. La vie n'est pas facile.

– Pouvez-vous me dire ce qu'il y a de l'autre côté de la route ?

– Allez-vous-en !

– De l'autre côté de la route. Là-haut… Qu'y a-t-il ?

– Allez-vous-en, répéta-t-elle – avant d'ajouter : La rivière.

– Une rivière ?

– Allez-vous-en maintenant. Tout ira bien si vous vous en allez tout de suite.

– Quelle rivière ?

– Je ne sais pas. Je ne sais pas. Je ne sais pas.

Il se rendit compte qu'il ne servait à rien d'insister. Le regard de la vieille femme était humide de larmes. Elle avait trop peur pour lui donner du pain ou même pour le renseigner. Depuis vingt-quatre heures, il n'avait rien avalé d'autre que du chocolat, mais soudain la route et ce qui se trouvait derrière revêtaient pour lui plus d'importance que la faim.

– Merci, dit-il en amorçant un demi-tour. Merci.

Paralysée par la surprise, elle le regarda partir sans ajouter un mot.

Cinq minutes plus tard, quand il retraversa la ferme accompagné des quatre sergents, elle était encore là, toujours aussi raide, comme fusillée debout. Le jour tombait vite, mais en passant Franklin vit qu'elle les suivait d'un regard noir et brillant de terreur. Elle n'avait pas fait un geste à leur arrivée, et n'avait eu qu'un petit cri étouffé à cette nouvelle surprise. Quand il se retourna pour la dernière fois, elle n'avait toujours pas bougé, pas même la tête, moins distincte dans la pénombre, mais encore tournée vers l'endroit où elle avait vu Franklin apparaître.

En haut de la colline, ils se couchèrent dans le fossé entre le champ et la route.

– Que s'est-il passé? demanda O'Connor.

– Elle avait peur.

– Rien à manger?

– Elle avait trop peur pour faire quoi que ce soit.

– Nous avons récupéré du raisin, reprit O'Connor. Tu en veux? Ils sont acides, mais ils désaltèrent. Je les trouve bons.

– Donne-m'en quelques grains.

Il prit appui sur son coude valide, et mit les grains dans sa bouche un à un. Le goût simple, parfumé et frais lui fit du bien. Il faisait maintenant presque nuit. Il n'y avait aucun bruit, hormis la légère vibration de l'air dans les fils télégraphiques au-dessus de leur tête, et Franklin décida qu'ils pourraient bientôt se risquer à traverser.

– Elle pourrait nous dénoncer? demanda O'Connor.

– Non, je ne crois pas. Elle avait peur. Je pense qu'elle m'avait pris pour quelqu'un d'autre.

– Et maintenant?

– Un peu plus loin, il y a une rivière. J'ai au moins appris

35

ça. Mais je ne sais pas quoi décider : suivre la route ou continuer jusqu'à la rivière ? À ton avis ?

– Si c'était moi, si j'étais seul, je suivrais la route. Mais à nous cinq, nous avons l'air d'une drôle de bande d'oiseaux.

– Oui, je suis d'accord avec toi. Allons-y.

La route était déserte quand ils la traversèrent. Il eut tout juste le temps de voir le goudron noir usé par les roues, et la rangée de poteaux télégraphiques qui s'évanouissait de chaque côté dans la nuit tombante, puis de sentir l'odeur tiède et réconfortante du bitume chauffé par le soleil. Une fois dans le champ, ils repartirent tous les cinq d'un bon pas, dans une petite descente. Alors, pour la première fois depuis l'accident, il se rappela que la lune allait bientôt se lever, sans pour autant savoir s'il fallait s'en réjouir. Dans les chaumes qu'ils traversaient, le bruit de leurs bottes, qui couchaient les courtes tiges de blé acérées en les faisant craquer, résonnait dans le silence de ces étendues vides. Il jugea d'après la position du vignoble qu'ils se trouvaient sur le versant nord, ou peut-être nord-ouest de la colline. Leur trajectoire en diagonale les dirigeait presque tout droit à l'ouest vers l'étroite bande orange de l'horizon marqué par les dernières lueurs du jour.

Il cracha quelques pépins de raisin.

– Nous devrions parvenir à parcourir trente kilomètres. Peut-être même quarante. La lune va bientôt se lever.

– Et la rivière ? demanda O'Connor.

– Il y aura sûrement un pont. S'il n'y en a pas, nous traverserons à la nage.

– Avec un seul bras ?

– J'essaierai.

– Sûrement pas ! Ton bras va finir par te jouer un vilain tour si tu ne te fais pas recoudre bientôt. Tu as une entaille longue comme une lame de couteau. La cicatrisation ne se fera pas toute seule.

– Ne t'inquiète pas, ça ira.

– Je te préviens.

O'Connor avait sans doute raison, mais Franklin préférait ne pas trop y penser. Il termina son raisin et tendit la main pour en ravoir. Les trois sergents avaient pris quarante ou cinquante mètres d'avance sur eux. O'Connor lui donna six ou sept grains qu'il mangea les uns après les autres tout en marchant.

En bas du champ, là où les chaumes prenaient fin, les sergents les attendaient.

– Après, on dirait des betteraves à sucre, annonça Godwin. Nous traversons?

– Mieux vaut les contourner. Nous ferions trop de bruit.

Les trois sergents reprirent leur marche. Les chaumes s'arrêtaient juste au bord du champ de betteraves, sans haie ni séparation, si bien qu'ils avancèrent sur les tronçons de tiges, laissant les rangs de betteraves sur leur droite.

Ils continuèrent ainsi pendant encore une dizaine de minutes sans parler. Dans la nuit chaude, une odeur de paille montait de la terre, puis, plus bas dans la pente, Franklin sentit l'air un peu plus frais et légèrement humide qui s'élevait de la vallée. Après le champ de betteraves, ils découvrirent une prairie sauvage, jaunie elle aussi par le soleil, mais à présent mouillée de rosée.

– Presque tous les cours d'eau français sont navigables, dit Franklin, songeant qu'ils ne devaient plus être loin de la rivière.

– Ce qui pourrait changer beaucoup de choses, répondit O'Connor.

– Oui, il peut y avoir des péniches. Et puis, les ponts et les écluses sont sûrement gardés.

– Et elle est peut-être bigrement large.

– Tant pis, nous traverserons à la nage.

– Pas dans ton état.

– Je ne peux pas marcher sur l'eau.

– Tu es presque aussi têtu qu'une bonne femme.

Ils parvinrent si vite à la dernière étendue d'herbe qui menait à l'eau que Franklin fut presque pris au dépourvu. Il commençait à en vouloir aux sergents d'avoir pris trop d'avance, quand O'Connor et lui tombèrent sur eux.

– Nous avons préféré vous attendre, expliqua Taylor. Les berges sont à une trentaine de mètres.

– La voie est libre?

– Nous n'avons rien vu.

– Va vérifier.

Taylor était très jeune, dix-neuf ou vingt ans, tout au plus. Il était très bon mitrailleur, si bon, même, que Franklin se demandait parfois s'il comprenait quelque chose à cette guerre. Il lui était arrivé de voir Taylor encore pris par l'ivresse des opérations, le visage en feu, les yeux brillants malgré l'intense fatigue, et s'était demandé quel âge il fallait avoir pour prendre conscience de la peur, pour qu'elle se distingue de la griserie de l'action et se métamorphose en une douleur plus dure, plus nette.

Il ne savait pourquoi il remuait ces pensées, si ce n'est pour se dire que la chance qu'ils avaient eue au cours de cette fuite facile, cette belle aventure, presque, n'était peut-être qu'un prélude. Sans cesse, il évaluait la distance qu'ils pouvaient être amenés à parcourir au regard de leurs capacités physiques à tous. Il ne doutait pas qu'ils arriveraient au bout. Il trouvait simplement plus sage de se tenir en éveil, la tête claire, et tout en attendant Taylor, allongé dans l'herbe, il comprit que sa peur et sa vigilance ne faisaient qu'un.

Au retour du jeune sergent, Franklin entendit à sa voix qu'il prenait très au sérieux ses nouvelles responsabilités, et se félicita de l'avoir choisi pour cette mission de reconnaissance.

– Une soixantaine de mètres de large, et sans doute profonde.

– Pas de pont ?

– Je n'en ai pas vu. Elle forme un grand coude un peu plus bas.

– Nous pourrions longer les berges pour traverser plus loin, intervint Godwin.

– Je ne vois pas l'intérêt, répondit Franklin. Les ponts sont toujours dangereux à traverser, et la lune sera trop claire.

– Sommes-nous vraiment obligés de la franchir ? demanda Taylor.

– Nous devons nous en éloigner, c'est tout. Et elle nous barre le chemin.

Il sortit son bras valide de sous son blouson.

– Aidez-moi à enlever ça. Doucement.

– Arrête, dit O'Connor, ne fais pas l'imbécile.

– Vous savez tous nager, non ?

– Oui, mais toi, tu ne vas pas y arriver.

– Moi, je suis un as de la natation.

– Pas avec ton bras. Je ne te laisserai pas te mettre à l'eau.

– Il faut bien que nous traversions, non ?

– Déjà, tu ne peux pas bouger ton bras, et puis le pansement va être trempé et se défaire, et ne servira plus à rien. Tu vas rouvrir ta blessure et reperdre des litres de sang. C'est la poisse, je sais, mais tu ne peux pas, Frankie.

Il comprit d'un coup que son obstination n'obéissait à aucune logique, et il n'insista pas.

– Bien. Alors qu'est-ce qu'on fait ?

– Je vais te remorquer.

Il ne répondit pas.

– J'ai traversé deux rivières en France en 1940, insista O'Connor. C'est facile quand on connaît la méthode. L'idée, c'est de procéder par étapes. Il faut d'abord se déshabiller et transporter ses vêtements sur l'autre rive par petits paquets. On nage plus longtemps, mais de cette façon les vêtements restent secs. Cela vaut mieux que de foncer dans l'eau tête baissée.

Franklin était déjà convaincu.

– D'accord, nous ferons comme tu dis.

– Moi, je garde mes vêtements, protesta Sandy.

– Comme tu voudras, dit O'Connor, mais je traverse le premier.

O'Connor ôta son blouson, puis le reste. Il détacha ses bretelles, puis il roula son pantalon, sa chemise, son caleçon et son pull dans son blouson, formant un gros ballot qu'il attacha avec elles.

– De toute façon, nous devons transporter nos bottes de l'autre côté, expliqua-t-il. On ne peut pas nager avec ces bottes aux pieds. Le mieux, c'est de se mettre sur le dos. On se propulse avec les jambes, et on lève les bras pour garder les vêtements hors de l'eau.

La berge était ferme, couverte d'un sable, séché et blanchi au soleil, laissé par les crues. Il réfléchissait un peu de lumière dans cette nuit presque noire qu'éclairaient aussi, mais plus faiblement, les reflets de l'eau. O'Connor, entièrement nu, porta son paquet de vêtements jusqu'à la rivière dans laquelle il entra jusqu'aux genoux, puis il s'accroupit et se tourna sur le dos. Le clapotis de son immersion ne fit pas plus de bruit que le saut d'un rat d'eau. Il y eut quelques vaguelettes, puis d'autres encore quand il s'élança en arrière et se mit à nager. Les trois sergents et Franklin le regardèrent traverser, ses bras blancs visibles au-dessus de l'eau noire, ses jambes le plus souvent immergées, ne faisant presque aucun bruit. Il parcourut la distance lentement et sans effort, restant toujours en vue, puis il se dressa sur la rive opposée, à peine visible dans le noir, et ils l'entendirent appeler.

– C'est du gâteau !

– Allez-y tous les trois, dit Franklin. Tâchez au moins de garder vos bottes et vos chaussettes sèches. Et gueulez si vous êtes en difficulté.

Plus bruyants qu'O'Connor, entrant dans l'eau avec de

grandes éclaboussures qui donnèrent à Franklin un instant d'inquiétude, les trois sergents traversèrent la rivière. Resté seul, il enleva ses bottes sans cesser de les surveiller. La tâche n'était pas facile d'une seule main ; il avait l'impression d'être bancal. Et pour la première fois de la soirée, il eut de nouveau mal au bras. Il sentait la coupure du garrot comme une deuxième blessure. Il essaya d'attacher ses bottes ensemble par les lacets, mais sans y parvenir. Il s'en voulut de sa maladresse et de sa dépendance. Alors qu'il s'accroupissait sur la berge pour attendre O'Connor, il sentit une odeur de menthe aquatique, forte et piquante, écrasée sur le bord par le piétinement. Puis il entendit O'Connor plonger de l'autre côté, et vit sur l'eau noire le mouvement blanc de ses bras dont il s'aidait cette fois pour nager. Franklin enleva son pantalon et déboutonna sa chemise. Il voulut la retirer, mais le sang, en suintant du pansement, avait collé au tissu. Il prit le parti d'attendre O'Connor. Pendant qu'il le regardait nager, le comique de la situation lui fit oublier le danger. Il se vit tel qu'il devait paraître, mal à l'aise, attendant en chemise son tour de passer.

O'Connor sortit de la rivière, essoufflé, chassant l'eau de son visage et de ses cheveux avec les mains.

– Tout va bien ? demanda Franklin

– Au poil. Je suis en pleine forme. Prêt ?

– Pas tout à fait. Ma chemise a collé au pansement. Je n'arrive pas à l'enlever.

– Tiens le bandage. Tu peux étendre le bras ?

Il tenta d'obéir, mais le coude, bloqué, ne voulait pas bouger. Sa peau semblait aussi s'être resserrée sur l'ensemble de son bras au point que tout changement de position eût risqué de rouvrir sa blessure. Un frisson de faiblesse, plus que de douleur, monta de ses pieds et le parcourut tout entier.

– Cela ne m'étonne pas que tu ne puisses pas le bouger, remarqua O'Connor. Tiens bien.

Il entreprit de déchirer la chemise à partir du poignet,

tirant sur l'endroit où le sang séché adhérait au pansement. Le tissu céda en craquelant, sec comme du papier mural qu'on décolle. Quand le bras fut enfin dégagé, O'Connor fit passer la chemise par-dessus la tête de Franklin.

Il y eut un bruit.

– Qu'est-ce que c'est? demanda Franklin.

– Sandy qui revient chercher les bottes. Dans cinq minutes, nous serons passés.

– C'est mieux comme ça, non? Mieux que d'avoir essayé de trouver un pont.

– Je te crois! Je me sens comme un poisson dans l'eau.

Pendant qu'ils attendaient Sandy, O'Connor rassembla les affaires de Franklin dont il fit un ballot, puis il attacha les deux paires de bottes par les lacets. Sandy n'avait enlevé que son blouson pour nager. Il remonta sur la berge et sautilla sur place en soufflant de l'eau par le nez et en se frottant les cheveux. À cet instant où ils se préparaient tous les trois à se mettre à l'eau, Franklin ressentit puissamment, davantage même que pendant les missions, ce lien qui les unissait, profond, clair et incroyablement solide, marqué par une totale confiance.

La voix d'O'Connor interrompit ses réflexions.

– Alors, tu te mets à l'eau? Assieds-toi dedans.

– Comment ça?

– Accroupis-toi. Tu ne te souviens pas de ton baptême?

– Je suis anglican.

– Ah oui? Eh bien maintenant, tu vas voir comment les baptistes s'y prennent.

Il fit quelques pas dans l'eau, s'agrippant au sable avec les orteils. Le froid lui causa un choc qui le prit à la gorge. Il s'accroupit, tenant son ballot de vêtements contre sa poitrine, bien haut sous le menton.

– Surtout, laisse-toi faire, recommanda O'Connor. Ne bouge pas.

Presque aussitôt, il fut tiré dans l'eau sur le dos. Il eut un instant de panique, mais il se domina et retint son souffle. La main d'O'Connor vint se placer sous son menton et, une seconde plus tard, il sentit les mouvements de natation du sergent. Glissant sur l'eau froide et lisse sans remous, il tenait son bras blessé en l'air, gardant ses vêtements au sec sur sa poitrine avec l'autre bras. Il parvint si bien à accepter ce remorquage et à se laisser flotter qu'il put même profiter, pendant la dernière minute de la traversée, d'un spectacle grandiose. Une belle lueur envahissait l'est; la lune encore invisible répandait une pâle lumière orangée dans le ciel au-dessus de la rivière. Et dans les derniers instants, il la vit pointer, telle une orange mûre, entre les troncs noirs et droits d'une rangée de peupliers qui se dressait au loin. Elle monta lentement dans son champ de vision, au moment où lui-même arrivait sur l'autre rive, tiré sur le sable sec comme un bateau par O'Connor.

– Tu ne t'es pas mouillé le bras ? demanda celui-ci.

– Non, tout va bien, je crois. Merci.

Il se souvint alors des rations, des cartes, de la trousse de secours, et demanda s'ils avaient pensé à les prendre.

– Sandy les a transportés à la première traversée, indiqua Taylor.

– Et Sandy, où en est-il ?

– Il touche terre à l'instant, répondit Godwin.

– Parfait. Goddy, débouche le rhum et verse un coup à tout le monde.

Sandy remonta sur la berge, soufflant encore une fois de l'eau par le nez. La lune grandissait vite derrière les arbres noirs, et sa lueur se répandait dans le ciel, se reflétant progressivement, lumineuse et pure, sur la surface noire. Les trois blousons d'aviateur, et les corps pâles d'O'Connor et de Franklin devenaient parfaitement visibles dans cette lumière. L'endroit devenait dangereux.

– Il ne faut pas traîner.

– Je vais te sécher, dit O'Connor. Comment va ton bras ?

– Sèche O'Connor, ordonna Franklin à Taylor. Mon bras va très bien.

– En Angleterre, tu serais à l'hôpital, protesta O'Connor.

– Ne dis pas de bêtises !

Cinq minutes plus tard, ils reprenaient leur route, les trois sergents toujours en tête. Dans l'eau et avant de se rhabiller, Franklin avait eu froid. Après quelques gorgées de rhum et à présent qu'il était de nouveau au sec, il avait chaud, et se sentait léger et rempli d'énergie, capable de marcher pendant des kilomètres. Son bras ne le faisait pas trop souffrir ; il ne sentait plus qu'une douleur sourde et une ankylose, accompagnées d'une chaleur maladive entretenue par l'intérieur laineux de son blouson.

La nuit n'offrit pas d'événement beaucoup plus mémorable pour Franklin, qui se souvint surtout d'avoir marché vers l'ouest, en se repérant grâce à la lune montante. Il fut marqué par sa blancheur dans ce ciel d'été sans nuages, et par la succession le long des vallons clairs des champs de betteraves, de blé et de pommes de terre, alternant parfois avec un coteau de vignes. Il se remémora une petite route qu'ils avaient traversée et après laquelle ils avaient trouvé la même rotation de cultures, et son soulagement mêlé d'inquiétude devant la vivacité de cette lumière que dispensait la lune. Il avait même pu distinguer en passant la couleur de quelques fleurs de pommes de terre tardives, tout en suivant le cuir des trois blousons qui les précédaient d'une demi-longueur de champ.

Ils arrivèrent enfin à une petite colline, où les trois sergents s'étaient arrêtés pour les attendre. Ils s'étaient abrités du clair de lune sous un bouquet de hêtres.

– Regardez, ce qu'il y a en bas, dit Sandy.

– Encore !

Au fond de la vallée, immense damier de champs qui se dessinait en noir sur la terre plate et blanchie par la lune, la rivière revenait, plus large ici, étincelante comme des chromes, formant une large boucle entre des berges sombres bordées de roseaux.

– Tu vois la maison ? demanda Sandy.

– Oui.

Il la voyait en effet vers la droite, dans la courbe de la rivière, haute, carrée et crayeuse dans la lueur blafarde. Plus près, à mi-pente, poussaient un petit verger et quelques rangs de vignes, une dizaine environ, plantés sur le travers.

– C'est un moulin.

– Et maintenant ? demanda Sandy.

– Encore une petite baignade, répondit O'Connor.

– Non, trancha Franklin. Nous allons finir la nuit cachés dans les vignes. Nous aurons du raisin, nous nous reposerons à l'abri, et puis demain matin, j'irai.

– À cette maison ? demanda Godwin.

– Oui, nous devons trouver de l'aide.

Ils descendirent ensemble jusqu'aux vignes. Après avoir cueilli quelques grappes, ils s'assirent au plus sombre des terrasses pour les manger. Ensuite, ils s'allongèrent entre les ceps pour le reste de la nuit. La lune descendit sur l'immensité de la plaine en contrebas, puis, au petit matin, le froid qui montait de la rivière déposa de la rosée sur le sol.

Il devait être 6 heures quand l'attention de Franklin fut attirée par un volettement de poules dans l'herbe autour des arbres fruitiers, puis par le tablier blanc de la jeune fille qui les suivait. Elle se trouvait à trois cents mètres environ des vignes, mais il distinguait nettement ses cheveux noirs au-dessus du tablier blanc, et l'ample mouvement de son bras brun jetant le grain qu'elle prenait dans un saladier de couleur sombre. Il entendait aussi sa voix, car elle appelait d'un cri répétitif et impérieux, très français. Il vit les poules picorer, le rouge et le blanc de leur tête martelant l'herbe, puis la jeune fille monter le coteau de quelques pas, le visage levé vers le soleil, comme si elle venait de s'éveiller et s'emplissait les poumons de l'air de cette journée nouvelle.

– J'y vais, annonça-t-il. Si je ne reviens pas, vous savez quoi faire.

Sur ces mots il sortit des vignes d'un pas résolu, et descendit le sentier abrupt et caillouteux qui traversait le verger, en se dirigeant vers la jeune fille. L'émotion faisait battre son cœur beaucoup trop fort. Il marchait vite en pensant : Le sort en est jeté. Tout dépendra de sa réaction. Son bras l'élançait et il avait la bouche très sèche. Il songea encore : À côté, les missions sur Brême, ce n'était rien. À côté, c'était du pipi de chat. Pour l'amour du ciel, faites qu'elle ne se sauve pas en courant.

Elle ne se sauva pas. Elle continua de rêver parmi ses poules, tête levée vers le ciel matinal.

Puis soudain, elle le vit qui descendait vers elle.

4

Elle ne bougeait pas, serrant si fort contre sa poitrine son saladier de bois sombre avec les deux mains que son tablier se fronçait de plis obscurs. Elle était très brune, et ses yeux noirs, grands et pétillants, étaient attentifs, face à lui dans le soleil.

– Je suis anglais, dit-il.

Une fois de plus, les mots lui manquaient, et il se sentit très bête d'être obligé de recourir au mime pour se faire comprendre : ce n'était pas du tout ce qu'il aurait voulu dire. Elle se taisait, mais son silence et son immobilité lui firent un effet tout à fait extraordinaire. Son attitude n'était nullement passive, mais réfléchie, forte, et il sentit qu'elle n'avait pas peur.

– Pouvez-vous m'aider, s'il vous plaît ? Je vous en prie.

– Vous êtes seul ? demanda-t-elle.

– Non. Non, nous sommes cinq.

– Où sont les autres ?

– Dans les vignes, dit-il en désignant la colline.

– Je me demandais pourquoi le chien avait aboyé cette nuit.

Elle dit cela très calmement, sans paraître surprise ni même regarder l'endroit qu'il indiquait. Se contentant de presser le saladier contre elle, elle fixait Franklin droit dans les yeux.

– Vous pouvez leur dire de descendre.

– Il n'y a pas de danger ?

– Non. Ils peuvent venir.

Sachant que les quatre sergents les observaient depuis leur cachette, il se tourna pour leur faire signe de la main, sans crier, et une ou deux secondes plus tard, les quatre blousons apparurent sur le sentier.

– Sommes-nous en zone occupée ? demanda-t-il à la jeune fille.

– Oui, occupée. C'est bien ?

– Oui, très bien, je suis content.

– Vous recevez des nouvelles de notre situation ?

– Oui, les nouvelles arrivent.

– Alors je suis contente aussi.

– Et où sommes-nous ?

– Ici ? Ici, nous sommes en France occupée.

– Oui, mais le nom de l'endroit ?

– Voilà vos amis qui arrivent.

Les quatre sergents passèrent sous les arbres fruitiers et rejoignirent Franklin et la jeune fille.

– Bonjour, dit O'Connor.

La jeune fille lui sourit. O'Connor fit de même, et Franklin les vit tous les quatre avec le recul d'une personne qui ne les aurait pas connus : yeux cernés, broussailleux, mal à l'aise. Il fallait les rassurer.

– Tout va bien. Ça ira.

– Il vaut mieux aller à l'intérieur, dit la jeune fille.

Franklin prit avec elle la tête du groupe pour descendre au moulin. Le sentier s'élargissait pour devenir un chemin pavé qui passait entre un grand moulin de pierre sur la droite et une maison, de même construction mais plus petite, sur la gauche. Il distinguait un peu plus loin l'endroit où il s'évasait pour former un quai de pierre et finir en jetée. La rivière, nonchalante et basse, coulait au fond. Il entendait le bruit puissant de l'eau qui se déversait des vannes de l'autre côté du moulin, et sentait une odeur d'eau stagnante et de vase

48

séchée sur la pierre, senteur forte d'algues exposées au soleil, ainsi que le parfum estival de poussière de blé, sèche dans l'air frais et tranquille du matin. Quand la jeune fille le précéda pour passer la porte de la cuisine, il remarqua ses jambes nues et dorées. Elles étaient minces et vigoureuses, d'une belle teinte unie, plus colorée que la peau déjà mate d'une personne aussi brune, et son cou avait le même beau hâle sous les cheveux noirs coupés court.

Ils la suivirent tous les cinq dans la cuisine. C'était une très grande pièce. Une batterie de casseroles en cuivre pendait sur le mur blanc au-dessus du fourneau, et il sentit l'odeur, encore agréable, d'un récent repas et vit, à la longue table de bois au milieu, une vieille dame vêtue de noir qui découpait du pain.

– Mon Dieu, mon Dieu! s'écria-t-elle en se dressant sur ses jambes.

– Où est papa? demanda la jeune fille.

– Mon Dieu. Des Anglais? En haut.

– Va le chercher.

Tandis que la vieille dame se précipitait, la jeune fille, toujours calme, se tourna vers Franklin.

– Il vaut mieux que vous enleviez vos blousons et que vous me les donniez.

– Je veux vous montrer mes papiers, dit-il.

– D'accord.

– Elle demande que nous lui donnions nos blousons, expliqua Franklin aux autres.

Il sortit son portefeuille de la poche arrière de son pantalon avec le bras droit, et l'ouvrit d'un mouvement de poignet. Sa carte était à l'intérieur, mais il eut du mal à la sortir d'une seule main. La jeune fille attendit sans bouger en contemplant son bras bandé. Il eut peur qu'elle ne veuille lui venir en aide, mais elle ne fit pas un geste. Elle semblait parfaitement comprendre qu'il ne fallait pas intervenir. Finalement, il posa le portefeuille sur la table, et le maintint avec le pouce pendant qu'il extrayait la carte entre deux doigts. Elle la prit avec gravité quand il la lui donna.

– Vous voliez sur quel type d'avion? demanda-t-elle.

– Un Wellington. Nous revenions d'Italie.

– Vous avez sauté en parachute?

– Non. J'ai pu atterrir.

– À quel endroit?

Il lui décrivit le marais et la forêt, puis le passage de la rivière, et leurs marches de nuit.

– Où sommes-nous, maintenant? demanda-t-il.

– Vous avez retrouvé la rivière que vous aviez traversée.

Il devina alors qu'elle ne voulait pas lui dire où ils étaient, qu'elle ne le lui dirait peut-être jamais, et il s'y résigna, car c'était plus sage.

– Vous êtes le commandant? demanda-t-elle. Ou vous parlez pour les autres simplement parce que vous savez le français?

– Oui, je suis le commandant.

– Qu'est-il arrivé à votre bras?

C'était la première fois qu'elle y faisait allusion.

– Je me suis blessé pendant l'accident.

– Avez-vous perdu beaucoup de sang?

– Un peu.

– Il faut le soigner convenablement.

Les quatre sergents avaient enlevé leurs blousons et les avaient posés sur la longue table en bois. Franklin ôtait le sien quand le père entra dans la pièce. La vieille dame, qui le suivait, prit les vestes en cuir dans ses bras et ressortit. Le père s'approcha et s'arrêta près de la jeune fille.

– Bonjour, lui dit Franklin.

C'était un homme grand, mince, aux cheveux noirs, mat de peau comme sa fille, les joues creusées de deux fissures aussi profondes que des coupures, qui descendaient sous de hautes pommettes brunes. Il serra la main de Franklin.

– Je ne sais pas combien de temps vous pourrez rester, dit-il.

– Cela nous aiderait de pouvoir nous reposer.

– Vous comptez vous rendre en Espagne ?

– Oui, si c'est possible.

– La situation n'est pas facile. On parle de réquisitions pour le travail obligatoire. Toutes sortes de rumeurs circulent. Dans le Nord, des otages ont été pris. La situation est de plus en plus dure. Partout.

– Vous ne devez pas prendre de risques pour nous.

– En France, on prend des risques quoi qu'on fasse. C'est malheureux, mais c'est comme ça.

– Je suis désolé. Nous le savons.

– Vous devez avoir faim. Mais peut-être préférez-vous monter d'abord. Avez-vous de quoi vous raser ?

– Mon ami a un rasoir, dit-il en désignant O'Connor. Il est toujours prêt pour les situations d'urgence.

– Alors montez, ma fille va vous conduire en haut.

– Merci. Merci beaucoup. Merci énormément.

La jeune fille sortit de la cuisine par la porte qu'avait empruntée la vieille dame, et Franklin et les quatre sergents lui emboîtèrent le pas. Elle les conduisit à travers la maison jusqu'à un escalier sans tapis. Au palier du premier, ils prirent une deuxième volée de marches, plus étroites, qui menaient à une chambre tout en haut. Par l'unique fenêtre, on distinguait la rivière au fond de la vallée. Il y avait un lit étroit pourvu d'un matelas de paille sans draps, un broc et une cuvette en faïence sur une table de toilette dans un coin, et un miroir accroché au mur.

Les sergents attendaient dans la pièce, mal à l'aise, encore inquiets. Franklin s'approcha de la fenêtre pour mieux voir le moulin et la cour.

– Il y a quelqu'un en bas, dit-il.

– C'est seulement Pierre, répondit-elle.

– Votre frère ?

– Non. Il aide mon père au moulin, quand le moulin fonctionne.

– Il saura que nous sommes là ?

– Oui, il le saura, mais on peut lui faire confiance.

Il n'ajouta rien. La tension nerveuse, la marche sans nourriture et sans sommeil, sa blessure et la perte de sang, et puis cette dernière inquiétude de se demander si on pouvait se fier à la jeune fille l'avaient épuisé. Avec le soulagement, une soudaine faiblesse glacée le prit qui le laissa gourd et apathique. Alors qu'il tâchait de se ressaisir, il posa les yeux sur la jeune fille qui attendait sur le pas de la porte, vive, admirablement décidée. Ses yeux de charbon n'avaient trahi aucune surprise depuis l'instant où il était apparu au milieu de ses poules. À présent, un vague sourire jouait même sur ses lèvres, et il lui sembla qu'elle était la personne la plus calme, la plus solide qu'il eût jamais rencontrée.

5

En homme d'expérience, O'Connor se munissait toujours d'un rasoir, de crème à raser, d'une brosse à dents, d'une paire de ciseaux à ongles et d'un revolver accompagné de vingt cartouches. Les quatre sergents et Franklin firent leur toilette et se rasèrent dans la chambre à tour de rôle. Cela fait, Franklin descendit seul. Il trouva la jeune fille et la vieille dame qui l'attendaient sur le palier du premier.

– Nous avons terminé, annonça-t-il.

– Bien, dit la jeune fille. Nous ne sommes que quatre à vivre ici. Cette dame est ma grand-mère, la mère de mon père.

– Madame, dit-il en s'inclinant légèrement.

La vieille femme, qui devait avoir plus de soixante-dix ans, portait un grand crucifix en argent qui descendait sur sa poitrine. Elle avait cet air éternel des personnes âgées, et elle semblait avoir peur. Elle ne répondit pas.

– Ensuite, il y a Pierre, mon père, et moi.

– Oui.

– C'est tout. Nous ne sommes que quatre. Il y a un pont à environ trois kilomètres, et si nous avions de la visite, ce serait par là que les gens arriveraient. Mais nous n'attendons personne et il vaut mieux que personne ne vienne. Si, il y aura peut-être un visiteur. Il ressemble un peu à mon père, mais il est plus grand. C'est mon oncle. Il se peut qu'il vienne.

– Oui.

– Nous allons vous loger dans le moulin. Il vous faudra absolument y rester sans en sortir. Mon père et Pierre sont en train de vous le préparer. Vous ne pourrez aller dehors que la nuit, et encore, seulement l'un après l'autre.

– Oui.

– À présent, vous pouvez descendre pour déjeuner.

– Merci.

– Aimez-vous les anguilles ?

– Je n'en ai jamais mangé.

– Il y a un début à tout. Nous n'aurons probablement que de l'anguille en attendant de pouvoir nous organiser, je suis désolée. Mais elles seront très bonnes.

– Nous mangerions n'importe quoi.

– En tout cas, ce matin, nous avons des œufs.

Il remonta pour appeler les sergents, et ils descendirent ensemble à la cuisine. La vieille dame avait mis une casserole d'eau à bouillir sur le fourneau et y plongea les œufs. Des assiettes étaient posées sur la table, il y avait du pain coupé en tranches, de petits carrés de beurre et des rondelles d'un fromage frais et blanc, ainsi qu'un compotier de pommes, et la jeune fille leur demanda, tout en posant les verres sur la table, ce qu'ils voulaient boire.

– Nous n'avons pas de café à vous offrir. Il y a du lait. Et du vin. Il est peut-être un peu tôt pour le vin.

– Je pense que nous préférons le lait, répondit-il. Peut-être un peu de vin plus tard, si ça ne vous ennuie pas ?

– Nous avons le lait et le vin à volonté. Nous avons de la chance.

– Nous vous sommes très reconnaissants.

Par la porte ouverte, tandis qu'il prenait son petit déjeuner d'œufs à la coque, de fromage, de pain et de pommes tout en buvant le lait froid et crémeux, il apercevait, à l'arrière du verger, le sommet de la colline d'où il était descendu avec les quatre sergents. Les vignes étaient en plein soleil. La chaleur, quelle que fût l'heure du jour, devait se concentrer sur le coteau et mûrir les grappes de raisin blanc qui grossissaient sur les rangées de ceps. Devant ce paysage, le reste se brouillait : l'atterrissage forcé, le survol des Alpes, l'épuisement, la marche au clair de lune, la rivière qu'il avait fallu traverser. Plus distants encore, plus isolés dans sa mémoire, s'effaçaient aussi les souvenirs du mess, des Wellington alignés sur le périmètre sombre de l'aérodrome, avec son herbe brune, cet univers pourtant bien solide des bâtiments camouflés, de la piste d'envol vide et solitaire qui s'étendait devant le nez de l'appareil, et puis, enfin, plus réelles encore, plus cruciales, les images des nuits d'opérations percées des seules étoiles rouges des lumières de la base ; toute cette partie de sa vie s'éloignait, comme repoussée derrière le voile du rêve.

Il avait dû laisser son esprit vagabonder plus longtemps qu'il ne l'avait cru, car la voix de la jeune fille le fit sursauter. Elle aussi regardait par la porte.

– Vous devriez aller vous mettre à l'abri maintenant.

– Oui, répondit-il. Nous ferons ce qui vous semblera le mieux.

Elle sortit de la cuisine et s'arrêta au soleil, sur les pavés blancs de la cour, pour surveiller les alentours. Pendant qu'elle s'assurait que la voie était libre, Franklin expliqua aux quatre sergents ce qu'elle avait dit. L'un après l'autre, ils se levèrent de table. La vieille dame était restée debout, un peu à l'écart, satisfaite mais le sourire fixe, contraint par la peur, le regard aux aguets, inquiet, les bras croisés. O'Connor, qui se leva de table le dernier, lui sourit.

– *Merci beaucoup*, madame, dit-il. *Merci beaucoup* – il sourit aussi à Franklin. Tu vois, comme je parle bien français !

– Je vous en prie, monsieur, répondit la vieille dame.

– Qu'est-ce qu'elle a dit ?

– Elle te dit qu'il n'y a pas de quoi.

– *Bon !* dit O'Connor. *Bon ! Merci !*

La vieille dame eut un nouveau sourire, et O'Connor pensa alors à quelque chose. Il mit la main dans sa poche et en sortit une tablette de chocolat. Il se dirigea vers l'autre bout de la table pour la lui tendre.

– Vous n'avez peut-être plus beaucoup de chocolat, madame, dit-il.

Elle resta figée, les yeux rivés sur lui.

– Allez, dit-il. S'il vous plaît, madame. Je n'en veux pas. J'en ai beaucoup. Prenez.

Comme elle ne faisait pas un geste, il fut obligé de la lui mettre de force dans les mains. Cela ne la fit pas réagir pour autant. Elle tenait à peine la tablette dans ses mains blanches, contre sa robe. Puis, soudain, elle baissa la tête, le menton dans le cou, et se mit à pleurer à chaudes larmes en crispant les mains sur le chocolat.

– Diable! s'exclama O'Connor. Qu'est-ce que j'ai fait?

– Non, c'était bien, dit Franklin.

– Oh! Pardon, madame, pardon.

– Ne t'excuse pas, dit Franklin.

– Est-ce que j'ai dit quelque chose qui lui a fait de la peine?

– Non, je pense que tu lui as fait plaisir.

À cet instant, la jeune fille rentra dans la cuisine. La vieille dame, enfin sortie de sa paralysie, s'était mise à débarrasser la table, mais elle avait encore des larmes sur les joues, et voyant que la jeune fille s'en apercevait, Franklin lui en expliqua la raison. L'embarras d'O'Connor la fit sourire.

– Nous ferions mieux d'aller en face tout de suite, dit-elle.

Elle ressortit dans la cour ensoleillée, suivie par les deux plus jeunes sergents, puis par Sandy, puis par Franklin. Au moment où O'Connor s'apprêtait à leur emboîter le pas, il se tourna vers la vieille dame qui empilait les assiettes d'une main, la tablette de chocolat toujours dans l'autre, le visage encore humide de larmes.

– Au revoir, madame, dit-il avec un fort accent anglais.

– Au revoir, répondit-elle avec un sourire.

Les quatre sergents et Franklin traversèrent la cour derrière la jeune fille et entrèrent après elle dans le moulin qui faisait face à la maison. Franklin laissa passer les autres devant lui sur le raide escalier de bois. En les suivant, il reconnut l'odeur sèche et poussiéreuse du blé qui imprégnait les lieux, et, sous-jacente, celle d'une eau très froide et stagnante. Les marches épaisses et le plancher étouffaient le bruit des bottes. En haut du premier escalier, il y avait un grand espace entièrement vide, à l'exception d'une pile de sacs de blé vides étalés à plat dans un coin. La jeune fille les mena à une échelle de meunier qui montait dans une pièce plus petite. En haut, elle s'arrêta et attendit Franklin pour fermer la porte.

– Ici, vous serez en sécurité, déclara-t-elle. Tant que vous n'aurez que vos vêtements d'aviateur, il faudra rester cachés.

– Oui, approuva Franklin. Et s'il arrive quelque chose ?

– En cas de besoin, vous pouvez descendre par là.

La pièce, un carré d'à peu près cinq mètres de côté, avait une deuxième porte qui faisait face à la première. La jeune fille tira le verrou et montra à Franklin un autre escalier qui descendait à l'intérieur du moulin.

– Il vous suffit d'aller tout en bas, et de vous glisser sous l'axe de la roue. Il y aura peut-être un peu d'eau, mais c'est assez grand pour cinq.

– Nous risquons d'avoir de la visite ?

– On ne sait jamais.

– Vous le sauriez à l'avance ? Non ?

– Très probablement. Mais il ne faut surtout pas sortir. En tout cas, pas pendant la journée. Et la nuit, seulement un par un.

Elle se tenait au milieu des cinq hommes, droite, sûre d'elle, vigilante, ignorant l'anxiété, comme si elle s'était préparée à cette éventualité depuis longtemps, et que, dans son esprit, elle était maintenant parfaitement rompue à l'exercice.

Franklin admira son grand et large front sous ses cheveux noirs, et la peau fine et hâlée de son visage, de ses bras et de son cou, et se demanda quel âge elle pouvait avoir.

– Nous nous arrangerons pour vous monter de la nourriture dans le moulin, dit-elle. Et nous tâcherons de vous trouver des vêtements civils. Vous devez avoir d'autres vêtements pour partir.

Pendant tout ce temps, elle s'était adressée à Franklin, mais sans le regarder en particulier. Cette fois, elle se tourna directement vers lui.

– Et votre bras ? La blessure est-elle grave ?

– Je ne sais pas.

– A-t-elle été pansée ?

– Oui, tout de suite après l'accident, mais le pansement n'a pas été refait depuis. Je n'ai pas encore regardé.

– Je pense qu'il serait préférable d'y jeter un coup d'œil.

– Oui.

Il savait qu'il ne servirait à rien de jouer les braves. Parfois, quand la douleur revenait, il sentait dans l'artère de son bras comme un plomb, qui aurait été lentement tiré par un fil très tendu, et qui le labourait de l'épaule à la base du pouce. Quand il s'immobilisait après un mouvement brusque, il percevait cette boule qui sautait à l'intérieur de son crâne, et cognait sourdement entre les yeux. L'état de son bras, s'il s'aggravait, risquait de compliquer leur évasion à tous les cinq.

– Il vaudrait peut-être mieux aller s'en occuper tout de suite, dit-elle.

– C'est très gentil.

– Les autres ont-ils bien compris qu'il fallait rester dans le moulin ?

– Je vais leur expliquer.

Il répéta aux quatre sergents les recommandations de la jeune fille.

– Maintenant, vous savez ce qu'il faut faire en cas de danger. O'Connor sera responsable.

– OK, dit O'Connor.

La jeune fille attendait.

– Ils ont bien compris?

– Oui, ils ont compris.

Alors elle quitta la pièce sans plus attendre, accompagnée par Franklin qui reprit avec elle le chemin inverse : les deux escaliers, la première pièce puis, arrivés en bas, la cour entre les deux murs d'ombre qui laissaient passer une bande brûlante de soleil. Elle ne s'arrêta pas dans la cuisine, se contentant de dire quelque chose à sa grand-mère en passant, et l'emmena dans la pièce du fond. Une massive table ronde en acajou en occupait le centre, une lampe en cuivre posée sur le plateau. La jeune fille enleva la lampe et s'en débarrassa sur une chaise. Ensuite, elle entreprit d'ôter la chemise de Franklin, retira la manche droite, puis la lui fit passer lentement par-dessus la tête. Il sentit aussitôt la douleur fuser dans son bras et aller cogner dans son front, derrière les yeux. Elle devina aussitôt qu'il avait mal, et lui proposa de s'asseoir. Alors qu'il prenait un siège et posait son bras blessé sur l'acajou lisse et frais, la vieille dame entra, une serviette sur le bras, chargée d'une grande cuvette d'eau chaude qu'elle posa sur la table avant d'aller fermer la porte à clé.

– Allons-y, dit la jeune fille.

Elle dénoua le bandage qu'elle déroula. Du sang l'avait imprégné, formant une énorme tache brune, qui s'assombrissait à mesure que les tours se défaisaient, devenant presque noire au centre. Les couches collaient les unes aux autres, et il entendait le craquèlement du sang sec. En regardant son bras, il vit les traces profondément imprimées dans sa chair brunie et enflée sur le pourtour. Le pire allait venir : aux derniers tours, la bande ne collerait plus qu'à la blessure, et tirerait, inexorable, sur les chairs à vif qu'elle recouvrait. Il rassembla son courage. La jeune fille prit la serviette, la plongea dans l'eau chaude, et elle mouilla le pansement pour le libérer. Il la sentit tirer sur la bande à petits coups délicats. La douleur ne s'amplifia pas beaucoup, mais il y eut un tiraillement, comme si les lèvres de la plaie allaient se rouvrir. Il regarda de nouveau son bras : le sang avait formé une grosse croûte noire au centre de la gaze, et les extrémités effilées de l'entaille dépassaient des deux côtés. La blessure semblait mesurer environ quinze centimètres de long.

– Avez-vous perdu beaucoup de sang ?

– Oui, je crois en assez grande quantité.

– J'ai peur que le saignement ne reprenne si j'enlève ce qui reste, et d'être incapable d'arrêter l'hémorragie.

– Il suffira sans doute d'entourer le vieux pansement avec un nouveau bandage.

– Certainement pas. Il faut des points de suture pour refermer une plaie pareille.

– Mais non, ça ira.

La jeune fille ne répondit pas. Il savait que cela ne guérirait jamais ainsi, et que ce qu'il disait n'avait aucun sens. La blessure était grave, et il ne fallait pas se conduire en gamin. Il pensa de nouveau aux sergents et à son état qui risquait de compromettre leur évasion.

– Il faut faire des points de suture, répéta la jeune fille.

– Mais comment ?

– Ce serait impossible de faire venir le médecin ici.

– Alors que faire ?

– Il faut vous conduire chez lui.

Elle disait cela sans la moindre peur, et pourtant il se doutait à quel point une telle équipée devait être dangereuse.

– Cela vous ferait prendre de très grands risques.

– Des risques, nous en prenons déjà, répondit-elle simplement.

– C'est pourquoi j'ai peur.

Elle le regarda, les yeux noirs, vifs, déterminés, étonnés, mais sans la moindre trace de crainte, et il ne trouva rien à ajouter.

– C'est tout simple, dit-elle. Vous devez vous faire soigner le bras par un médecin, et justement nous en avons un en ville. Nous devons y aller. Ce n'est pas très compliqué.

Il ne disait toujours rien.

– Si l'état de votre bras empire, vous savez ce qui vous attend, insista-t-elle.

– Quoi donc ?

– Vous devrez aller à l'hôpital. Donc il faudra vous rendre. La situation sera difficile pour tout le monde.

– Alors, allons en ville, vous avez raison.

– Il n'y a rien d'autre à faire.

La vieille dame apporta un bocal rempli d'un onguent jaune qui ressemblait à du saindoux. La jeune fille en prit entre ses doigts, et en étala une couche épaisse le long de la blessure, en dépassant sur les bords du pansement. Ensuite elle prit une serviette qu'elle humidifia, et s'en servit pour nettoyer le sang qui avait coulé en haut et en bas du bras. Elle sécha la peau avec un autre coin de la serviette, et enroula de nouveau la bande en comprimant la pommade. À chaque tour, la pression la faisait exsuder des bords, et elle ramenait cet excès sur la nouvelle couche de bandage avec les doigts.

– Vous avez besoin de dormir, dit-elle.

– Oui, mais ne devons-nous pas aller en ville aujourd'hui ?

– Pas aujourd'hui. Demain, j'espère. Il faut organiser le rendez-vous.

– Cela sera difficile ?

– Je ne pense pas. Une fois que nous aurons le poulet, tout ira bien.

– Le poulet ?

Elle eut un sourire.

– Avec un poulet, on peut accomplir beaucoup de choses. Avec deux poulets, tout devient possible.

Son sourire persista sur son visage, lumineux, magnifiquement clair et intrépide, pendant qu'elle terminait de lui panser le bras. Quand ce fut fait, la vieille dame remporta la cuvette et la serviette ainsi que l'onguent, et Franklin et la jeune fille restèrent seuls un moment dans la pièce. Elle reprit la chemise et la lui posa sur les épaules, sans les manches. Ensuite, elle le dévisagea de ses yeux noirs, limpides et admirablement décidés, et lui dit simplement :

– Il ne faut pas avoir peur.

– Peur ? Moi ?

– Oui. Vous avez eu peur toute la matinée, mais il n'y a pas de raison d'avoir peur.

– Peur ? Mais pourquoi ?

– Vous avez eu peur que quelqu'un ne vienne. Vous avez eu peur pour les autres. Vous avez eu peur de nous. Et vous venez justement de dire que vous aviez peur pour nous.

Il ne trouva rien à répondre. Elle disait vrai. Il n'avait pas été tranquille une seconde ; il s'était inquiété pour toutes ces raisons à la fois. Pas consciemment, non, mais il s'était senti oppressé. Il posa les yeux sur elle, et vit, de nouveau, à quel point son visage était dénué d'inquiétude. On aurait presque dit qu'elle ressentait de la joie, parce qu'elle attendait cet événement depuis longtemps, qu'elle l'avait, même, appelé de ses prières. C'était un peu comme si un vœu dangereux avait été exaucé.

– C'est naturel que vous soyez inquiet, parce que vous êtes fatigué.

– C'est naturel que je sois inquiet parce que je suis responsable de mes hommes.

– Savez-vous ce que dit ma grand-mère ? La nuit et Dieu portent conseil. N'a-t-elle pas raison ?

– Si, tout à fait raison.

– Alors allez dormir.

– Très bien. Merci pour mon bras.

Elle se contenta de sourire. S'arrêtant à la porte, il demanda :

– Comment vous appelez-vous ?

– Françoise… Et vous ? ajouta-t-elle au bout d'un instant.

– John. Mais tout le monde m'appelle Frankie.

– Pour compliquer les choses ?

– Non. Je m'appelle John Franklin. Ma mère m'appelle John, mais, à part elle, tout le monde m'appelle Frankie. C'est un diminutif. Vous voyez ?

– Pas très bien.

– C'est le diminutif du nom de mon père.

– Votre père s'appelle comment ?

– Il s'appelait Henry. Mais ça n'a aucun rapport.

– C'est pourtant ce que vous avez dit.

Elle semblait perdue, ne comprenait pas. À cet instant, en la voyant ainsi, occupée à résoudre cette énigme, lèvres entrouvertes, il se forma pour la première fois une image plus complexe de la personne qu'elle était : jeune, intrépide, attirée par le danger, et pourtant perturbée par la simple contradiction de son nom. Cet entêtement qu'elle mettait à démêler ce petit problème sans importance lui permit de percevoir, derrière la cuirasse d'assurance, sa chaleur humaine et sa simplicité. Il comprit alors que, s'il avait eu peur, il avait surtout eu peur d'elle. Il avait été intimidé par sa sereine assurance qui était si pure, si directe, si fraîche. Mais en la voyant troublée par ce malentendu sur son nom, il perdit sa timidité. Il se sentit plus proche d'elle, et parvint à lui parler comme à une jeune fille ordinaire.

– Appelez-moi John, ce sera plus simple.

– Oui, John c'est mieux, acquiesça-t-elle en prononçant son nom à la française.

– Parfait. Maintenant, je vais aller dormir.

– Vous pouvez dormir toute la journée. Je vous raccompagne pour traverser la cour.

Elle s'arrêta à la porte de la cuisine pour regarder d'abord dehors, avançant sa tête brune dans le soleil. Elle annonça que la voie était libre, et au son de sa voix les poules descendirent du verger en courant. Il traversa la cour alors qu'elles se précipitaient vers eux, puis, quand il quitta la chaleur du soleil pour entrer dans l'ombre fraîche du moulin imprégnée de cet air poussiéreux et fossile, il l'entendit les renvoyer, volubile, du ton impérieux et haut perché qu'emploient les Français pour s'adresser à leurs bêtes ; exactement comme la première fois, tôt ce matin-là.

Quand il rejoignit les quatre sergents dans la pièce du deuxième étage, il les trouva allongés, les yeux clos, sur des couches faites de sacs et de paille, leurs blousons roulés en guise d'oreillers. Ils lui avaient préparé son lit dans un coin.

O'Connor ouvrit les yeux.

– Le bras, ça va ?

– Ça va.

Il plia son blouson du mieux qu'il le put d'une seule main, le posa sur la paille et s'allongea. Il resta les yeux ouverts un moment, regardant le ciel, très bleu, visible par une petite fenêtre en face de lui. Puis il les ferma, et sentit le flux du sang s'unir aux ténèbres et à la lumière éblouissante pour marteler ses pensées.

6

Franklin, la jeune fille et Pierre montèrent dans la carriole pour aller en ville le lendemain matin, vers les 9 heures.

La jeune fille était assise à l'avant sur le large banc, tenant sur ses genoux deux poulets enveloppés dans du papier d'emballage. Pierre menait l'attelage et Franklin, vêtu d'une veste noire, d'un pantalon noir à fines rayures grises, et d'une chemise bleue, rayée elle aussi, était entre eux. La veste était boutonnée jusqu'en haut pour cacher le bras blessé, passé sans la manche sous la chemise. La campagne était écrasée de soleil. Après la rivière, le terrain montait, et entre les parcelles de chaumes clairs s'intercalèrent après les premiers kilomètres de plus en plus de vignobles. Le long de la route, il y eut d'abord des champs de betteraves et de pommes de terre, puis, plus haut, des vignes aux feuilles blanchies par la poussière de l'été.

– Sommes-nous loin de la ville ? demanda Franklin.

– À six kilomètres, répondit la jeune fille.

– Comment s'appelle-t-elle ?

– C'est un grand bourg. C'est jour de marché.

Elle ne voulait toujours pas lui répondre, et il s'interdit de lui reposer la question. Même s'il en voyait le nom ou l'entendait mentionner, il résolut de ne rien laisser paraître. Il voulait uniquement s'en servir pour s'orienter sur la carte. Il n'avait aucune idée des projets qu'elle faisait pour eux, mais il ne s'en contenterait pas et voulait trouver d'autres alternatives par lui-même. Il savait que tout dépendrait de sa capacité à fixer leur position, mais aussi, il en avait parfaitement conscience, que seul l'état de son bras, en dernier ressort, déciderait de leur fuite.

Il fut frappé de cette tendance qu'il avait depuis la veille à considérer la jeune fille comme la tête pensante de la maisonnée. N'était-il pas curieux que, depuis le tout premier moment, il eût placé sa confiance en elle ? Il avait à peine une pensée pour Pierre, pour la grand-mère, ou pour le père, et il prit soudainement conscience qu'il n'avait pas vu le père depuis la veille.

– Je n'ai pas vu votre père aujourd'hui, dit-il. Est-il parti ?

– Il s'est absenté.

– Alors votre grand-mère est restée seule au moulin ?

– Cela ne durera pas plus de quelques heures.

– Mais s'il arrivait quelque chose ?

– Eh bien, il arrivera ce qu'il arrivera.

– Mais si quelqu'un vient ?

– Elle a traversé trois guerres. Elle sait mieux que moi ce qu'il faut faire.

– Vous avez vraiment confiance en elle !

– Non. J'ai vraiment confiance en Dieu.

Après cela, ils roulèrent un long moment en silence ; une fois de plus, sa simplicité et ses certitudes le laissaient sans voix. La route s'étendait devant eux, droite entre deux rangées de hauts peupliers qui jetaient des stries d'ombre sur les chaumes et la terre sèche des champs de betteraves et de pommes de terre. Par endroits, du sable s'était accumulé sur la route, comme on en trouve dans les lits de rivière, formant des monticules que la rare circulation laissait intacts. Ils croisèrent quelques bicyclettes et quelques paysans à pied, mais aucune voiture. Et puis un long coup de klaxon se fit entendre, suivi par deux camions militaires qui arrivèrent à grande vitesse derrière eux, et dépassèrent la carriole sans ralentir dans un nuage de poussière, créant un courant d'air qui agita l'allée de peupliers au bord de la route. Il s'agissait de camions militaires allemands légers, dont le second était équipé en dépanneuse. Deux soldats allemands y dormaient, couchés sur le plateau arrière, près du treuil.

Ces deux Allemands, les premiers qu'il voyait, l'incitèrent à reprendre la conversation.

– Quelle est la procédure quand on arrive en ville? demanda-t-il. Y a-t-il un contrôle?

– Il n'y a pas de procédure à proprement parler. Certains jours il y a des contrôles, et d'autres non. C'est tout.

– Et qu'allons-nous faire?

– Eh bien, nous entrerons en ville avec la carriole.

– Ce n'est pas un peu voyant?

– Il vaut mieux faire comme tout le monde. C'est plus sûr que d'essayer de jouer au plus malin.

Après les peupliers, il vit un groupe de maisons blanches aux toits rouges, puis, dans un virage, la route se mit à monter. Sur les bas-côtés, des trottoirs rudimentaires de terre battue firent leur apparition.

Vers le haut de la côte, à l'entrée de la ville, les bords sablonneux furent remplacés par des cailloux grossièrement scellés dans le ciment, puis par un dallage de grands pavés en mauvais état, fissuré et soulevé par les racines d'arbres. Les petites maisons blanches aux toits rouges laissèrent place à de plus grandes demeures construites à l'écart de la rue, peu entretenues, en mal de peinture, les volets fermés contre la chaleur du soleil. Sur le devant poussaient quelques yuccas, les tiges des fleurs jaunies, mortes, les longues feuilles lancéolées cendreuses, salies, faute de pluie, par la proximité de la circulation. Certaines de ces propriétés étaient enfermées derrière des murailles crépies d'où dépassaient des arbres. De loin en loin, on voyait sur l'enduit des éraflures blanches, là où les gens avaient grimpé pour casser des branches de figuier. Encaissée entre ces hauts murs, sur ce versant de colline, la rue retenait une chaleur qui stagnait, aride et sans vie.

Pierre conduisit la carriole jusqu'au centre-ville, le cheval avançant au pas, les villas cédant peu à peu la place à des boutiques, les bas-côtés fissurés à des trottoirs sans arbres. Il y avait à présent des cafés parmi les boutiques, auvents baissés à cause du soleil, mais aux tables presque toutes vides. Devant l'un d'eux, Franklin vit un serveur qui aspergeait le trottoir avec une carafe d'eau. Il s'y prenait en bouchant le goulot en partie avec le pouce, puis en secouant d'un mouvement ample pour laisser passer des gouttelettes qui tombaient en pluie dans le soleil. Après cela, les boutiques et les cafés prenaient des aspects plus cossus, et il y eut plus de monde dans les rues, à pied, en voiture à cheval, ou à vélo. Franklin vit quelques files d'attente de femmes qui faisaient la queue devant les magasins, et dans les vitrines des boulangeries-pâtisseries il remarqua des plateaux d'un pain gris, mal cuit, et nota l'absence de gâteaux. Puis, sur le qui-vive, l'anxiété montant, il se mit à guetter la présence de l'occupant. Très tendu, il exerçait sur le plancher de la carriole une pression exagérée avec les pieds. Puis soudain, les Allemands furent là : deux soldats qui marchaient vers eux sur le trottoir. Ils avaient environ trente-cinq ans, et le plus âgé avait les cheveux grisonnants. Ils s'arrêtèrent brusquement au bord du trottoir pour inspecter la rue à droite et à gauche. Franklin garda le regard fixe, ne voyant qu'une foule indistincte, des véhicules dans le soleil, la tête du cheval qui avançait en rythme, et les deux soldats plantés là. C'était bien la pire des opérations auxquelles il eût été mêlé, se dit-il. Surveillant les Allemands du coin de l'œil, il se remémora tout ce qu'il avait appris des évasions à travers la France, marches de nuit, obligation d'éviter les villes et de rester discret, d'avancer en secret, de se cacher pour ne pas être vu. Et voilà qu'il se promenait au grand jour, son bras blessé en évidence. En ce même instant, alors que la carriole arrivait à la hauteur des soldats, il se souvint que la jeune fille était là. Mais même si elle n'a pas peur, songea-t-il, je ne suis pas comme elle. C'est plus terrorisant que le plus dangereux de nos raids. Il l'observa en coulisse. Elle regardait droit devant elle, ni crispée ni hautaine, mais simplement absente, tenant les poulets dans ses mains avec indifférence, légèrement mais fermement. Ses mains brunes, sereines, possédaient une assurance souveraine.

Quand il releva les yeux, la carriole avait dépassé les soldats et le danger. Il sentit la poussée de ses pieds se relâcher, ne prenant qu'alors pleinement conscience de cette tension qui l'avait habité. La carriole arrivait sur la place du marché, entourée sur trois côtés par des maraîchers. En son milieu, une fontaine servait de point d'arrêt aux voitures à cheval alignées en trois ou quatre rangées. L'eau ne coulait pas, mais sur les marches de pierre, assis à l'ombre, quelques vieux messieurs somnolaient, la tête appuyée contre la pierre fraîche. Sur les étalages s'amoncelaient des petites pêches vertes et rouges, du raisin blanc et des poires d'été jaunes. Le long du quatrième côté, il n'y avait pas de stands, car une grande église se dressait, avec ses deux flèches. Le porche en était vaste et ornementé, et de larges marches menaient à son portail.

Pierre conduisit la carriole jusqu'au milieu de la place et, pendant les derniers mètres du trajet, malgré les pavés qui les secouaient, la jeune fille entreprit de montrer le chemin à Franklin.

– Vous voyez cette église ? À sa droite, vous trouverez la rue Saint-Honoré. C'est la première. Vous voyez ? Celle que les deux cyclistes sont en train de prendre.

– Oui.

– Remontez la rue Saint-Honoré, vous tournerez dans la première rue à droite. C'est une petite rue qui s'appelle la rue Richer. C'est clair ?

– Très clair.

– Allez au numéro 9. Sonnez deux fois, et dites : « J'ai apporté les poulets. »

– C'est tout ?

– Oui, c'est tout. Mon père a tout organisé. Le médecin est un ami.

– C'est là qu'il est allé ?

– Oui, mais il avait aussi d'autres choses à régler.

– Pour nous ?

– Oui. Je l'espère. Nous saurons ce qu'il a réussi à obtenir quand nous rentrerons.

– Je vous suis fort reconnaissant.

Il tâchait d'exprimer un sentiment plus profond que la gratitude, mais il trouvait son français trop emprunté, trop guindé.

– Je vous suis excessivement reconnaissant, insista-t-il. Je comprends, et je vous suis très reconnaissant.

Cela eut l'air de l'amuser. Elle lui posa les poulets sur les genoux, un demi-sourire aux lèvres, au moment où la carriole s'arrêtait au milieu de la place.

– Qu'allez-vous faire en attendant ? demanda-t-il.

– Je vais aller à l'église.

– Vous y resterez même si cela me prend longtemps ?

– Oui, j'y serai.

– Alors je dois revenir vous chercher ici ?

– Oui, c'est le mieux. Si je ne vous vois pas revenir, je saurai qu'il est arrivé quelque chose.

– Et Pierre ?

– Pierre attendra quelque part par ici.

– Près de la fontaine, intervint Pierre.

Franklin descendit de la carriole, en tenant les poulets de son bras valide. Il portait des espadrilles marron, et quand ses pieds touchèrent terre, légers dans ces chaussures souples, il se sentit étonnamment sûr de lui, et libre.

– Ne marchez pas trop vite, recommanda la jeune fille. Avancez comme si vous aviez tout votre temps.

Il partit aussitôt, et traversa la place du marché sans se retourner. Il avançait assez lentement, le pied à l'aise, discret grâce aux semelles de corde. Il ne lui fallut pas plus de quinze secondes pour atteindre la rue Saint-Honoré. En tournant, il vit à l'angle le nom de la rue sur la plaque bleue à lettres blanches. Elle était longue, plutôt étroite, droite, bordée des deux côtés par des maisons de quatre étages, bureaux et habitations, et par de rares boutiques. Il y avait quelques passants, et un café au coin suivant. En quittant le soleil aveuglant de la place, il trouva l'ombre reposante, et eut soudain l'impression d'avoir été déposé loin de la guerre par une vague. Il aurait pu se trouver dans n'importe quelle petite ville de province française, par une chaude matinée de fin d'été, sans rien qui le distinguât des autres. Avec ces espadrilles aux pieds, dans ces vêtements qui n'étaient pas les siens, dans cette rue inconnue d'une ville étrangère, il ne se sentait plus le même. Tout en marchant, il se souvint des journaux qui annonçaient la grande déferlante de l'offensive, et aussi que, pas plus d'un ou deux jours plus tôt, il s'était senti extérieur à ces discours sur la guerre. Eh bien, songea-t-il, maintenant, je suis en plein dedans. La déferlante l'avait soulevé et propulsé dans le marais avec le Wellington, l'avait repris et emporté dans la campagne lunaire, à travers la rivière et les champs jusqu'à la vigne au-dessus du moulin, le projetant dans cet instant où il avait vu la jeune fille nourrir ses poules au petit matin sous les arbres fruitiers, et, roulant encore, elle l'entraînait, seul à présent, loin de la jeune fille, et de Sandy, d'O'Connor, de Godwin et de Taylor, le séparant de ses avions, de ses missions, pour le pousser vers ce coin de la rue Saint-Honoré où donnait la rue Richer, dans laquelle il tournait maintenant, passant cette fois de l'ombre à la lumière, détaché de tout et de tous, ayant oublié sa peur.

La rue Richer n'était longue que d'une centaine de mètres, et la numérotation commençait du côté par lequel il arrivait. Il dut traverser pour se rendre au numéro 9. Il monta le perron sans hésiter, sans regarder autour de lui, et sonna comme on le lui avait dit. Il entendit la sonnette tinter au loin, à l'intérieur.

Il tenait les poulets, prêt à les donner, tout en guettant le bruit des pas de la personne qui viendrait lui ouvrir. En attendant, il regarda à droite et à gauche. Devant le café, au carrefour, appuyé au pilier qui soutenait un auvent blanc rayé de rouge, un serveur contemplait la rue d'un air absent, les yeux posés sur Franklin. Sous le bord de l'avancée de toile, une haie de petits conifères en pots séparait les tables de la rue. Le serveur, son torchon sous le bras, déchiquetait des feuilles qu'il broyait entre ses doigts, machinalement. Franklin voyait parfaitement les fragments vert sombre tomber par terre, puis le serveur tendre la main sans tourner la tête, et broyer une nouvelle feuille.

La porte s'ouvrit alors qu'il était ainsi occupé à regarder le serveur. Il se tourna, sentant son cœur s'emballer, et vit une femme d'une soixantaine d'années, vêtue de noir, portant un tablier blanc d'infirmière. Elle resta à moitié masquée derrière la porte.

– Bonjour, dit-elle.

– Bonjour. J'ai apporté les poulets.

– Entrez.

Raide, elle n'écarta la porte que de quelques centimètres pour le laisser passer. Il se demanda, mal à l'aise, si elle savait ou si elle n'était au courant de rien.

Elle referma derrière lui et le conduisit dans un corridor sans plus ouvrir la bouche. Le couloir, très sombre, lui donna l'impression d'être tombé dans un piège. La situation était étrange, et le remplit d'un sentiment d'irréalité qui lui fit perdre pied. Puis il se souvint que la jeune fille l'attendait à l'église, et, comme le trajet en carriole était encore bien vivant dans son esprit, il retrouva son calme.

– Attendez ici, dit la dame.

Elle ouvrit une porte au fond du couloir, et le fit entrer dans une pièce carrée, éclairée par de hautes fenêtres dont l'une était ouverte. Il y avait un grand meuble d'herboriste équipé d'une quantité de tiroirs le long d'un mur, et une table d'examen en bois très simple au milieu. Au-dessus de cette table pendait une lampe orientable.

Le médecin, en blouse blanche, entra presque aussitôt : c'était un homme de haute taille qui portait une courte barbe noire tirant sur le roux. Il alluma la lampe et le salua, puis il ferma la fenêtre et tira d'épais rideaux verts.

– Tout va bien, dit-il à Franklin. Ôtez votre veste.

Le médecin ressortit de la pièce par une autre porte, et Franklin entendit de l'eau couler. Une minute plus tard, il revint et s'arrêta sur le seuil en s'essuyant les mains avec une serviette. Franklin s'était débrouillé pour enlever sa veste, et l'attendait debout, bras replié, sorti de la chemise. Dans la puissante lumière électrique, il fut frappé par la saleté de son pansement.

– Depuis combien de temps a-t-il été posé ? demanda le médecin.

Franklin dut réfléchir quelques secondes avant de répondre, car il perdait la notion du temps, et avait l'impression que la moitié de sa vie s'était écoulée depuis que le Wellington s'était écrasé dans le marais.

– Deux ou trois jours.

Le médecin ne commenta pas. Il retourna dans le cabinet de toilette et revint presque aussitôt, les manches relevées au-dessus des coudes, les avant-bras secs, couverts d'une toison blanche.

– Allongez-vous sur la table.

Franklin obéit, les yeux tournés vers le plafond. La lumière aveuglante et dure formait un faisceau qui lui transperçait les yeux d'une douleur éclatante. Il sentit les mains du médecin sur le bandage.

– Aviateur anglais ? demanda ce dernier.

– Oui, répondit-il, très réticent.

– Mon fils aussi était pilote.

– Dans cette guerre ?

– Il a volé sur des Morane 406 au front jusqu'en 1940.

– Avions de chasse.

– Vous les connaissez ?

– Non, mais j'en ai entendu parler.

– Vous n'avez pas combattu en France ?

– Non, je n'étais pas en France.

Il entendait craqueler la bande imprégnée de sang séché. Le médecin arrachait les couches successives en diagonale par petits coups rapides.

– Mon fils a descendu quatre avions en flammes, et il en a probablement détruit quatre autres en vol, continua le médecin. Vous avez perdu beaucoup de sang.

– Oui.

– Son appareil a été abattu le 31 mai, ajouta le médecin. Juste avant la capitulation. Pas de chance. Il a été fait prisonnier.

– Vraiment pas de chance.

– L'avion de Henri a été touché presque au même moment.

– Qui est Henri ?

– Le frère de Françoise. Vous a-t-on déjà entièrement ôté ce pansement ?

– Non.

– Attendez, je reviens.

Il repartit dans le cabinet de toilette, et Franklin leva la tête pour regarder son bras. Il ne restait que deux tours de gaze, entièrement noircis par le sang. Il se rallongea et ferma les yeux pour se protéger de la lumière, avec une brève pensée pour Françoise et son frère. Ce qu'il venait d'apprendre éclairait d'un jour nouveau l'attitude de la jeune fille.

– Nous n'avons pratiquement plus d'anesthésiant, annonça le médecin. Je suis désolé. Cela en dit long sur l'état de la France aujourd'hui.

– J'ai apporté de la morphine, un sérum antitétanique et de l'huile à la gentiane que nous avions dans l'appareil. Prenez-les, ils sont dans la poche de ma veste.

– Merci beaucoup.

Le médecin se dressa sous la lumière électrique, grande et maigre silhouette d'homme fatigué.

– Je vous remercie, et j'ai honte.

– Pourquoi ?

Ce mot lui semblait trop fort, trop chargé d'émotion, pour un geste aussi simple.

– C'est une humiliation pour la France, expliqua le médecin. Quand on vit dans un pays qui n'a plus d'anesthésiants, c'est terrible.

Sans avertissement, il se saisit de la bande et l'arracha brutalement de ce petit coup de biais si efficace. Franklin ressentit une vive douleur qui dura une ou deux secondes, la chair à vif tirée par le pansement qui partait. La blessure s'était rouverte, la croûte ne faisant plus barrière, un sang neuf, chaud et affolant, se mit à couler le long de son bras. Il n'eut pas vraiment mal, mais le choc fit monter une nausée dans sa gorge qui emplit sa bouche d'une bile aigre et chaude qu'il aurait voulu pouvoir cracher. Mais tout de suite, la fraîcheur de l'antiseptique, passé de haut en bas plusieurs fois, le soulagea. Et puis le froid laissa soudain place à une brûlure qui mordit les chairs. Il eut l'impression que son bras était ouvert en deux, à vif, et qu'une traînée corrosive courait sauvagement le long de ses veines mises à nue, les cautérisant et les faisant se rétracter. Puis il lui sembla que les mains du médecin écartaient les lèvres de la plaie. L'acidité quitta sa bouche, remplacée par le souffle sec d'un malaise qui lui montait au visage et se condensait sur son front, formant des gouttes de sueur. L'entaille s'ouvrit, puis, après un instant où la douleur, la faiblesse, et les coups de la lumière sur sa rétine le rejetaient dans un abîme de plus en plus froid, elle se referma. La plaie était tenue maintenant avec une force nouvelle, puissante et détestable, métallique, qui serrait comme un étau. Ses bords frottèrent puis fusionnèrent avant que le passage de la compresse d'antiseptique n'eût rafraîchi, puis brûlé, une dernière fois.

Après cela, il entendit que le médecin sortait de la pièce. Il y eut encore un bruit d'eau. Il resta seul, le bras étendu, raide, comme si ses veines étaient des fils électriques, et que la douleur qui y circulait se transmettait à son épaule par vagues.

Le médecin revint avec sa serviette, et s'approcha de Franklin en s'essuyant les mains.

– Des agrafes, c'est le mieux que je puisse faire. Avec une blessure pareille, vous devriez être soigné à l'hôpital.

– Ce qui reviendrait à aller en prison.

– Exactement. Comment vous sentez-vous ?

– Bien.

– Parfait. Un instant.

Il alla à la porte et appuya sur le bouton d'une sonnette qui se trouvait près de l'interrupteur.

– Rhabillez-vous.

Il prit sa veste sur la chaise, la tenant par les épaules. Quand Franklin se redressa sur la table, lentement, l'angle du plancher plongea sous la ligne d'horizon, comme vu d'un poste de pilotage, puis se redressa quand ses pieds touchèrent le sol. Sa nausée suivait les mouvements de son corps, montait, refluait, puis l'envahissait de nouveau, et ses bras lui parurent légers et fragiles alors qu'il les tendait pour enfiler ses manches. Il passa son bras valide dans la première manche, puis il se tourna doucement pendant que le médecin tirait avec précaution la seconde manche sur le pansement de l'autre bras. Ce n'était pas tant la souffrance qui l'inquiétait, il ne sentait pas son bras, mais plutôt les accès de faiblesse qui le vidaient et rendaient son visage et son corps insensibles. La porte s'ouvrit, et la femme en tablier d'infirmière entra.

– Il est prêt à partir, annonça le médecin. La rue est-elle vide ?

– Oui. Pour autant qu'on puisse voir. Il n'y a rien à signaler de particulier.

– Où allez-vous, maintenant ? demanda le médecin à Franklin.

– Je vais retrouver Françoise. À l'église.

– C'est bien. Marchez naturellement sans vous dépêcher. Vous pouvez suivre les conseils de Françoise en toute confiance, ajouta-t-il en lui tendant la main.

La femme tenait la porte entrouverte, prête à le reconduire. Franklin serra la main du médecin, et, ne sachant trop quoi dire, se contenta de contempler son visage las au regard sombre et intelligent.

– *Goodbye*, dit le médecin avec un sourire. *Good luck.*

– *Goodbye*, répondit Franklin, en anglais lui aussi, car le changement de langue instaurait une plus profonde connivence. Je ne saurais vous remercier assez. Je sais que c'est difficile pour vous.

– C'est un plaisir de pouvoir se rendre utile.

– Je m'en doute. Mais je suis conscient des dangers auxquels vous vous exposez.

– N'exagérons rien. Tout est relatif.

– C'est-à-dire ?

– On ne peut juger du risque qu'au regard de la situation actuelle de la France. Nous vivons une deuxième révolution. Un plus grand bouleversement, même. Plus terrible.

Il se tut soudain, eut un vague sourire, et passa le bras sur les épaules de Franklin pour le raccompagner.

– Mais ce n'est pas le moment de discuter de cela. Je pense qu'il vaut mieux que vous partiez tant que la voie est libre.

La femme ouvrit la porte en grand, et le médecin et Franklin passèrent devant elle pour prendre le couloir. Tous les trois s'arrêtèrent dans la pénombre de l'entrée.

– Et mon bras ? demanda Franklin. Vous ne m'avez rien dit. Y a-t-il d'autres soins à effectuer ?

– Prenez du repos. Buvez beaucoup. Pour l'instant, plus que votre bras, c'est votre état général, votre fatigue qui me préoccupent.

– Merci. Je vous suis très reconnaissant. Au revoir.

– Au revoir.

La femme ouvrit la porte et Franklin en sortant de la pénombre de l'entrée se cogna au mur blanc du soleil. Il marcha vite sans en avoir conscience, puis, pendant qu'il traversait, la faiblesse de ses jambes lui rappela son état et il ralentit. Au milieu de la rue, il sentit un regard sur lui. Sans se retourner, il vit du coin de l'œil que le serveur était encore devant le café, appuyé au pilier de l'auvent près des tables vides. Il contemplait Franklin sans ciller, sans expression, sans émotion. C'était la chose la plus déplaisante qui se pût imaginer : cette façon de dévisager une personne qui passait devant vous tout en arrachant les feuilles d'un arbuste et en les laissant tomber sur le trottoir sale. Franklin se contracta un instant, se demandant ce que lui voulait cet homme, et puis il tourna la tête pour le regarder. Il vit alors que les yeux n'avaient pas bougé, qu'ils restaient réglés sur un angle étroit, devant eux, sans le suivre. Le serveur ne s'intéressait pas à lui. Il regardait dans le vide, sans pensée et sans raison, hormis celle de la brute habitude de regarder toujours quelque chose.

L'incident l'avait alarmé et mis mal à l'aise ; il sentit la peur le filer sournoisement, en espion, alors qu'il tournait dans la rue Saint-Honoré. Elle le suivit jusqu'à la place. Arrivé au coin, il regarda derrière lui comme s'il s'attendait à voir surgir quelqu'un dans son dos, mais la rue était pratiquement déserte, sauf à son autre extrémité où il vit une carriole et de rares et tristes passants. Il avait calé la main de son bras blessé dans la poche de son pantalon. La pression du pansement sur son coude accentuait le battement douloureux dans ses veines, surtout dans la partie basse du bras et dans la main.

Il gravit avec lenteur les marches de l'église, et passa de la chaleur écrasante de la place à l'ombre brune et morte du portail ouest. À l'intérieur, il s'arrêta dans la nef pour repérer Françoise. Quelques femmes étaient agenouillées dans les rangées du fond, et il s'effraya de ne pas la voir parmi elles. Il avança sans bruit sur la longue bande de tapis de corde sale qui couvrait les dalles des travées, et soudain il la vit seule, vers le milieu, plus près de l'autel, agenouillée, la tête dans les mains.

Il alla s'asseoir discrètement et sans rien dire à côté d'elle. Elle ne releva pas la tête, mais il vit son œil vif comme une cerise noire entre ses doigts, et il comprit qu'elle avait guetté son arrivée.

– Tout va bien ? chuchota-t-elle.

– Oui, tout va bien. Très bien.

– Vous feriez mieux de vous agenouiller et de cacher votre visage dans vos mains. Il n'est rien arrivé ?

– Non, rien.

Il se laissa glisser sur l'agenouilloir, posa sa main valide sur l'accoudoir devant lui, et y appuya la tête. La jeune fille était toute proche, et il y fut sensible. Quand elle reprit la parole, elle parlait si bas qu'il put à peine la comprendre, et dut tourner la tête vers l'œil brillant pour voir les lèvres bouger contre les mains brunes.

– Je suis désolé d'avoir mis longtemps.

– Vous n'avez pas mis longtemps.

– Je vous remercie beaucoup d'avoir attendu.

– Je priais pour vous. Pour vous tous. Vous allez à l'église ?

– Oui, mais pas à votre Église.

– À quelle Église ?

– L'Église anglicane.

– Est-ce très différent ?

– Non, pas très.

Il regarda autour de lui, les lumières tamisées sur les colonnes, le maigre assemblage de longs cierges et de petites bougies qui brûlaient sous l'image de la Sainte Vierge.

– Vu de l'extérieur, c'est presque pareil. C'est un peu plus simple chez nous. Notre foi repose moins sur le rituel.

Il vit le regard noir pétiller derrière les mains jointes.

– C'est bien d'avoir la foi.

– Oui, c'est très bien.

– C'est ma foi qui m'a aidée à vous attendre ce matin. Je savais que vous reviendriez, et vous êtes revenu.

Il ne dit rien.

– Je crois aussi que vous arriverez à vous échapper. Je sais que c'est possible. J'ai beaucoup prié pour vous.

Il ne savait que répondre. Il se sentait humble devant tant de force simple. Françoise se tut aussi un instant, et il en profita pour la regarder de côté, admirant les boucles noires qui tombaient sur son visage, et les lèvres closes, sérieuses dans l'ombre de ses mains. Agenouillé dans l'église, les yeux posés sur elle, son impression d'être poursuivi s'envola, lui paraissant soudain ridicule. La terrible confusion des jours passés s'allégea, partant avec sa peur.

– Comment va votre bras ?

– Bien.

– Et vous ? Vous sentez-vous mieux, maintenant ?

– Oui.

– Vous étiez très pâle tout à l'heure en arrivant. Reposez-vous encore un peu si vous n'avez pas la force de repartir.

– Inutile. Je suis prêt à vous suivre.

Elle tourna la tête vers lui, et il vit enfin de face les yeux noirs et brillants. Le regard serein resta posé sur lui pendant une ou deux secondes, et soudain, en la voyant si jeune, si calme, il fut saisi d'effroi. Le danger lui apparut clairement pour la première fois. Il se souvint avec épouvante des risques que prenaient les Français en aidant les gens comme lui. Il ne pensa ni aux rumeurs, ni à la propagande, ni aux histoires atroces qui se racontaient, mais seulement à la dure réalité : en l'aidant, elle commettait un acte de trahison. Une aigreur brûla sa gorge, qu'il ravala, mais l'horreur resta, et soudain il se dit qu'il ne fallait plus attendre. Ils devaient repartir, continuer seuls tous les cinq, lui et les quatre sergents, pour éloigner d'elle les risques et les complications, et que, en cas de malheur, le malheur n'arrivât qu'à eux, et l'épargnât elle.

– Pensez-vous que nous pourrons reprendre la route ce soir ? demanda-t-il.

– Non, répondit-elle fermement, sans surprise apparente.

– Maintenant, il serait pourtant préférable que nous partions le plus vite possible.

– Dès que ce sera possible, oui. Mais ce n'est pas le cas.

– Il ne faut pourtant pas trop attendre. Nous vous faisons courir un grand danger. Cela doit bien être possible. Est-ce que demain nous pourrons partir ?

Elle le regardait fixement.

– Vous ne devez pas avoir peur pour nous.

– Mais si, j'ai peur pour vous.

– Il ne le faut pas. Cela s'est déjà fait. Si vous avez la foi, alors cela pourra se refaire.

– Vous l'avez déjà fait ?

– Non. Mais d'autres l'ont fait. C'est une question de patience, et de foi en l'avenir. Vous devez seulement me faire confiance, c'est tout.

Brusquement, il rapprocha sa main valide de la sienne, frôla ses cheveux, puis posa sa paume ouverte sur les doigts joints.

– Si je vous fais confiance, me ferez-vous assez confiance, vous, pour me promettre une chose ?

– Quoi ?

– Si vous avez l'impression à n'importe quel moment que le risque est trop grand, vous me le direz, et vous nous laisserez partir. C'est mieux ainsi, et nous comprendrons.

– Je vous fais totalement confiance. Vous sentez-vous la force de rentrer, maintenant ?

– Quand vous voudrez.

Elle ne répondit pas, et il vit qu'elle avait fermé les yeux. Il attendit une trentaine de secondes, le temps de lui laisser finir sa dernière prière, puis elle se signa en se relevant, rapidement, mais avec une humilité de vraie croyante, la tête encore légèrement inclinée vers le sol.

– Ne vous dépêchez pas, et ne regardez pas derrière vous, recommanda-t-elle. Ne vous imaginez pas que nous sommes suivis. Nous allons acheter des pêches.

Il sortit de l'église avec elle, et une fois de plus, comme lorsqu'il était parti de chez le médecin, il eut l'impression que le soleil qui les attendait dehors était un rideau blanc éblouissant. La chaleur trop brillante l'assomma tout le temps qu'il leur fallut pour traverser les dalles lisses, dépasser la fontaine et atteindre l'autre côté de la place. Alors qu'ils longeaient la carriole, il vit que Pierre s'était assis dans son ombre, appuyé à la roue, paupières closes. La jeune fille dit quelque chose au passage, mais il n'ouvrit pas les yeux, et elle continua son chemin avec Franklin comme si de rien n'était jusqu'aux étalages. Il y en avait six ou sept, sous des auvents vert terne, qui proposaient des produits périssables de fin d'été, trop mûrs pour supporter le transport : de petites pêches vertes et roses, des raisins blancs sucrés, des poires tendres de début de saison, et quelques pommes. La jeune fille s'arrêta à un stand et prit une pêche en la pressant entre ses doigts. Quand elle la reposa, il vit la marque de son pouce, comme un bleu, sur la peau rosée du fruit. Il resta un instant fasciné, s'attendant presque à voir la trace disparaître, comme le creux fait par un enfant dans une balle en caoutchouc se regonfle, puis il se tourna, et ne la vit plus.

Il eut un coup au cœur. L'air trop plein de l'odeur chaude et douceâtre des fruits mûrs lui sembla suffocant. Affolé, il regarda tout autour de lui, puis comprit qu'il n'aurait pas dû avoir peur. Elle était deux stands plus loin, marchandant des pêches qu'elle pressait entre ses doigts.

Il la rejoignit.

– J'ai cru que vous étiez partie.

– N'ayez pas peur.

– Je n'ai pas peur.

– C'est plus naturel si je m'éloigne de vous de temps en temps. C'est ainsi que font les gens qui se connaissent bien.

Il s'en voulut et se sentit très bête.

– Je promets de vous faire confiance, soupira-t-il, et puis je romps tout de suite ma promesse.

– Ne parlez pas trop. Mangez une pêche, cela vous obligera à vous taire.

Elle lui donna six ou sept de ces petites pêches, par une ou deux parce qu'il ne pouvait se servir que d'une seule main, qu'il mettait dans sa poche. Il attendit qu'elle payât, puis qu'elle aussi se remplisse les mains, et ils retraversèrent la place. Il mangea la dernière pêche qu'elle lui avait tendue, la croquant comme une pomme. Elle était fraîche et juteuse, et il pensa aussitôt à ses camarades cloîtrés dans la pièce poussiéreuse en haut du moulin, qui devaient s'inquiéter pour lui. Il pensa à O'Connor, cet homme plein de ressources et au sourire sympathique ; à Sandy, chauve et correct ; et aux deux jeunes sergents, trop avides de bien faire. Ils ont sans doute plus peur que moi, songea Franklin, se rendant compte ainsi que, lui, n'avait plus peur. Il savourait une pêche au soleil sur la place du marché d'une ville française inconnue, se promenant tout naturellement comme tout Français le ferait avec une fille, étranger dans une ville étrangère. Il se sentait loin de la guerre, loin des bombes larguées par des hommes comme lui; de la vie étriquée imposée par les restrictions en Angleterre, et de la tristesse des ruines des maisons bombardées; et par-dessus tout de la tension des missions, de leur odeur, de la concentration intense qu'elles exigeaient. C'est très simple, se dit-il, la situation peut se résumer ainsi: nous devons nous évader de France, un point c'est tout.

Il terminait sa pêche quand il vit Pierre qui venait à leur rencontre dans la carriole. Lorsque la voiture s'arrêta à leurs côtés, la jeune fille demanda de nouveau:

– Comment va votre bras?

Et il répondit:

– Je n'y pensais même plus.

C'était un mensonge qu'il débita vite pour éviter d'autres questions. Elle lui jeta un coup d'œil. Dans ce regard se mêlait un étrange mélange de doute, de pitié et de tendresse amusée, comme si elle comprenait parfaitement ce qu'il ressentait, et pourquoi il mentait.

– Bien, dit-elle. Nous allons repartir. Asseyez-vous au milieu pour cacher votre bras entre nous, comme à l'aller.

Il grimpa, suivi par la jeune fille. Pierre lui fit un sourire, mais sans commentaire. La carriole se mit en branle, et Franklin se souvint qu'il devait revenir avec une information importante.

– Comment s'appelle cette ville?

Il leur fallait le nom pour se situer sur la carte. Sandy était bon navigateur. Le reste serait facile.

– Vous n'avez pas besoin de le savoir, répondit la jeune fille.

– Pourtant, ce serait utile.

– Il vaut mieux que vous l'ignoriez.

– C'est très important pour nous.

– Et c'est très important pour nous que vous ne le sachiez pas.

Il se sentit soudain piteux, mesquin, humilié. C'était comme si des inconnus lui avaient offert un repas, et qu'il avait exigé de savoir combien ce repas avait coûté pour l'accepter. Il se traita d'imbécile.

– Excusez-moi, dit-il. Je vous en prie, excusez-moi.

Il posa la main sur celles de la jeune fille, croisées devant elle sur ses genoux. Il fut ému par ce contact, et il sentit qu'elle n'y était pas non plus indifférente. Elle ne bougea pas les mains, ne dit rien, mais il voulut voir dans ce silence et dans cette immobilité le signe qu'elle comprenait ses regrets.

Ils sortirent de la ville en silence, puis reprirent la route du plateau, vers la crête qui dominait la rivière et le moulin. Le soleil tapait sans relâche avec la même force aveuglante dont il avait pris conscience en passant dans la rue à droite de la place. Vers la fin du trajet, il avait si mal à la tête qu'il avait l'impression qu'un couteau avait été posé en travers de son crâne, et que les secousses de la carriole actionnaient la lame comme un hachoir.

Quand ils arrivèrent dans la cour du moulin et qu'il descendit de la carriole, la percussion de ses pieds sur le sol lui sembla faire vaciller sa tête sur ses épaules.

– Montez tout de suite, conseilla la jeune fille. Nous vous apporterons quelque chose à manger.

– Et à boire. Je dois boire beaucoup.

– Oui, mais montez tout de suite.

Alors qu'il se hissait lentement en haut des deux escaliers, appréciant la fraîcheur de l'ombre sur ses yeux après la brûlure du soleil, il entendit les voix des sergents, qui lui parvinrent longtemps avant la porte.

Ils étaient survoltés, et un concert de cris l'accueillit quand il ouvrit.

– Bon Dieu, Frankie! Dieu merci, te voilà! Nous mourions de peur pour toi, mon vieux, nous avons cru que tout était fini.

– Fini? Comment ça?

Il restait au milieu de la pièce, oscillant légèrement, son regard vague interrogeant les visages tourmentés des sergents.

– Les boches sont venus ici, dit O'Connor. Tu te rends compte? Les boches sont venus!

7

Il ne parvint pas à avaler la soupe et le pain que la vieille dame lui monta une demi-heure plus tard, mais il trouva du lait qu'il but lentement, à demi allongé dans un coin de la pièce, les yeux presque clos, pendant que les sergents se restauraient en revenant sur les événements.

– Après ton départ, dit O'Connor, nous avons mis en place des tours de garde, l'un après l'autre toutes les demi-heures. J'ai pris le premier tour, Goddy a pris le deuxième. Sandy était en train de le relever quand Goddy a crié : « C'est qui, celui-là ? » Nous avons couru à la fenêtre, et nous avons vu un boche qui se dirigeait vers les vignes.

– Seul ?

– Non. Avec le vieux. Le père.

– Et après, qu'ont-ils fait ?

– Ils sont montés jusqu'aux vignes, ils se sont arrêtés, ils ont taillé le bout de gras un moment, et puis ils sont entrés dans les rangées.

– Peut-être que ça ne veut rien dire.

– Ils y sont restés presque une demi-heure, bon Dieu ! Et quand ils sont ressortis, le vieux faisait une de ces tronches ! Tu imagines que nous n'en menions pas large en les voyant revenir par ici. Ça ne rigolait plus.

– Et ensuite ?

– Eh bien, c'est ça le plus bizarre. Ensuite, rien. Ils sont restés dans la cour encore vingt minutes à discuter. On les entendait d'ici. Et puis le boche est reparti. À pied. Ça veut dire quelque chose, ça. Ça veut dire qu'il ne venait pas de bien loin.

– Possible.

Il posa son verre de lait par terre sans le lâcher, et le regarda sans le voir, pensif. Il voulait envisager calmement la situation, mais il avait trop entendu parler de la traîtrise qui empoisonnait la France pour que les doutes n'attaquassent pas sa raison en compliquant tout. Et puis il avait du mal à réfléchir, perturbé par les coups de boutoir qui percutaient son crâne, comme si on frappait violemment la cloison derrière lui. Il n'arrivait pas à faire le tri dans ses pensées, à aligner les idées logiquement pour trouver une explication plausible. Et pourtant il ne voulait surtout plus tirer de conclusions hâtives.

– Sandy, qu'en penses-tu?

– Moi? Que nous devons nous remettre en route, sans traîner.

– Je te crois, intervint O'Connor. Si c'était moi, je partirais tout de suite.

Godwin et Taylor approuvèrent avec un rire en jetant un regard à O'Connor. Franklin comprit alors qu'ils en avaient déjà discuté, et qu'ils étaient tous les quatre tombés d'accord.

– Réfléchissons calmement, protesta-t-il.

– Calmement, calmement, tu en as de bonnes, répondit O'Connor. Mettons les voiles. Ça commence à sentir le roussi.

– Et cette ville? demanda Sandy. Comment était-elle? Tu as trouvé où nous sommes?

– Non.

– Si seulement nous connaissions son nom, je déterminerais notre position, et le reste irait tout seul. Nous avons toutes les cartes nécessaires.

– Tu as demandé à la fille? s'enquit O'Connor.

Franklin hésita. Il redoutait qu'ils ne comprissent pas. En

son absence, la cohésion du groupe s'était rompue. Il avait été écarté de la discussion, et ils s'étaient forgé une idée simpliste des dangers qu'ils couraient et du risque de dénonciation. Lui, de son côté, après les deux trajets avec la jeune fille, leur tête-à-tête dans l'église et la conversation avec le médecin, avait appris à mieux les connaître. Autant ne pas entrer dans les détails.

– Ils préfèrent que nous ne sachions pas le nom de la ville, dit-il. C'est tout.

– Ils ne pensent qu'à eux, persifla O'Connor. Saletés de Français ! Des égoïstes.

– Et nous, nous ne sommes pas égoïstes ? s'emporta Franklin, sa colère grondant dans sa tête comme un tonnerre sourd. Réfléchis un peu ! Personne ne va te couper la tête si tu te fais prendre. Ni te coller contre le mur pour te fusiller. Eux, ils risquent leur vie pour toi.

– À moins qu'ils ne nous dénoncent !

– Nous ne nous en sortirons jamais si nous ne leur faisons pas confiance. C'est certain.

– Eh bien, moi, je ne leur fais pas confiance. Les Français, je les ai vus en 40, et je ne leur fais pas du tout confiance. Une fois, ça suffit.

– Bon, d'accord, d'accord, ne leur fais pas confiance ! s'écria Franklin. Mais à moi, tu me fais confiance ?

O'Connor ne dit plus rien, et il y eut un silence gêné pendant lequel Franklin reprit son verre, but quelques gorgées, et le reposa brutalement par terre. La colère cognait cruellement dans ses tempes, et il garda les yeux braqués sur la pellicule de lait blanche qui glissait doucement sur l'intérieur du verre.

Taylor reprit la parole le premier.

– Nous pouvons nous en passer, du nom de cette ville, non ? Nous sommes arrivés ici sans savoir où nous étions.

– C'est la première phrase sensée que j'aie entendue depuis que je suis rentré ! s'exclama Franklin. Si nous devions partir d'ici seuls, rien ne nous en empêcherait. Si nous acceptons leur aide, nous devrons peut-être attendre quelques jours, mais nous irons deux fois plus vite. Bon, ça vous va ?

Il attendit quelques secondes pour voir si quelqu'un voulait lui répondre, puis il se leva.

– Très bien, dit-il.

Sa colère retomba un peu, laissant place à de l'animosité. Il était très fatigué, et le lait, d'abord rafraîchissant, l'avait écœuré après quelques gorgées et lui restait sur l'estomac.

– Très bien. Pour vous faire plaisir, je vais aller leur demander de m'expliquer cette histoire de boche. C'est le plus simple.

Il sortit de la pièce sans ajouter un mot, descendit, et traversa la cour. Une colère lancinante battait de nouveau sous son front quand il s'arrêta devant la porte de la cuisine et se trouva face à la jeune fille.

– Que faites-vous là ? s'exclama-t-elle. Vous ne devez pas descendre.

Elle alla vite fermer derrière lui, et le soleil disparut. Le passage brutal de la lumière à l'ombre lui donna des éblouissements.

– Quelqu'un est venu, dit-il.

– Oui. Un Allemand.

– Il y a un danger ?

– Non, tout va bien.

Dos à la table de la cuisine où ils avaient pris leur petit déjeuner, elle se dressait, jeune, le regard clair, le mettant au défi de douter d'elle.

– Tout va très bien.

– Nous nous demandions…

Il s'interrompit, car le père entrait dans la cuisine. Franklin lui trouva l'air fatigué et assez inquiet. Son cou noueux se contracta quand il s'adressa à lui.

– Quelque chose ne va pas ?

– Non, non, dit Franklin.

– C'est à cause de l'Allemand, expliqua la jeune fille.

– Il est venu pour la vigne, expliqua le père. Il ne s'intéressait qu'à nos vignes, c'est tout. Ne vous inquiétez pas.

– Vous pensez qu'il n'a rien soupçonné ? demanda Franklin.

– On ne peut pas savoir, mais je crois que non. Il s'intéressait uniquement au raisin. Il n'est venu que pour estimer le volume de la récolte, c'est tout. Vous n'avez pas à vous en faire.

– Je ne suis pas inquiet moi-même, précisa Franklin en s'efforçant de conserver un ton naturel et courtois. Mais la présence de l'Allemand a déconcerté les autres. C'est tout.

– Ça se comprend.

– Savez-vous quand nous pourrons partir ? Nous sommes très pressés de nous en aller. Nous ne sous-estimons pas les risques que vous prenez.

– Il n'y a aucun risque. Seule l'impatience peut nous mettre en danger.

– C'est bien ce que je pense aussi.

– Les cinq premiers jours sont très dangereux. Et puis vous avez besoin de papiers. C'est absolument nécessaire. Et les papiers, il faut le temps de les préparer.

– Je comprends. Je vous demande pardon de cette impatience.

– C'est bien naturel.

Franklin s'appuya contre la table. Il remarqua alors que la jeune fille avait pris ses distances. Elle s'était rapprochée du buffet, et attendait, digne et droite, les bras le long du corps, et le contemplait sans intervenir. Sans doute se demandait-elle où était passée la confiance qu'il lui avait promise. Il ne la regarda qu'un instant, puis détourna les yeux.

– Votre bras va mieux ? demanda le père.

– Beaucoup mieux.

Cela lui rappela le médecin.

– Le docteur vous envoie ses salutations.

– Merci.

– Il m'a parlé de votre fils. Je comprends la peine que vous devez ressentir.

– Merci… Merci.

Le père inclina rapidement la tête, puis la redressa. En voyant qu'il avait les larmes aux yeux, Franklin sut qu'à partir de cet instant, et quels que fussent les états d'âme des autres, jamais plus il ne pourrait avoir de doutes.

– Je vais retourner au moulin.

Il jeta un coup d'œil à la jeune fille qui gardait toujours la même attitude défensive, ne sachant trop que penser de lui.

– Vous préférez que nous ne descendions pas ?

Il l'avait incluse dans cette remarque, espérant qu'elle allait lui répondre, mais elle n'en fit rien.

– Oui, c'est mieux, dit le père. De jour, surtout. La nuit, c'est moins ennuyeux. Vous pourrez descendre les uns après les autres.

– Merci.

Il s'arrêta à la porte avant de l'ouvrir, espérant que la jeune fille cesserait de le regarder sans mot dire, mais elle ne rompit pas son long silence. Elle le scrutait d'un air intensément critique, lui sembla-t-il. Quand il se résolut enfin à sortir, le soleil, une nouvelle fois, le frappant trop violemment après l'ombre, elle n'avait toujours pas bougé, droite, immobile et muette.

Il passa le reste de l'après-midi couché sur le plancher du moulin, ayant la sensation que le lourd mécanisme archaïque s'était mis en branle sous lui, battant l'eau qui se déversait en une cataracte assourdissante juste sous sa tête. Par moments, il s'enfonçait dans une torpeur qui était davantage de la stupeur que du sommeil, et quand il en émergeait, il voyait toujours l'un des sergents à la fenêtre. Les autres étaient allongés par terre, et plus personne ne parlait de partir depuis qu'il avait expliqué l'intérêt de l'Allemand pour le vignoble. Il sentait persister une légère animosité à son égard, mais il n'en souffrait plus. Sa seule inquiétude, c'était la dernière impression qu'il avait emportée de la jeune fille : hostile, elle aussi, mais malheureuse en même temps, comme s'il l'avait beaucoup blessée. Et dans l'engourdissement fiévreux qui l'abrutissait, tourmenté par les élancements de son bras qui remontaient jusque dans sa tête, il s'étonnait qu'en une seule journée ses sentiments eussent pu devenir aussi puissants, aussi incompréhensibles, et même parfois aussi douloureux. Quelles que fussent ses pensées cet après-midi-là, et l'intensité de la souffrance qui les envahissait, le souvenir du visage de la jeune fille si beau, si confiant et si simple lui revenait sans cesse en mémoire, hanté qu'il était par l'éclat de son œil noir comme une cerise dans l'ombre de l'église, et par son regard déconcerté et peiné dans la cuisine. Un besoin terrible de lui parler le tourmentait.

Tard dans l'après-midi, il s'endormit sans perdre toutefois la conscience nébuleuse de l'endroit où il se trouvait. Sa tête lui paraissait énorme et creuse, à peine reliée à ses épaules. Il ne se réveilla que vers 7 heures du soir. Il se tourna sur le dos, les yeux levés vers les poutres sombres, et il essaya d'évaluer l'inclinaison du soleil. La douleur avait baissé entre ses yeux, et il avait très soif. Son regard fut attiré par une ombre qui se déplaçait dans la pièce, et il vit Sandy se pencher sur lui, l'air inquiet.

– Ça va ? demanda le sergent.

– Il fait chaud, ici, répondit-il, se faisant violence pour parler.

– La grand-mère est montée pour t'apporter un petit quelque chose à manger vers 5 heures, mais nous n'avons pas voulu te réveiller.

– Vous avez bien fait, je n'ai pas faim. Mais j'ai soif.

– Il reste un peu de lait.

– Je n'en veux pas. Ça me donne encore plus soif.

– Il n'y a que du vin ou du lait. J'avais peur que le vin ne fasse monter ta fièvre.

– J'ai de la fièvre ?

– Oui. J'ai pris ta température pendant que tu dormais. Nous avons un thermomètre, grâce à O'Connor et au fatras qu'il trimballe.

– J'ai beaucoup de fièvre ?

– Non, pas trop, juste un degré et demi au-dessus de la normale.

Franklin fut alerté par son ton, et se demanda s'il fallait le croire, puis, soudain, il se rendit compte que la pièce était vide à part eux. Il se sentit de nouveau inquiet et en colère.

– Bon sang, où sont passés les autres ?

– Ne t'en fais pas. Ils sont montés. Ils ont découvert un autre étage. La vieille dame a dit que nous pouvions nous y installer, alors ils y sont allés pour mieux surveiller les environs. Et puis ils peuvent parler sans te déranger. Ça leur permet aussi de se dérouiller les jambes.

– C'est ça les cognements ?

– Quels cognements ? On n'entend rien. Même pas l'eau.

Franklin se rallongea sans rien dire. Par la fenêtre, il voyait le bleu du ciel, brûlant, sans un nuage. Rien ne pouvait indiquer s'il y avait du vent, et, comme l'affirmait Sandy, il n'y avait pas de bruit. La confusion régnait dans son esprit.

– Sandy, je ne me suis pas trop mis en pétard, au moins, ce matin ?

– Tu étais en pétard, mais pas trop.

– Nous ne pouvons pas encore partir. Tu comprends, j'espère.

– C'est que…

– Nous devons leur faire confiance, Sandy. Puisque nous avons accepté leur aide, maintenant nous devons suivre leurs conseils.

– Moi, je le sais, mais c'est O'Connor que tu devras convaincre.

– O'Connor ne voit pas plus loin que le bout de son nez. Malgré son nom irlandais, c'est une tête de mule de la pire espèce, comme un Anglais, mais tête brûlée, comme le pire des Irlandais. Par-dessus le marché, il se permet de mettre tous les Français dans le même panier et de les traiter de salauds. Quelle imbécillité !

– Ne t'en fais pas. C'est toi le chef. Tu peux toujours lui demander de la boucler.

– Je ne donne pas d'ordres à l'équipage, tu le sais bien.

– Ne t'inquiète pas. Repose-toi, dors. Tu pourrais boire ton lait si je versais un peu de rhum dedans ?

– Oui.

Il se redressa et s'appuya le dos au mur. Un voile noir descendit sur ses yeux et il se sentit mal, le temps pour son corps de se remettre du mouvement.

Sandy lui apporta le lait additionné de rhum.

– Merci, dit Franklin.

Il prit le verre et but un peu, appréciant la saveur de l'alcool qui relevait la fraîcheur fade du lait et l'empêchait de trop adhérer à sa bouche.

– Tu te souviens de Davies, du 7e *Squadron* ? demanda-t-il. Il a dû attendre un mois dans une ferme un peu au sud de Paris avant de pouvoir rentrer.

– Certains sont revenus en trois jours.

– Trois jours, trois mois, c'est pareil. L'important, c'est d'y arriver.

– C'est vrai.

– Content que tu sois de mon avis.

Il but encore, mais le lait embarrassait tant sa langue qu'il n'eut plus envie de parler.

Il rendit le verre à Sandy et se rallongea par terre.

– Quelle heure est-il ?

– Environ 7 heures. Elle a dit que nous aurions à dîner vers la demie.

– Je vais essayer de dormir un peu.

– Je te réveille quand elle apportera le repas ?

– Non. Seulement si c'est nécessaire.

Il tourna la tête pour appuyer la joue à plat, mais, au lieu de s'endormir, il plongea de nouveau dans la torpeur fiévreuse qui faisait battre le sang dans son crâne, et le bombardait du souvenir trop vif et coupable de la jeune fille près du buffet, qui le contemplait sans lui adresser la parole. Un peu plus tard, il entendit les trois sergents revenir et se mettre à parler, d'abord trop fort, puis en sourdine, mais il n'ouvrit pas les yeux. Il s'apaisa un peu lorsque le soleil baissa, et parvint à s'endormir, glissant enfin dans le sommeil, bercé par ce long murmure.

Quand il se réveilla, il faisait si noir qu'il se dressa d'un coup, s'appuyant sur son coude. On avait posé sur lui une couverture qui avait conservé sa chaleur et l'humidité de sa transpiration, si bien qu'il eut l'impression d'être dans une étuve.

– Il y a quelqu'un ?

– Tout va bien, dit la voix de Sandy.

Le sergent traversa la pièce. Il était pieds nus.

– Nous sortons prendre l'air à tour de rôle. O'Connor et Goddy sont déjà sortis. Taylor est en bas.

– Il n'y a pas eu d'alerte ?

– Pas la moindre. Tu veux descendre ?

– Oui. Je vais y aller tout de suite.

Il se leva et eut besoin d'un moment pour trouver son équilibre, mal assuré sur ses jambes, heureux de cette obscurité qui cachait sa faiblesse. Il se passa la main sur le visage pour en chasser le sommeil, mais s'arrêta en plein geste. Il voyait briller quelque chose dans le noir. Le bout incandescent d'une cigarette.

– Qui est en train de fumer?

– C'est moi, dit la voix d'O'Connor.

– Éteins-moi ça tout de suite!

– Pourquoi?

– Écrase-la je te dis! hurla-t-il. Écrase-la, espèce de triple imbécile, écrase-la!

– Je ne vois pas pourquoi tu…

– Mais nom d'un chien! Éteins-la, tu m'entends?

Le point rouge vif disparut dans le noir. Il était hors de lui. Il sortit de la pièce aussi vite qu'il put, avançant comme un homme entre deux vins, pour éloigner cette colère folle. Il ouvrit la porte et traversa le moulin, souffrant d'un horrible malaise dû à sa fièvre et à sa fureur, et à l'engourdissement de son corps qui n'avait pas bougé depuis midi. Il éprouva un immense soulagement en sortant dans l'air pur, mais encore chaud d'une nuit légèrement parfumée. Elle sentait bon la paille, et une odeur plus entêtante d'eau, et de pierre lavée, chauffée par le soleil. Il resta un moment appuyé au mur du moulin, malade et écœuré de lui-même, aspirant avidement l'air pur, bouche ouverte, comme de la nourriture.

Il était là depuis deux ou trois minutes quand il entendit des voix. Elles venaient de la rivière. Des gens qui parlaient en français, semblait-il. Il prit le chemin pavé entre la maison et le moulin et marcha vers l'eau qui brillait au bout de la jetée, sous un ciel qui n'était pas tout à fait noir.

Il identifia d'abord la voix de la jeune fille; l'autre, plus grave, plus lente, mais qui s'exprimait aussi en français, lui parut très familière, et il devina que c'était Taylor. Il s'arrêta pour écouter. Taylor semblait parler très couramment le français.

Il se remit en marche, et là, près de la jetée, il vit Taylor et la jeune fille qui parlaient ensemble. Il se précipita vers eux, comme s'il allait courir jusque dans l'eau. Il était repris par la même colère noire qu'avait provoquée la cigarette d'O'Connor. Il savait sa réaction disproportionnée, mais il n'avait pas la force de se contrôler. La fureur jaillissait de lui tel un vomissement.

– Bonsoir, dit-il.

– Bonsoir, mon lieutenant, répondit Taylor avec une politesse inusitée qui sonnait faux. Je discutais simplement avec Françoise.

– Je ne savais pas que tu parlais français.

– Je me débrouille.

– J'ai demandé si quelqu'un parlait français, et tu n'as rien dit.

– Puisque tu le parles, ça n'avait pas beaucoup d'importance.

– Cela pourrait en avoir.

Il s'exprimait d'un ton dur, contraint. Il détestait Taylor. Sa réaction le surprenait, il se rendait compte que son comportement était étrange, répréhensible, même.

– Tu ferais mieux de remonter au moulin.

C'était un ordre à peine déguisé. Il vit dans la nuit la longue silhouette du jeune homme s'écarter de la forme immobile de la jeune fille.

– C'est idiot de parler dehors, ajouta-t-il.

Plus cela allait, plus il s'en voulait, et pourtant il ne pouvait pas s'en empêcher.

– D'accord, dit Taylor.

En partant, le sergent se retourna pour regarder la jeune fille. «Ce n'est qu'un gamin, songea Franklin. C'est tout à fait normal, ça ne veut rien dire. Mais qu'est-ce qui me prend? Qu'est-ce que j'ai, bon sang?»

Il attendit, raide et irritable, que Taylor se décidât enfin à partir.

– Bonsoir, dit ce dernier.

Son français était excellent, l'accent beaucoup moins prononcé que le sien. La familiarité que cette perfection nouait lui fut insupportable.

– Bonsoir, mademoiselle. Bonsoir, répéta Taylor.

– Bonsoir, répondit-elle.

Le jeune homme tourna brutalement les talons. Franklin eut le sentiment d'être de trop, entre le sergent qui les quittait d'un pas rapide et la jeune fille qui s'éloignait lentement sans lui vers la rivière.

Il la suivit, puis, quand il fut à sa hauteur, il régla son pas sur le sien. Il se sentait lamentable, humilié par sa colère déraisonnable.

– Je suis désolé, dit-il.

– Votre somme vous a-t-il fait du bien ?

– Je vais mieux. Je n'ai pas beaucoup dormi.

– Ma grand-mère va vous donner quelque chose pour vous aider à dormir. Cela fera baisser votre fièvre.

Ainsi, elle savait qu'il avait dormi et qu'il avait de la fièvre, songea-t-il. Elle savait tout. Il garda le silence. Elle avançait lentement, s'éloignant du moulin vers un endroit, derrière la maison, où le jardin descendait jusqu'à l'eau. Elle portait un vêtement noir qui se fondait dans la nuit, ne laissant paraître que l'ovale clair de son visage, légèrement penché vers le chemin. La clôture du jardin bordait la berge, le long d'un sentier sur lequel s'inclinaient, au bout, les branches d'un groupe de pommiers. Sous les arbres, la jeune fille s'appuya à la clôture, et il s'arrêta avec elle. Il sentait à présent le parfum entêtant des pommes tombées, peut-être écrasées dans l'herbe, comme une odeur de vin nouveau, plus fort que celui de l'eau et du blé. Il rassembla son courage, se rendant soudain compte que ce qu'il voulait lui dire ne devait pas attendre, sans quoi il serait trop tard.

– Je voulais vous expliquer pourquoi j'étais descendu vous voir à la cuisine.

– Cela n'a plus d'importance.

– Ce sont les autres qui ne vous faisaient pas confiance. Après la visite de l'Allemand. Pas moi. Moi, je vous fais confiance. Pleinement confiance. J'ai totalement confiance en vous tous. Le contraire serait impossible.

Il lui posa la main sur l'épaule. Elle ne bougea pas, ni ne parla, mais il sentit peu à peu retomber son incompréhensible colère, apaisé par ce silence hésitant qui tissait entre eux une forme de complicité tendre.

– Pardon, dit-il.

Il pressa très légèrement son épaule, et elle fit un petit pas vers lui.

– Pardonnez-moi si j'ai douté de vous.

– Il est tout à fait naturel qu'il y ait quelques doutes des deux côtés.

– Au début, peut-être, mais plus maintenant.

– Moi, je n'ai aucun doute.

Il se pencha vers elle pour poser la joue contre la sienne, douce et bien plus fraîche. Sa colère avait entièrement disparu, ne laissant derrière elle que la seule souffrance physique. À son contact, elle eut un mouvement vers lui qui le fit exulter malgré sa fatigue. Il posa la main derrière son cou et l'attira, sans un mot. Il aurait tant de choses à lui dire le moment venu, songea-t-il. Il voudrait lui parler de la France, du frère qu'elle avait perdu, de l'évasion, échanger leurs points de vue sur la guerre. Mais il était en cet instant trop absorbé par la mobilité de ses sentiments qui étaient passés si vite de la colère à l'humiliation, puis revenaient à la tendresse, par ce simple bonheur de la tenir dans ses bras dans le noir sans rien dire, qui lui rappelait le moment passé à l'église.

Il resta ainsi, heureux parce qu'elle était jeune et pleine de vie, et parce que, bien qu'étant française, elle était proche de son monde, celui d'une jeunesse exposée à un danger permanent, qui vivait suspendue à un fil fragile sur lequel on tirait sans savoir s'il allait rompre, ni à quel moment. Sur l'autre rive, il voyait l'étendue noire des champs. Le ciel d'été reflétait ses étoiles sur les flots sereins qui cheminaient dans un beau silence. Il pensa à la campagne, près de chez lui, en Angleterre, lors de ses permissions dans le Worcestershire. Au milieu de ces vallées aux arbres chargés de fleurs, ou de fruits, la guerre lui paraissait irréelle et lointaine. Ici aussi, au bord de l'eau, cette joue fraîche appuyée sur son visage exténué, le conflit perdait de sa réalité. Puis tout lui revint quand il inclina le visage pour poser les lèvres dans son cou, car l'évidence de ce baiser rendait soudain très réelle l'absurdité de ce qu'il aurait voulu oublier. Et soudain, il n'eut plus d'autre désir que de la serrer contre lui devant la rivière, sous les arbres sombres, sans se soucier du temps qui passe.

– Vous êtes fatigué, dit-elle en relevant la tête.

Elle avait dit cela si tendrement qu'il en eut un choc.

– Pourquoi pensez-vous ça ?

– Vous m'avez embrassée comme une personne fatiguée.

– Vous auriez envie que je vous embrasse autrement ?

– Oui, si vous voulez.

Il attendit quelques secondes, puis elle se tourna contre lui et il l'embrassa sur la bouche. Ses lèvres étaient chaudes et douces, et les moments d'intimité passés avec elle ce jour-là donnèrent corps à ce baiser qu'elle laissait durer, y prenant part avec une tendresse grave.

Quand elle s'écarta de lui, à bout de souffle, il rit un peu.

– Je ne suis pas très adroit avec un seul bras.

Mais elle était très sérieuse, et ne sourit pas.

– Justement, votre bras, dit-elle.

– Oui ? Mon bras ?

– Vous voulez partir, n'est-ce pas ? Partir d'ici.

– Il le faut bien, répondit-il, tout à fait sûr maintenant qu'il n'en avait aucune envie.

– Votre départ dépendra de l'état de votre bras. Si vous avez un peu de fièvre ce soir, vous en aurez davantage demain matin. Vous devez prendre grand soin de vous.

– Vous voulez que je parte tout de suite ?

– Non. Non, mais votre bras vous met en danger. Vous n'avez pas l'air de vous sentir bien, ajouta-t-elle en posant soudain la joue sur son épaule.

– C'est vrai, pas très bien.

Il l'admettait avec difficulté, mais voulait être sincère avec elle.

– Si votre état s'aggravait, cela nous compliquerait beaucoup la vie à tous.

Elle passa le bras sous le bras droit de Franklin et repartit avec lui sur le chemin. Il comprenait à présent la cause de sa colère contre O'Connor, contre Taylor. Il avait les jambes si faibles qu'il parvenait à peine à poser un pied devant l'autre, et il fut soulagé quand ils arrivèrent au moulin.

– Eh bien, bonne nuit, dit-elle. Vous feriez mieux de remonter.

– Bonne nuit. Où est votre père?

– Il essaie de vous avoir des papiers. Pour au moins deux d'entre vous. Il sera de retour ce soir.

– Je ne vous remercierai jamais assez.

Il était tout proche d'elle et l'enlaça de son bras valide. Ne parvenant pas à lever l'autre, il essaya maladroitement de l'attirer contre lui. Il perçut un éclat dans les yeux noirs qui se levaient vers lui.

– Vous voulez bien m'embrasser encore? demanda-t-il.

Elle le fit sans prendre la peine de répondre, et il grava cet instant à jamais dans sa mémoire, cette lumière dans le regard, et le silence, bientôt rompu par le bruit d'un train au loin, dans un autre monde, au-delà de la colline et de ses vignes invisibles.

8

La nuit fut identique en tout point à ce qu'avaient été la fin de l'après-midi et la soirée, et à son réveil la matinée fut pareille à la nuit. Sa tête lui semblait avoir doublé de volume. Il avait un mauvais goût acide, la bouche pâteuse et sèche. Et puis surtout, il n'avait pas envie de bouger.

Les sergents avaient empilé des couvertures sur lui, et, quand il ouvrit les yeux, il les vit tous les quatre assis par terre, étudiant la carte de navigation que Sandy avait étalée devant eux. Il les observa un certain temps sans changer de position, s'arrangeant de son angle de vision bizarre et horizontal. Le soleil était déjà haut, s'il en croyait le bleu intense du ciel qui se découpait dans la petite fenêtre. Sous les couvertures, sa transpiration formait une étouffante vapeur, et, lentement, à mesure que la luminosité le réveillait, il se remit à sentir sa douleur. On eût dit que son bras était ligoté à son côté, et que la chair congestionnée et chaude essayait de se libérer de ses liens en battant plus fort. Le sang, sans relâche, cognait avec une puissance horrible au travers de ses veines comprimées.

Il s'aperçut qu'il restait parfaitement indifférent à la vue des quatre sergents, et ne leur gardait aucune rancœur. Il les entendait parler, mais sans écouter, ne s'intéressant pas à ce qu'ils pouvaient dire.

Sandy leva la tête, vit qu'il était éveillé, et alla s'agenouiller près de lui.

– Salut, pilote. Ça va ?

– Je me sens patraque. Qu'est-ce qui se passe ?

– Le père est monté. Il voulait te voir. Comme tu dormais, nous n'avons pas voulu te réveiller. Tu as l'air vanné.

– Qu'est-ce qu'il me voulait ?

– Taylor a pu lui parler. Il dit que nous aurons des papiers pour deux personnes ce soir. Seulement deux, ça paraît suspect.

– Non, ça n'a rien de suspect. Nous aurions eu beaucoup de chance si nous avions pu partir tous les cinq ensemble. Et la carte, à quoi vous sert-elle ?

– J'essaie de repérer notre position. Je passe en revue les fleuves et les rivières pour voir où nous pouvons être.

– Peu importe où nous sommes. Ce qui compte, c'est cette cachette, et d'arriver à partir. Rien d'autre.

Cette conversation lui demandait un énorme effort. Les mots lui échappaient, et il était trop fatigué pour les rattraper.

– O'Connor voulait te dire quelque chose.

– OK.

Il ferma les yeux une ou deux secondes, et quand il les rouvrit, O'Connor avait pris la place de Sandy.

– Alors, pilote, comment ça va ?

– Pas formidable.

– Désolé. Pour hier aussi, je suis désolé.

– Non, ce n'est pas grave, c'était ma faute. C'est mon bras. Et puis le fait de traverser cette ville remplie de boches, et de me faire tomber dessus à mon retour parce que je n'ai pas été fichu de trouver où nous sommes.

Il s'arrêta brusquement, fatigué.

– Il paraît que nous allons avoir deux cartes d'identité, dit O'Connor. Moi, je ne veux pas partir. Je peux attendre. Laissons les deux gamins se faire la malle.

– D'accord. Mais nous verrons le moment venu.

Il regarda O'Connor et eut un grand sourire. Leur amitié

104

lui semblait encore plus belle après cette crise. Et O'Connor, le sel de la terre, chaleureux et solide, lui rendit son sourire.

– Tu veux que je te rase ? Nous n'avons que de l'eau froide, mais tu te sentiras mieux après.

– Ça me ferait diablement du bien.

Pendant qu'O'Connor allait chercher sa crème à raser, son rasoir et de l'eau dans un bol, Franklin essaya de s'asseoir le long du mur.

– Ne bouge pas, dit O'Connor en revenant. Reste allongé. Laisse-toi traiter comme un prince, ce sera plus facile pour moi.

Il se recoucha et ferma les yeux. Il sentit l'eau, très fraîche, qu'O'Connor lui passait sur le visage avec la main, puis la crème qu'il étalait du bout des doigts. Il n'eut ni l'énergie ni l'envie de parler jusqu'au moment où Sandy se moqua gentiment de lui d'un ton de comédie.

– Beau temps pour la saison, monsieur, n'est-ce pas ? Vos oignons viennent-ils bien ?

Il entendit rire Taylor et Goddy. Il sourit, et sentit le rasoir de sûreté descendre sur sa joue d'un mouvement régulier.

– Arrête tes âneries, dit-il, et jette plutôt un coup d'œil à mon pansement. Le bandage me serre bigrement.

– C'est pas de pot, ce bras, intervint O'Connor.

– Pourquoi dis-tu ça ?

– Je ne voudrais pas être à ta place, c'est tout. Je déteste me faire recoudre.

– La barbe, barbier !

Les quatre sergents s'esclaffèrent, mais il n'ouvrit pas les yeux. Il ne les ouvrit même pas quand Sandy approcha, et qu'il défit les épingles de nourrice, puis le bandage qu'elles retenaient. Il se sentait pris entre deux feux : celui, plutôt agréable, du rasoir, et le tiraillement douloureux de la gaze qui se déroulait. Quand le bandage fut entièrement enlevé, il sentit l'air frais sur son bras brûlant, puis finalement, n'y tenant plus, il regarda. La chair était tuméfiée et l'inflammation remontait vers l'épaule.

– On dirait qu'il a grossi, dit-il.

Sandy ne commenta pas. Il remit le bandage en le laissant très lâche, puis l'épingla. O'Connor, qui avait terminé le rasage, s'était aussi penché sur lui.

– Il faut arriver à soigner ça.

– Que veux-tu dire ? Je l'ai montré au médecin hier. Tout va bien.

Ni O'Connor ni Sandy ne répondirent, et il comprit que s'il arrivait à se bercer d'illusions, eux ne s'y trompaient pas. O'Connor lui essuya le visage avec une petite serviette humide.

– Comment te sens-tu ?

– Très bien, merci. C'est agréable.

– As-tu envie de manger quelque chose ?

– Non, merci.

– De boire, alors ?

– Je pourrais boire toute la journée sans m'arrêter des litres et des litres de bière fraîche. Des litres et des litres, et des litres.

– La fille de la maison a apporté une grande cruche d'eau, lui apprit O'Connor.

Brusquement, le souvenir de ce qui était arrivé la veille au soir au bord de la rivière lui revint. La joie perça le brouillard de ses sensations comme un trait de lumière. Il ferma les yeux. Tout redevenait clair en lui ; il se sentait heureux, l'esprit vif, plein de souvenirs tout neufs, aussi surpris que s'il venait d'apprendre une excellente nouvelle. O'Connor apporta l'eau dans une cruche en verre, et s'apprêtait à le servir quand Franklin l'arrêta.

– Non, attends, donne-moi ça.

Il but à même la cruche, renversant un peu de son contenu sur sa chemise. La sensation, pure et fraîche, saisit son corps du même plaisir que le souvenir de la jeune fille. C'était une

106

lumière blanche dans les brûlantes ténèbres du fond de sa gorge. Il but encore, puis il posa le récipient entre ses jambes, scrutant le fond où se devinait son visage, retrouvant l'impression d'être face à la jeune fille qui, simplement et gravement, avait levé la tête vers lui dans la nuit.

Quand O'Connor lui eut repris la cruche, il se rallongea, gardant l'image de la jeune fille à ses côtés. Elle devait rester fixée dans son esprit toute la journée, fraîche et pure, malgré leur éloignement.

Mais soudain il eut un besoin impérieux de l'avoir à ses côtés. Son image ne lui suffisait pas. D'ailleurs, songea-t-il, il faut garder l'esprit pratique. Nous sommes cinq, et nous devons tous parvenir à partir.

– La jeune fille doit-elle revenir ? demanda-t-il.

– Elle nous a recommandé d'envoyer quelqu'un la prévenir si tu voulais la voir, répondit Sandy.

– Je voudrais lui parler.

– Taylor n'a qu'à aller la chercher.

– Non, vas-y, toi, plutôt.

Une fois que Sandy fut descendu, Franklin ne s'adressa qu'à O'Connor, n'ayant aucune envie de parler à Taylor. Les deux jeunes sergents s'étaient mis à la fenêtre pour regarder au-dehors. Au soleil, il leur trouva l'air très juvénile, et plus du tout fatigué.

– Monte avec Goddy et Taylor, dit-il. Surveillez les routes. Et range cette carte.

Il ferma les yeux pour éviter de voir Taylor. Sa jalousie l'irritait comme un grain de sable. Il la savait irrationnelle, mais elle le fascinait, et il l'aimait à présent, car elle naissait de ses sentiments.

Quand il rouvrit les yeux, la pièce était vide. Dans cette solitude, il prit conscience de la gravité de son état. Les douleurs de son bras, de sa tête et de sa gorge, qu'il avait considérées séparément, devenaient l'émanation du même mal, qu'il acceptait, détestable mais irréfutable. Il sombrait et atteindrait bientôt un point où plus rien n'aurait d'importance.

Quelques instants plus tard, la jeune fille entra tout doucement avec Sandy. Elle portait une jupe verte coupée court sous le genou, et un corsage blanc. Le corsage était taillé dans un tissu fin et soyeux qui soulignait la forme de sa poitrine, et au-dessus du col blanc son visage semblait encore plus brun. Il la vit en entier d'un coup d'œil, puis, si l'on peut dire, par fragments : les yeux noirs, la ligne pure de ses seins, les jambes nues et hâlées sous la jupe verte.

– Françoise, dit-il.

Il lui sourit, et elle vint à lui. Il se rendit compte qu'il n'avait même pas essayé de se lever. Bon Dieu, songea-t-il, je dois vraiment être mal en point.

– Comment va votre bras ? demanda-t-elle.

– Bien. Le bandage s'est resserré pendant la nuit, mais à présent, cela va mieux.

Il chercha Sandy des yeux. Il n'était plus dans la pièce.

– Il paraît que vous nous avez trouvé des papiers.

– Pour deux d'entre vous seulement.

– Sommes-nous en danger ?

– Un autre avion s'est écrasé. Les autorités ne sont au courant que de l'autre. Pas du vôtre. Vous n'avez donc pas de craintes à avoir.

– Quel type d'appareil ?

– Je ne sais pas. C'était au nord-est d'ici. Vous avez dû vous diriger vers le nord-ouest.

Il la regardait parler, ne s'intéressant que très peu à ce qu'elle lui disait. Elle était agenouillée par terre, lissant du plat de la main la jupe tendue sur ses genoux. Il avait envie de l'embrasser, et son désir domina sa fatigue. Il tendit le bras et l'attira à lui. Elle se laissa faire sans le prélude hésitant de la veille, comme si la chose était devenue toute naturelle, et attendue, et faisait partie intégrante de la guerre, de la clandestinité et de la fuite. Quand le baiser s'arrêta, elle voulut détourner le visage, mais il la retint un instant.

– Ce n'est pas le moment, dit-elle.

– Il n'y en a pas d'autre possible.

– Nous devons parler de choses sérieuses.

– Il n'y a rien de plus sérieux.

Il avait dit cela sans réfléchir, et, voyant un éclair de surprise traverser son visage, teinté d'espoir et de tristesse, il pensa : Nom de Dieu ! Je suis sincère, et elle, elle n'est pas sûre d'elle. Nom de Dieu ! Elle veut que je sois sincère, et je le suis, mais elle, elle n'est pas complètement sûre. Mais c'est sérieux, bon sang, c'est sérieux !

– Allez, dit-il, je vous en prie.

Il la dévisagea, et, calme et pure, elle soutint son regard, ses yeux noirs reprenant cette expression de tendresse grave qui lui fit comprendre qu'il n'avait plus besoin de rien dire.

Elle retrouva ses esprits la première.

– Deux d'entre vous vont pouvoir partir ce soir, dit-elle. Pierre les guidera pendant la première partie du trajet. Mon père a obtenu les papiers. Il est possible qu'ils passent par Paris.

– Paris ? Mais nous avons tout fait pour nous en éloigner.

– Vous n'aurez pas le choix.

Elle lui prit la main droite, et la serra entre les siennes, ses doigts lisses et frais comme un feuillage.

– Ne vous inquiétez pas. Tout se passera bien. C'est surtout de vous qu'il faut s'occuper. Vos mains sont brûlantes.

– Il fait chaud aujourd'hui, répondit-il en souriant.

– Dites-moi la vérité.

Il n'avait plus envie de mentir. Son attitude semblait soudain inepte. Je me sens mal, pensa-t-il. Pourquoi diable prétendre le contraire ? Je me sens horriblement, épouvantablement, mal. Elle le sait très bien, c'est idiot de vouloir lui raconter des histoires.

– Dites-moi la vérité, insista-t-elle. Votre bras vous fait mal, n'est-ce pas ?

– Il a beaucoup enflé.

– Si cela ne s'arrange pas, il faudra faire quelque chose.

– Je vais essayer de dormir.

– Si votre état s'aggrave, le sommeil ne suffira pas.

Il laissa retomber sa tête, préférant une fois de plus ne pas en parler. Il ne voulait pas perturber son petit monde qui pour l'instant ne se composait que de sa douleur physique et du bonheur de la regarder. Rien d'autre n'existait, et toute intrusion dans sa réalité l'inquiétait.

– Écoutez-moi simplement, dit-elle. Ne dites rien. Vous n'avez pas besoin de parler. J'ai apporté les papiers. Écoutez-moi seulement. Je vais vous expliquer.

– Bien.

– Les papiers sont au nom de Jean Joubert et de Michel Lebrun. Ils vont à Marseille. À l'hôpital.

– À l'hôpital !

– Chut !

– Mais pourquoi à l'hôpital ?

– Ils sont sourds-muets.

C'est une histoire de fous, songea-t-il. Il la regarda d'un air interrogateur, mais sans protester.

– C'est tout simple, expliqua-t-elle. Nous avons un certificat médical qui dit qu'ils sont sourds-muets. De cette façon, on ne leur posera pas de questions. S'ils vont là où ils sont attendus, il n'y aura aucune difficulté. Vous pourrez tous partir de la même façon.

Il hocha la tête.

– Je dois vous laisser, reprit-elle. Qui partira, ce soir ?

– Les deux plus jeunes. Ils sont très amis.

– Il faut remplir la case des âges et les signes particuliers.

– J'ai un stylo.

Il dévissa le capuchon de son stylo-plume, le lui tendit,

et, toujours allongé, lui donna les renseignements voulus. Pendant qu'elle remplissait les laissez-passer de Taylor et de Godwin, il guettait les yeux noirs qui se tournaient vers lui à intervalles réguliers. Ils étaient très beaux, et il fut de nouveau saisi par la crainte de mettre en danger une personne si jeune, si jolie et si droite. Mais le calme et la suprême assurance du regard qui croisait le sien finirent par avoir raison de ses scrupules. Il résolut de prendre les choses comme elles viendraient.

– Dites-leur de se familiariser avec ces documents, dit-elle. Il faut paraître sûr de soi.

– C'est vrai.

– Je vais vous laisser, maintenant, ajouta-t-elle en posant les papiers sur ses couvertures. Vous allez dormir ?

– Oui, je vais essayer.

– Dites aux autres de dormir aussi. Ils vont voyager toute la nuit.

Elle se pencha sur lui, et l'instant qui précéda le contact de leurs visages prit la nébuleuse consistance d'un rêve plusieurs fois répété qui rejoindrait enfin la réalité. J'ai l'impression d'avoir déjà vécu cet instant, songea-t-il, d'avoir vu ces vignes dans une autre existence, le moulin, et tout le reste. Quand elle l'embrassa, il se rendit compte qu'il avait à peine la force de répondre à son baiser.

– Tâchez de dormir, conseilla-t-elle.

– Revenez me voir.

Elle sourit, puis il la vit passer devant la fenêtre, et il ferma les yeux. Une fois seul, il se sentit plus fatigué que jamais. Ses yeux étaient meurtris par de lentes et incessantes vagues de douleur, et il ne songeait pas à se lever.

Il n'arriva pas à juger du temps qui s'était écoulé quand les sergents redescendirent à son étage. Ils entrèrent sans bruit, ce qui lui fit comprendre qu'ils le croyaient endormi. Il attendit qu'ils fussent tous dans la pièce avant d'ouvrir les yeux.

– Approchez, dit-il.

Ils se regroupèrent à côté de lui, restant debout, ce qui l'obligea à faire l'effort de regarder en l'air.

– Des papiers pour deux. Pour toi et pour Goddy, ajouta-t-il en les tendant à Taylor.

Taylor prit les papiers, les lus, et éclata de rire.

– Eh bien quoi? On t'a coupé la langue? lança Franklin sans se trouver très drôle. Je vois que tu ne veux pas faire mentir ces papiers.

– Nous allons jouer les sourds-muets, Goddy! expliqua Taylor. Quelle idée!

– Tu te fous de moi!

– Non, je t'assure, c'est ce qui est écrit.

– Alors pas de gaffes, hein, les gars? dit Franklin.

– Quand doivent-ils partir? demanda Sandy.

– Ce soir.

Franklin se sentait horriblement mal. Il avait l'impression que les paroles qu'il voulait prononcer se trouvaient tout au fond d'un gouffre, et que leur son résonnait beaucoup trop fort dans sa tête.

– On vous donnera les instructions nécessaires au dernier moment. Apprenez par cœur ce qu'il y a sur vos papiers, et ne prenez pas d'initiatives. Est-ce clair?

– Oui, répondit Taylor.

– Et souvenez-vous de vos propres consignes.

Il se demanda pourquoi il continuait. Ils savent tout cela. On le leur a répété cent fois. Alors il se tut, ne trouvant plus ses mots. Son esprit, c'était ce gouffre, maintenant vide, et une nausée montait dans sa gorge.

Les quatre sergents attendaient.

Il retrouva enfin ce qu'il voulait dire.

– Si vous vous faites prendre, soyez très prudents. Même des questions en apparence très innocentes peuvent ne pas l'être. On vous tendra des pièges pour connaître votre numéro de *Squadron*, le type de votre appareil, votre base. N'ouvrez pas la bouche. Ne donnez que votre nom, votre grade et votre matricule.

– En bref, soyez sourds-muets, conclut Goddy.

Cela les fit tous rire. Franklin, qui avait les yeux ouverts à cet instant, eut pour dernière vision tangible et cohérente leur visage réjoui qui se découpait sur le rectangle bleu de la fenêtre et les murs sombres. Après cela, la journée ne fut plus marquée que par la montée de la douleur et du mal qui le faisaient transpirer sous les couvertures. Quand il ouvrait les yeux, il ne voyait qu'une tache aveuglante de soleil, et, quand il les fermait, c'était l'image de la jeune fille, sereine et lumineuse, qui lui apparaissait dans le sombre délire de la fièvre.

9

O'Connor le réveilla un peu après 8 heures du soir. Il ne faisait pas encore nuit, mais les deux sergents s'apprêtaient à partir.

– Le Français est là aussi, annonça O'Connor. Pierre.

– Bonjour, dit Pierre.

Il se tenait au milieu de la pièce, embarrassé, sa belle casquette noire du dimanche entre les mains. En le voyant triturer la visière, Franklin lui trouva l'air nerveux.

– Tout est prêt? demanda-t-il.

– Oui, tout est prêt.

– Où allez-vous?

– De l'autre côté de la colline. Il n'y a qu'une petite marche pour rejoindre la voiture. Il fera nuit quand nous y serons.

– Le plus grand des deux sergents sait le français. Vous pourrez facilement lui expliquer la suite.

– C'est déjà fait.

– Très bien.

Il trouvait toujours difficile de parler. Il ne supportait plus son état, la dureté du plancher, l'odeur de sa sueur. Son bras de plus en plus gros lui faisait penser à une chambre à air trop gonflée sous le bandage.

– Tu as autre chose à nous dire?

En levant les yeux, il vit Taylor tout en bleu: béret foncé, pull clair rentré dans un pantalon marine. Il avait l'air tout à fait français, et très jeune.

– Non, je ne crois pas. Le reste dépend de vous. Nous vous suivrons dès que nous le pourrons.

– Parfait. Eh bien alors, je vais te dire au revoir.

Franklin leva la main vers lui. Il lui en coûta davantage qu'il ne l'aurait cru. Taylor la lui serra. Ils achevèrent leurs adieux embarrassés, puis Goddy approcha.

– Au revoir, Goddy, dit Franklin. Ne fais pas l'idiot. Garde ton sang-froid. Si quelque chose foire, vous pourrez toujours continuer à pied.

– Au revoir, Frankie. J'espère que ton bras va vite guérir.

Franklin eut un sourire. C'est un gentil garçon, se dit-il. Un vraiment gentil garçon. Trop gentil pour être embarqué dans une guerre qui fout sa vie en l'air. Mais au fond, peut-être qu'il s'amuse.

– J'espère que vous passerez sans encombre.

– Foutus veinards, commenta O'Connor.

Franklin les entendit dire au revoir à Sandy et à O'Connor, leurs voix s'enchevêtrant dans sa tête sans qu'il y prêtât beaucoup d'attention, et puis le bruit de leurs pas et ceux de Pierre s'éloignèrent dans l'escalier.

– Nous allons pouvoir les voir monter jusqu'en haut de la colline, entendit-il dire à O'Connor.

Celui-ci se mit à la fenêtre avec Sandy, profitant des dernières clartés du ciel. Franklin resta encore allongé un moment, puis il s'enveloppa dans la dernière couverture de la pile et, la tenant sous son menton, il se redressa lentement sur les genoux pour se lever. Il ne comprit vraiment la gravité de son état qu'en testant la solidité de ses jambes. Elles parvenaient à peine à soutenir son poids. Puis ce poids remonta dans son corps jusqu'à sa tête qui lui parut aussi lourde qu'un gros boulet de fonte posé sur une allumette. La fenêtre lui semblait à l'autre bout du monde. Jamais il n'arriverait à l'atteindre. Dans la petite pièce, les lames du plancher s'élargissaient, s'étiraient, se soulevaient comme des montagnes russes. Serrant la couverture autour de son cou, il rassembla ses forces, puis, péniblement, grimpa jusqu'à la fenêtre.

– Tu es fou de t'être levé ! protesta O'Connor.

– Tais-toi. Où sont-ils ?

Il s'accrocha du bout des doigts à l'encadrement.

– Tiens-toi à moi, proposa Sandy.

– Je me débrouille.

Il était battu par la fatigue comme par des vagues, qui allaient se fracasser dans la nuit tombante.

– Ils sont arrivés au chemin, indiqua O'Connor. Celui que nous avons pris pour venir.

Il regarda dehors, et vit la zone sombre du verger et de la prairie, surmontée par celle plus claire des vignes, que longeait le chemin blanc. Il repéra alors les trois silhouettes, en file indienne, qui gravissaient la pente.

Et puis il crut distinguer une quatrième forme. Un moment, il pensa s'être trompé, car plus il regardait, plus les silhouettes tremblaient puis se déformaient devant ses yeux malades. Enfin il y eut un instant de clarté pendant lequel le chemin et sa tête se stabilisèrent, et il fut certain de voir quatre personnes.

– Qui les accompagne ?

– On dirait la fille, dit O'Connor.

Une seconde plus tard, ses doigts se détachèrent de la fenêtre. Ils n'avaient pas encore lâché prise qu'il tombait déjà ; il traversait l'espace froid du moulin, précipité dans ce trou noir où l'eau et l'air n'avaient pas été touchés par le soleil depuis des années. Il dégringolait sans fin, poids mort sans parachute, encore, et encore jusqu'à ce que son bras cogne la pierre, et se casse comme la branche d'un arbre mort, gonflée de pluie et pourrie de moisissure.

La chute lui sembla durer autant d'années qu'il en avait

vécu. Il se souvint d'avoir roulé sur lui-même, terrorisé, en heurtant le plancher, pour ne pas toucher son bras. Puis ce fut le néant, jusqu'au moment où il fut descendu dans l'escalier par O'Connor, Sandy et le père de la jeune fille ; ils lui firent traverser le passage entre le moulin et la maison, puis le transportèrent à l'intérieur. Il se souvint aussi de la montée des marches et de la sueur froide de son évanouissement qui couvrait ce sac de chair fripée qui lui tenait lieu de tête sur ses épaules.

Quand il reprit conscience, il vit la lueur d'une lampe à pétrole derrière son verre blanc opalescent sur la table de nuit, et la vieille dame qui se déplaçait dans cette faible lumière. C'est fichu, songea-t-il aussitôt. C'est fichu. S'ils viennent nous arrêter, nous serons coincés. Ils fusilleront tout le monde : la vieille dame, la jeune fille, et les autres. Nous ne pouvons plus nous sauver. Bon sang, quel imbécile.

Son bras lui faisait un mal de chien.

– Enlevez le bandage, dit-il.

– Ne parlez pas, répondit la vieille dame.

– Le bandage est trop serré.

– Votre pansement a déjà été refait.

Impossible. On ne peut pas m'avoir changé mon pansement sans que je m'en aperçoive, songea-t-il. On ne m'a pas monté depuis plus de cinq minutes. On vient de m'amener.

– Quelle heure est-il ?

– Trop tard pour parler.

Elle approcha de la lampe qui, en accentuant les ombres de son visage, la fit paraître le double de son âge. Son parler campagnard, trop rapide, était difficile à suivre.

– Minuit a plus que passé, dit-elle, c'est ça l'heure qu'il est.

L'ombre qu'elle projetait sur lui, énorme, lui reposait les yeux.

Franklin s'imagina qu'elle restait là toute la nuit pour lui servir d'écran. Dès qu'il se réveillait et qu'il ouvrait les yeux, il trouvait cette obscurité sur son visage, mais plus tard il comprit que la nuit était totale, et que la lampe avait été emportée.

Quand il reprit vraiment ses esprits, il faisait jour, et la jeune fille était dans la chambre. Il devina au bleu du ciel qu'il faisait très chaud et que la journée était bien avancée. Il resta sans bouger un long moment, les yeux posés sur un grand crucifix noir accroché au mur face au lit. Il ne sut que la jeune fille était là qu'en l'entendant bouger, et vit qu'elle était assise près de la deuxième fenêtre. Quand elle se rendit compte qu'il était réveillé, elle s'approcha du lit.

Elle avait l'air très fatiguée. Il était heureux de la voir, mais sans excès, sans enthousiasme. Simplement satisfait.

– Quelle heure est-il?

– 3 heures.

Elle lui sourit, mais l'étincelle s'était éteinte dans ses yeux noirs.

– J'ai dormi si longtemps?

– Pas très longtemps. Hier, vous n'avez pas beaucoup dormi.

– Hier? Comment cela, hier?

Il n'y comprenait rien. Pourtant, je me souviens d'hier, songea-t-il. Je me souviens du départ de Taylor et de Goddy. Je suis allé à la fenêtre, et puis je suis tombé. Je me souviens d'avoir été porté jusqu'ici. Pourquoi me parle-t-elle d'hier?

– Cela fait trois jours.

– Quoi?

Il fallait bien la croire. Il resta couché sans forces.

– Le docteur va venir ce soir, annonça-t-elle.

– Ah?

– Oui, le même docteur, celui que vous êtes allé voir.

– Mais c'est trop dangereux. Pourquoi vient-il?

– Nous n'avons pas le choix. Votre bras ne guérit pas.

119

Il se sentait petit, apeuré, perdu au fond de ce grand lit de plume. Il avait du mal à comprendre. La situation s'était compliquée toute seule, trop vite, et le dépassait totalement.

– Il ne faut pas vous inquiéter, dit-elle. Le docteur vient souvent. Il prendra sa canne à pêche. On ne se méfie pas des pêcheurs.

Il ne dit rien. Cela lui remettait en mémoire un conte de Maupassant, qui parlait de la France en guerre, et de deux amis pêcheurs qui se faisaient fusiller. Ce n'est peut-être pas une très bonne idée, pensa-t-il. La guerre est ainsi faite. Ce sont les plus innocents qui paient les pots cassés et qui se font tuer.

– Vous courez de très grands risques pour moi.

– Nous en reparlerons un jour, mais ce n'est pas le moment.

– Venez vous asseoir sur le lit.

– Il vaut mieux que je reste près de la fenêtre. D'ici, je vois la route jusqu'au pont.

– Venez, juste un instant.

Elle alla s'asseoir auprès de lui, et il tourna le visage sur l'oreiller pour la regarder. Ce simple mouvement lui rappela son bras. C'était comme un énorme poids brûlant qui lui pendait à l'épaule. Et par cette conscience qui lui revenait de sa blessure, la douleur, aussi, revint en traîtresse.

L'impact de la douleur, à son tour, lui redonna la mémoire.

– Et les autres ? Les deux sergents, comment vont-ils ?

– Ils demandent à vous parler. En avez-vous la force ?

– Je l'aurai vite.

– Il est possible qu'ils partent bientôt.

Ils devront m'attendre, pensa-t-il. Cela les retardera d'un ou deux jours. Un ou deux jours au moins. L'idée que le médecin allait lui rendre visite le rassurait, maintenant. Une puissante confiance en cet homme le ranima. C'était un très bon médecin. Il saurait ce qu'il fallait faire. Il le tirerait d'affaire.

Il sourit à la jeune fille, l'aimant soudain parce qu'elle était auprès de lui et qu'elle faisait ce qu'il lui demandait de faire. C'était un sentiment sans émotion forte, qui n'avait plus rien de commun avec ce qu'il avait ressenti au bord de la rivière à leur premier baiser. C'était une affection née d'une situation nouvelle, et qui était très calme. Il n'y avait plus de passion en lui.

– Je fais venir les sergents pour vous parler? demanda-t-elle.

– S'il le faut. Pourrais-je boire un peu d'abord?

Elle se leva et fit le tour du lit. Sur la table de chevet, il y avait deux cruches en verre et un gobelet, recouverts d'un torchon. Dans la plus petite des deux cruches, il y avait un liquide d'un vert très clair. Elle lui en versa.

– Qu'est-ce que c'est?

– Du jus de raisin, dit-elle en levant le verre. Nous l'avons pressé pour vous.

Il en aurait pleuré. Il sentit deux points douloureux monter derrière ses yeux, dans lesquels se concentraient toutes ses difficultés, et l'amour, et la faiblesse qui le paralysait. Il essaya de bouger pour se lever, mais eut l'impression d'être enchaîné au lit. Ce ne fut qu'avec l'aide de la jeune fille, qui posa le verre sur la table pour le prendre à bras-le-corps, et en s'appuyant sur le lit avec sa bonne main qu'il parvint à se redresser en position semi-assise.

Et pendant tout ce temps, son bras était comme un poids mort. Quand elle lui donna le verre, il but le jus de raisin lentement, à petites gorgées. C'était un peu sucré et très frais. Il humecta aussi ses lèvres craquelées dans le verre sans boire pour tâcher de conserver un peu de la fraîche humidité quand il se rallongea.

– Je me sens mieux.

Cela aurait même été parfait s'il n'y avait eu le battement infernal de son cœur qui accélérait comme s'il avait monté un escalier en courant à toute allure.

– Ne bougez pas, recommanda-t-elle.

Il la suivit des yeux, la regarda poser le verre sur la table, mais sans bouger la tête. Pour faire de la place, elle reprit le torchon qui avait masqué le thermomètre. Il le remarqua sans rien dire. Elle lui sourit, et recouvrit les cruches et le verre.

– Si vous vous sentez mieux, je vais aller vous chercher vos hommes, dit-elle, quelque peu rassérénée. Vous ne m'avez pas dit leur nom.

– Sergent O'Connor et sergent Sanders.

– Et je ne comprends toujours pas le vôtre.

– Je m'appelle John Franklin. Je vous l'ai dit.

– John.

Son prénom lui était peu familier et lui faisait un effet bizarre, car personne, sauf sa mère, ne l'appelait jamais John.

– John, répéta-t-elle avec son accent français.

– On m'appelle plus souvent Frankie.

– Mais si vous vous appelez John, pourquoi vous appeler Frankie ?

– C'est le diminutif de Franklin, comme je vous l'ai expliqué.

Mais il voyait bien qu'elle ne saisissait pas.

– Frankie, dit-elle. John.

Il se demanda ce qui l'empêchait de comprendre, et puis soudain il devina que c'était l'épuisement. Voilà pourquoi son regard semblait terne. Elle n'avait pas dormi. Alors la compassion lui fit tendre la main vers elle sur le couvre-lit, et elle la toucha au passage en traversant la pièce, d'un petit geste las de complicité tendre.

Elle était à la porte quand il se rappela quelque chose.

– Mon revolver, dit-il. Je le portais à la ceinture. Qu'en a-t-on fait quand on m'a déshabillé ?

– Je crois que les sergents l'ont gardé.

– Pourriez-vous leur demander de me l'apporter ? S'il vous plaît.

– Vous n'en avez pas besoin ici.

– Oh! si! C'est précisément pour ce genre de situation que je l'ai pris.

Elle sourit, puis sortit de la chambre. Après son départ, en attendant O'Connor et Sandy, il parvint à se redresser en s'aidant du coude droit, et attrapa le thermomètre. Autant regarder la vérité en face, songea-t-il. Il le glissa sous sa langue. Tout en attendant, il regarda par la fenêtre. Le ciel brûlant, qui concentrait toute la chaleur de cette fin d'été du centre de la France, bleu et inflexible, pesait sans un nuage sur la plaine blonde. Ensuite il examina la chambre. Elle lui rappelait, avec ses murs tapissés de papier à rayures fané, ses meubles massifs et sa vague odeur d'eau bénite, les petites chambres d'hôtel de la côte bretonne. Une fois encore lui venait une impression de déjà-vu. On dirait que c'est le destin qui m'a conduit ici, songea-t-il, et que cette saleté de bras devait être blessée, et que la rivière et cette fille étaient voulues aussi. Son esprit n'arrivait pas à suivre, s'embrouillait, il partit dans un rêve, et oublia le thermomètre. Et puis d'un coup, il s'en souvint et le sortit de sa bouche.

Il se pencha en arrière en l'inclinant pour le présenter à la lumière. Il vit la ligne de mercure noircir, puis briller comme une aiguille. Elle arrivait juste sous la barre des quarante.

Bon Dieu, pensa-t-il. Maintenant je comprends.

Il reposa le thermomètre sur la table et se rallongea vite. Il tremblait d'épuisement. Comment est-ce possible? se demanda-t-il. Comment ai-je pu sombrer dans un pareil état aussi vite? Quarante! Cela doit signifier que j'ai eu encore plus de fièvre. Je leur ai donné beaucoup de mal à tous. Et ils ne sont pas au bout de leurs peines.

Ses pensées perdaient de nouveau de leur cohérence, et il les laissa filer. Il ferma un peu les yeux, puis fut heureux d'entendre O'Connor et Sandy qui montaient avec Françoise. Il les rouvrait au moment où ils entraient tous les trois dans la chambre. Elle était très jolie, nette et brune à côté des deux autres : O'Connor, rude gaillard aux cheveux filasse, Sandy, chauve à la peau de roux, dans leur chemise et leur pantalon français d'emprunt.

Les deux hommes entrèrent et s'arrêtèrent à quelques pas du lit. Comme si, songea-t-il en divaguant à moitié, je venais d'accoucher à l'hôpital.

– Eh bien ! te voilà joli, dit O'Connor.

– Pardon. Je vous ai tous mis dans un sacré pétrin.

– Ah ! c'est vrai ! Je t'ai vu sortir du zinc pour aller saboter cette cochonnerie d'hélice.

– Comment te sens-tu ? demanda Sandy.

– Je ne sais pas. Je ne sais même pas vraiment quel jour nous sommes.

La jeune fille s'était rapprochée de la fenêtre, sans se mêler à cette conversation en anglais.

– Te sens-tu assez bien pour apprendre une nouvelle ? demanda O'Connor.

– Je sais déjà. Vous allez partir.

– Justement, non. Nous ne partons pas.

– Ne dis pas de bêtises ! s'écria-t-il, sa colère n'étant plus qu'un pâle fantôme des fureurs qui avaient pu l'animer. S'il a été prévu que vous partiez, eh bien, il faut partir !

– Non, écoute, ça n'a pas de sens. Tu as été très malade. Nous ne pouvons pas te laisser.

– De quoi aurions-nous l'air si nous partions sans toi ? intervint Sandy. Si, pour une raison ou pour une autre, tu te faisais prendre ici et que tu ne rentres pas…

Ils m'embêtent ! pourquoi faut-il qu'ils discutent ? songea-t-il.

– Ce n'est qu'une supposition.

– Oui, mais ça serait une vraie saloperie, s'entêta O'Connor. Nous ne partirons pas sans toi.

Il ne parvint pas à répondre aussitôt. Ses arguments étaient prêts, mais la faiblesse et l'hébétude l'empêchaient de parler. Cette conversation l'avait déjà exténué. Son corps était dépouillé de forces ; même ses veines semblaient vides. Seul son bras, bien vivant, se rebellait contre la douleur énorme qui le comprimait.

Enfin, il trouva l'énergie de dire ce qu'il avait à dire.

– Plus nous restons ici, plus nous augmentons les risques que courent les gens qui nous accueillent. La présence d'un seul homme est un danger. La présence de trois le multiplie d'autant. Nous nous devons de diminuer le risque tant que nous le pouvons. Si les papiers sont prêts, alors vous devez partir.

– Écoute, mon vieux… intervint O'Connor.

– Si, il faut partir, coupa Franklin, et le plus vite possible.

– Tu es une sacrée tête de mule.

– Je sais, et c'est ce qui me sauvera. Et puis c'est plus facile tout seul.

– Attendons au moins que le médecin soit venu, insista Sandy.

– Attendez si vous voulez, mais ça ne changera rien.

Cloué sur son lit de douleur, la tête à peine relevée par les oreillers, il considéra ces deux hommes avec lesquels il avait partagé tant de missions et qui lui avaient toujours accordé leur confiance, de même qu'il leur avait accordé la sienne avec admiration et affection, et, comme eux, sans jamais y faire allusion. Ils ne communiquaient en général que par ce langage de compagnons d'armes, ce parler rapide de collégiens que les soldats ont entre eux, né de leur monde clos, hermétique aux autres et qui servait de rempart pour s'abriter de la peur et de la réalité. Ils exprimaient rarement le fond de leur pensée. Or, depuis qu'ils étaient en France, O'Connor, Sandy et lui s'étaient tous les trois livrés plus qu'à aucun autre moment. Il fut frappé par l'idée, et c'était là l'ironie, qu'ils commençaient peut-être à vraiment se connaître.

– Vous m'avez apporté le revolver ? demanda-t-il.

– Oui, je l'ai.

O'Connor le sortit de sous sa chemise et le posa sur le lit.

– Il n'est pas chargé.

Le sergent fit dégringoler de sa poche une à une les vingt cartouches sur le lit.

– Merci, dit Franklin. On ne sait jamais.

Leur conversation devenait difficile, et O'Connor et Sandy faisaient piètre mine.

– Écoutez, les gars, finissons-en avec cette histoire.

Les deux hommes ne répondirent pas.

– Je m'en tirerai très bien tout seul. Si j'avais été simple soldat, il n'aurait jamais été question d'autre chose.

– Mais tu n'es pas simple soldat. Tu es membre de l'équipage. Nous sommes unis. C'est comme ça.

– Oh ! suffit !

Il était très fatigué et ses pensées s'embarrassaient de nouveau.

– Vous partez, un point c'est tout.

– C'est un ordre ? demanda O'Connor.

– Oui, un ordre.

Il leur sourit simplement, amicalement, un peu amusé, tout groggy et souffrant qu'il était, par leurs expressions penaudes et défaites.

– OK, c'est toi le chef, dit O'Connor. Mais nous n'obéissons pas de gaieté de cœur, je t'assure.

– Je sais bien, mon petit vieux.

– Repose-toi, ajouta Sandy.

– D'accord. Revenez me voir avant de partir.

Ils sortirent ensemble, tête basse. Le sujet était clos ; il avait l'impression d'être un homme d'affaires qui avait refusé un marché. Il ferma les yeux. La conversation l'avait épuisé, et, se sentant doublement faible, il flottait presque sur le lit. Un horrible malaise le submergea et il eut l'impression qu'il allait décoller.

Pendant tout ce temps, il se demandait pourquoi Françoise ne revenait pas près de lui. Il avait un grand besoin d'elle. Je ne me suis pas trop mal débrouillé avec les copains, songea-t-il. J'ai trouvé les bons arguments. Je pourrais lui traduire ce que je leur ai dit. Il guetta le bruit de ses pas sur le plancher, sachant fort bien qu'elle était là, près de la fenêtre, occupée à surveiller la plaine, tellement sûr de son fait qu'il ne se donna pas la peine de vérifier. À un moment, il étendit le bras sur le lit et l'appela, mais elle ne répondit pas. Ses sentiments pour elle étaient aussi purs que le bleu lumineux du ciel qu'il voyait par la fenêtre, aussi sereins et éternels que les rayons du soleil. Pour le reste, il se sentait malade, embrouillé et vide.

Il reprit conscience environ quatre heures plus tard sans avoir la moindre notion du temps écoulé. Si les voilages de dentelle, qu'un vent léger faisait maintenant voleter, n'avaient été tirés sur la fenêtre ouverte, il aurait cru n'avoir dormi que quelques minutes. Et puis il eut de nouveau la sensation d'avoir juste fermé les yeux et que Françoise était encore là, et allait approcher du lit.

Quand il regarda enfin, il vit qu'elle n'était pas dans la chambre, et que son revolver n'était plus là. Pourtant il sentait une présence, et bientôt la vieille dame passa dans son champ de vision, et sortit de la chambre sans prononcer un mot.

Il entendit, presque aussitôt, une question posée par une voix qu'il ne reconnut pas immédiatement.

– Alors, qu'est-ce que j'apprends ?

Il leva les yeux. Loin, très loin, un peu trouble, il vit le médecin.

Franklin ne dit rien. Vous savez comment je me sens, songea-t-il. Vous n'attendez pas de réponse. Vous êtes venu pour pêcher. C'est de cela que je dois vous parler.

– Vous m'entendez ? demanda le médecin. Avez-vous encore sommeil ?

Abominablement, songea Franklin. Il voulut sourire, mais sentit le mouvement tirer sur ses lèvres fendillées par la fièvre. Le léger souffle qui soulevait les rideaux poussait aussi vers lui la forme grise et instable du médecin, la faisant osciller, tantôt nette, tantôt floue.

Le médecin reprit la parole. Il s'agissait, Franklin le savait, d'informations d'une importance capitale, mais il s'en moquait. Un moment, il devint hermétique au français, puis son cerveau se remit à fonctionner, et il saisit qu'il était question d'hôpital.

– Hôpital ? répéta-t-il.

– Je dois vous dire qu'à l'heure actuelle le fonctionnement des hôpitaux français n'est pas bon.

– Hôpital ?

– Vu l'état de votre bras, il n'y a pas d'autre solution que d'y aller.

Franklin se taisait. Pourquoi ne vous tenez-vous pas tranquille ? pensa-t-il. On ne bouge plus, merci. Alors quoi ? Quoi, l'hôpital ?

– La décision vous appartient, bien entendu.

Il fit un gros effort pour produire une réponse cohérente.

– Quel est le choix ?

– D'aller à l'hôpital et d'être fait prisonnier, ou de rester ici.

Il n'y a qu'une seule réponse possible, songea-t-il. Pourquoi tout compliquer ?

– Avoir caché un pilote en fuite aurait de graves conséquences ?

– Comme vous le savez.

– Pas de conséquences. Je préfère rester.

Un long moment s'écoula avant que le médecin ne reprît la parole.

– Mais il y a le revers de la médaille...

– C'est-à-dire ?

Le visage du médecin avança vers lui, grossi et plus net,

puis recula, puis s'avança encore avant de se stabiliser, pâle mais réel dans tous ses détails.

– Vous devez être conscient de ce qui arrivera si vous restez.

J'en suis parfaitement conscient, pensa-t-il. Plus que personne. Je sais quels risques vous courez.

– Ce n'est pas facile pour moi de vous en parler, dit le médecin.

– Je comprends. C'est inutile.

– Non, je crois que vous n'y êtes pas.

Son visage recula de nouveau en perdant de sa netteté, puis il revint et resta plus ou moins tranquille.

– Non, ce que vous devez comprendre, dit la voix compréhensive, lointaine au point d'être presque un murmure, c'est que, si vous restez, il sera nécessaire de vous amputer.

Le choc fut terrible et fit souffler en lui un vent de terreur qui emporta tout sur son passage, mêlant ce verdict au délire de sa fièvre. C'était une émotion simple et violente, la plus incandescente de sa vie d'aviateur. La pire épouvante qu'il eût jamais connue. Bon Dieu, pensa-t-il, par pitié, mon Dieu! Cette panique tournoyait furieusement dans l'espace, comète flamboyante et monstrueuse qui termina sa course folle en plein dans son visage. S'écrasant sur ses yeux, elle devint en un instant une seule et terrible pensée: Je ne volerai jamais plus! Je ne volerai jamais plus! Bon Dieu, je ne volerai jamais plus! Je ne volerai jamais plus! Je ne volerai jamais plus!

– Voulez-vous que je vous laisse seul un moment? demanda le médecin.

– Non.

Je n'ai pas le choix, pensa-t-il. S'il le faut, il le faut. Il est trop tard maintenant.

– Cela reste une complication pour vous, dit-il.

– Nous prendrons nos précautions. Une complication de plus ou de moins en France ne changera pas grand-chose.

– Dites-moi la vérité.

Franklin se concentrait sur le bon visage gris comme pour garder une cible dans sa ligne de visée.

– La vérité, je vais vous la dire, dit le médecin. Si vous allez à l'hôpital, on vous coupera quand même le bras. Il n'y a pas le choix. Si l'opération est faite tout de suite, vous vous rétablirez. Je vais faire venir mon frère qui travaille à l'hôpital. Il est chirurgien. Très compétent. Lui aussi, il aime pêcher.

– Quand ?

– Ce soir, j'espère. Ne vous inquiétez pas.

Franklin ne répondit pas tout de suite, pensant soudain à Sandy et à O'Connor.

– Quelle heure ce soir ?

– Tard probablement. Il faut que je fasse parvenir le message à mon frère puis il lui faudra le temps d'arriver. Ne vous inquiétez pas.

– Je ne suis pas inquiet pour moi.

– Ne vous inquiétez pas pour nous non plus.

– C'est pour les deux autres. Ils doivent partir ce soir. Je ne veux pas qu'ils sachent.

– Tout ira bien.

Franklin vit le médecin s'éloigner et perdre de sa netteté. Il était très fatigué. Il essaya de lui dire encore quelques mots, mais sans y parvenir, et peu importe, pensa-t-il, il n'est plus là. Dans la chambre ne bougeaient plus que les voilages légèrement agités par le vent, ce souffle qui, dans cette soirée ensoleillée, montait de la plaine au loin, au bout du monde. Il avait très envie d'avoir Françoise à ses côtés, parce qu'il se rendait compte, en ce bref instant de répit dans son long délire opaque, qu'elle n'avait pas été là de l'après-midi.

Son absence le plongea dans un dernier moment de désespoir.

Une seule pensée l'obsédait à présent : Je ne volerai jamais plus ! Bon Dieu ! Je ne volerai jamais plus !

10

Avant de rebrousser chemin, Françoise attendit de voir les deux sergents anglais s'éloigner sur le sentier de la crête au-dessus des vignes. Anxieuse, elle suivit des yeux le bleu trop voyant de leurs chemises, qui surgissait dans la lumière du soir entre les ombres des jeunes chênes. Quand ils eurent disparu, elle fit quelques pas sur la pente encore ensoleillée vers la maison, puis se jeta dans les herbes sèches brûlées par l'été. Couchée à plat ventre, bouche entrouverte, elle tâcha de calmer son essoufflement. La chaleur, qui pendant la journée avait donné l'impression d'être dans une serre, remontait maintenant de la terre, poussiéreuse et suffocante. Elle serra les lèvres et se protégea le visage dans les mains, sentant le souffle de sa respiration saccadée chatouiller ses poignets. Elle s'était arrêtée presque à l'endroit d'où Franklin avait vu le moulin pour la première fois en bas de la colline. À travers ses doigts écartés, elle avait la même vision basse de la plaine, déserte et silencieuse, et des bâtiments blancs entre les herbes du verger et les blés. Elle scruta la vallée comme il l'avait fait, pour vérifier que rien ne bougeait, son cœur semblant cogner contre la terre chaude et faire vibrer le sol sous elle. Et pendant tout ce temps, alors qu'elle pensait aux chemises trop bleues des deux hommes qui venaient de partir, et à ce qui allait arriver dans la maison en bas, tout en guettant un danger qui ne se matérialisait pas, elle se disait qu'elle n'avait pas peur. Pas trop peur.

Elle attendit dans l'herbe une vingtaine de minutes, se tournant deux fois vers le sentier entre les chênes, une fois, car elle s'attendait presque à voir les deux sergents revenir, et une autre, avec un sursaut, à cause d'un cri venant des champs au fond de la vallée. Ce n'était qu'une femme qui appelait une vache de l'autre côté de la rivière, mais l'éclat de sa voix, dans le profond silence, lui avait causé une frayeur si vive qu'elle dut comprimer son cœur de ses deux mains pour en contenir les battements. Comme Franklin avant elle, elle avait sans le savoir ce même sentiment d'appartenir à une jeunesse exposée à un danger permanent, qui vivait suspendue à un fil fragile sur lequel on tirait sans savoir s'il allait rompre, ni à quel moment. Elle se tint immobile encore quelques minutes après le cri, sentant toujours le souffle de la terre, chaud et dense, sur son visage, puis elle se leva et descendit le sentier d'un pas résolu, comme si elle avait enfin pris sa décision.

En rentrant, elle ne trouva personne dans la cuisine, mais n'appela pas. Le léger souffle d'air qui circulait au niveau de l'eau apportait une odeur de blé. Elle s'arrêta au milieu de la pièce et tendit l'oreille, visage levé. Aucun son ne descendait de l'étage. Un chapeau noir était posé sur la table, un autre, brun, se trouvait sur la chaise près de la porte. Les deux médecins étaient là. Elle prit les chapeaux et les accrocha aux patères de la porte. Dans ses nu-pieds à semelles de caoutchouc, elle avait le pas léger et ne faisait aucun bruit sur le carrelage. Il régnait un silence étrange ; un silence vibrant. C'était l'atmosphère, lui sembla-t-il, qui préside à la naissance d'un enfant. Ce silence les tenait tous dans sa toile, tendue et invisible. Elle le rompit un instant en ouvrant la porte basse du gros buffet où elle prit un sac en toile et les deux moitiés d'une canne à pêche en bambou qui y étaient rangés. Portant le sac et les bambous dans la main droite, elle sortit sans bruit de la cuisine, et le silence se referma sur la maison.

Derrière le moulin, du côté nord, sous les pierres mouillées que le soleil ne séchait jamais, on trouvait à coup sûr enfoncés dans l'argile des petits vers de terre annelés rouge foncé assez semblables à des ressorts de montre. Elle passa cinq minutes à en rassembler une provision suffisante pour remplir une boîte à tabac en fer-blanc qu'elle gardait dans sa musette. Ensuite elle descendit au bord de la rivière pour prendre le bateau, une barque large et plate, attachée à la jetée par une chaîne cadenassée passée dans un anneau scellé à la pierre. Elle monta à bord et ouvrit le cadenas, puis elle poussa sur l'une des lourdes rames pour s'éloigner du ponton, tout en pensant une dernière fois aux deux sergents. La peur qu'elle avait éprouvée pour eux n'était plus qu'un mauvais souvenir. Elle leva la tête vers le haut de la colline, l'image de leurs chemises trop bleues encore dans les yeux, puis elle se signa par la pensée, se disant simplement : J'ai oublié de prier pour eux. C'est peut-être pour cela que j'ai eu peur. Elle se mit debout et poussa avec l'extrémité de la rame contre la pierre, ses bras bruns crispés par l'effort. L'embarcation s'éloigna en décrivant un arc sur la rivière. Que Dieu vous garde où que vous soyez, pensa-t-elle. Et je vous souhaite un peu de chance aussi, pour faire bonne mesure.

La barque était massive et avançait lentement, car il fallait remonter le courant. Tirant sur les rames, elle se dirigea vers l'ouest qui dardait ses rayons bas sur l'eau. Le soleil encore brûlant sur la nuque et les épaules, elle rama énergiquement pendant deux minutes, dépassa le groupe de pommiers où Franklin l'avait embrassée pour la première fois, et dont les fruits, au loin, rougeoyaient comme des baies. De grands saules pleureurs se penchaient sur l'eau le long de la rive droite ; leurs branches en rideau caressaient la surface jusqu'au milieu du courant, et laissaient s'étendre entre eux des rubans de nénuphars, sans fleurs en cette saison. L'eau était claire, trop claire, songea-t-elle, dans les trous calmes

133

entre les feuilles. Et sur toute la rivière flottait une odeur tiède, forte et aquatique un peu pareille à celle des embruns après une journée de chaleur à la mer.

Elle rama encore un peu, puis, quand le moulin eut disparu derrière la courbe, elle alla s'amarrer sur la rive droite sous les saules. Deux cents mètres plus loin, un pont métallique reposant sur deux piles de béton franchissait le cours d'eau. Au début de l'Occupation, une sentinelle y avait monté la garde pour contrôler les véhicules, fort rares, qui allaient à la ferme. Depuis, les Allemands avaient supprimé la surveillance.

Une fois la barque attachée à une branche de saule, elle assembla les deux parties de sa gaule qui, montée, mesurait environ quatre mètres. Elle fit passer une dizaine de mètres de fil à travers les anneaux, puis en attacha une extrémité au bout le plus épais de la canne, sans moulinet. Elle s'était fabriqué un flotteur avec une plume d'oie, qu'elle fixa de l'autre côté en ajoutant un hameçon, un peu trop gros, auquel elle accrocha un ver. Ensuite elle fit son lancer d'un geste bas, dans le travers du courant. Quand le flotteur se fut redressé, l'eau l'emporta en tendant la ligne, lui faisant décrire une courbe au-delà de la proue, et il s'immobilisa non loin d'un cercle de feuilles de nénuphar. Elle redressa la canne qu'elle cala contre le tolet.

Le soleil était descendu assez vite pendant que la barque remontait la rivière, et dans la lumière déclinante les racines des saules, maintenant à l'ombre, perdaient leur aspect de chevelure écarlate. Elles flottaient entre deux eaux comme de longues algues fauves, s'assombrissant peu à peu.

Elle resta longtemps ainsi assise à contempler les racines de saules et le flotteur tandis que le soleil délaissait la rivière, en attendant de voir les poissons remonter entre les nénuphars. Parfaitement silencieuse, elle ne bougea qu'une seule fois pour ôter ses sandales et poser sur le bord du bateau ses pieds où s'imprimait le croisillon des lanières. La froide placidité de la rivière semblait déteindre sur son regard. Elle ne sentait plus son cœur. La sérénité de l'eau l'avait apaisée.

Quand les poissons commencèrent à remonter, formant des ronds dans l'eau, dont ils sautaient même, parfois, elle se déplaça jusqu'à l'avant et lança la ligne plus loin vers l'aval. Plus qu'une heure, et il ferait nuit. Elle essayait de ne pas penser à Franklin. Sans savoir exactement ce qui allait se passer là-bas, elle se doutait bien que la présence des deux médecins n'annonçait rien de bon. Elle était consciente de la gravité de l'état du blessé, mais ne voulait rien imaginer, car les pensées n'y changeraient rien, pas plus que les pensées n'attrapaient les poissons. À l'arrière de sa tête roulait un flux continu et indistinct de prières. Continu, car il était alimenté par sa patience et sa foi, indistinct, car les émotions y tenaient lieu de langage. Les mots n'auraient jamais eu la force des sentiments. Ses émotions jaillissaient et se transposaient en prière naturelle avant que sa conscience ne les guidât ou ne les arrêtât.

Son expression, concentrée mais tranquille, s'anima quand le flotteur s'enfonça. Il disparut sous les feuilles de nénuphar sous ses yeux qui avaient perdu la conscience de voir. Elle ferra d'un coup léger mais ferme, et sentit le poisson distendre le fil entre ses doigts comme le caoutchouc d'un lance-pierre. Elle ramena sa prise, une perche d'une livre qu'elle plaqua au fond de la barque en y posant les deux genoux pour rabattre les épines dorsales et lui ôter le fer de la bouche. L'hameçon, vraiment un peu trop long, était entré si profondément qu'elle ne put le décrocher qu'en se mettant du sang sur les mains.

Laissant le poisson sauter au fond du bateau, elle accrocha un autre appât et lança de nouveau la ligne. Le soleil était presque couché. Elle posa une de ses sandales sur le poisson, puis le pied sur la sandale pour l'immobiliser. C'était la bonne heure pour faire des touches. Elle pourrait en rentrant raconter aux deux docteurs qu'elle avait trouvé un nouveau trou poissonneux. Ce serait agréable aussi d'avoir de la perche après toutes les anguilles que Pierre attrapait dans sa nasse sous le moulin, et qui commençaient à l'écœurer après les longs mois d'occupation. Elle garda sa position, ses yeux noirs rivés sur le flotteur. Quand il s'agita puis plongea de nouveau, elle ne cilla pas. Elle remonta le poisson, une perche un peu plus grosse que la précédente, et qui se décrocha pratiquement toute seule, ce qui lui évita de se salir les mains. Son cœur battait un peu plus vite maintenant parce qu'elle aimait la pêche, mais ses yeux restaient vigilants. Son regard, s'il était un peu plus brillant, avait cette belle assurance tranquille que Franklin avait admirée dans le soleil du petit matin.

Le crépuscule descendit très vite, le temps de prendre trois autres poissons. Les docteurs en mangeront deux chacun, calcula-t-elle. Il m'en faut dix. La plume blanche était presque luminescente sur l'eau vert sombre, et le petit vent qui soufflait sur les feuilles de nénuphar apportait le premier soupçon de fraîcheur de la journée. Bientôt, elle n'y verrait plus du tout. Son regard ne quittait pas le flotteur, mais comme au bout de dix minutes il ne se passait toujours rien, elle ferma les yeux, et immédiatement, comme cela lui arrivait sans manquer depuis qu'elle était petite, une prière s'infiltra dans sa tête : Encore un, Vierge Marie Sainte Mère de Dieu, rien qu'un, pas très gros mais assez gros quand même, Vierge Marie Sainte Mère de Dieu, s'il vous plaît. D'une demi-livre, ça ferait l'affaire. Rien qu'un de plus, je vous en prie, rien qu'un. Elle rouvrit les yeux et regarda le flotteur. Rien. Elle les referma. Si j'ai la foi, je vais attraper un poisson. J'ai la foi. J'ai une très grande foi. Faites qu'il y en ait encore un, rien qu'un. Ma foi est éternelle.

Elle garda les yeux fermés encore environ une minute, puis elle les rouvrit lentement. Son cœur se mit à cogner à grands coups quand elle vit le flotteur enfoncé, et elle oublia complètement sa foi pour s'occuper de sa ligne. Elle lui sembla très lourde ; le poisson s'agitait violemment sous l'eau, puis il apparut enfin à la surface. Ligne très tendue, elle le ramena dans le bateau d'un geste énergique. Les épines étaient dressées comme celles d'un hérisson, mais elle les rabattit avec le genou et entreprit de décrocher l'hameçon de la bouche. L'appât avait été gobé, et le fer était très bas. C'était un poisson de deux livres environ, et dans l'euphorie du moment elle fut maladroite et tira si fort que du sang coula de la chair écorchée sur ses mains. Alors soudain, dans le crépuscule, au moment précis où l'hameçon s'arrachait et que le sang écarlate jaillissait sur sa peau brune, elle se rendit vraiment compte de ce qu'on allait faire à Franklin.

Prise d'un terrible malaise, elle repartit sur la rivière en ramant lentement avec le courant. Elle resta pieds nus au milieu des poissons qui frétillaient au fond de la barque sans se donner la peine de remettre ses sandales. Elle ramait les yeux sur l'eau, troublée par de nouvelles pensées. C'était la première fois depuis que Franklin était descendu par le verger ce matin-là qu'elle éprouvait une véritable terreur. Jusque-là, elle n'avait même pas vraiment eu peur : elle avait été prise par l'ivresse de l'aventure. Une telle ivresse que c'en était presque de l'exaltation, et cette exaltation lui donnait, fatalement, cet air de rayonnante assurance qui étonnait tant Franklin. Depuis le début, elle avait l'impression que tout ce qui arrivait était écrit. Elle l'avait voulu très fort. Elle ne connaissait pas grand-chose à la guerre, du moins pas à ses complexités, mais elle savait très clairement qu'elle n'était pas terminée. C'était clair et simple. La guerre, par la grâce de Dieu, allait se poursuivre en France, sans armes. La guerre devait continuer. Elle était très jeune, mais la guerre lui donnait l'impression d'avoir vieilli avant l'heure. Il lui semblait que Franklin aussi lui avait été envoyé par la grâce de Dieu.

Tout le poids du monde sur ses épaules, une nausée froide

et aigre dans la gorge, elle avançait sur la rivière. Il faisait presque noir à présent, et le peu de lumière qui se reflétait sur l'eau se fragmentait autour du bateau comme des éclats de verre. Quand elle arriva sous le groupe de pommiers, elle se remémora les instants passés avec Franklin. Un moment très heureux, et qui lui avait paru aussi inévitable que le reste. Elle avait su que cela devait arriver. Mais tout en se souvenant de ce bonheur, elle fut frappée par la terreur de ne plus jamais le revivre. Il ne s'agissait plus simplement de cacher des aviateurs et de les aider à se sauver. Beaucoup de gens avaient été mis dans la confidence, et bientôt quelqu'un parlerait trop. Franklin serait pris, et, ensuite, songea-t-elle avec épouvante, ils nous arrêteront, nous, et ils nous fusilleront. Ils me prendront moi aussi et ils me tueront, et ce qui s'est passé sous les pommiers cessera même de vivre dans ma mémoire.

Elle fit de son mieux pour se rassurer en remontant de la jetée, portant les poissons dans sa musette d'une main, ses sandales et sa canne à pêche dans l'autre, mais elle n'était pas plus calme en arrivant à la maison. Elle s'immobilisa devant la porte, oreille tendue. Les seuls bruits qu'elle percevait dans le silence étaient les battements de son cœur et le grondement de l'eau qui se précipitait du déversoir.

Après avoir écouté quelques secondes, elle ouvrit la porte et entra. La lampe brûlait sur la table de la cuisine et sa grand-mère mettait le couvert sur la nappe. Françoise ne dit rien, mais pour une fois son regard vacilla quand elle entra dans la lumière. Le médecin de famille, qu'elle connaissait mieux que celui de l'hôpital, se séchait les bras avec une serviette. Il avait le teint gris, fatigué, et il ne dit rien. Elle passa devant lui pour mettre les poissons dans l'évier.

Avant qu'elle n'eût le temps d'ouvrir le robinet pour les rincer, le médecin de l'hôpital descendit et entra dans la cuisine. Il alla directement à l'évier. Il portait quelque chose enveloppé dans une serviette. Une serviette qui ressemblait à un drapeau rouge et blanc.

– Bonne pêche, remarqua-t-il.

Elle leva la tête et eut un tel choc qu'elle fut incapable de répondre. Lui aussi était pâle et las, le col défait, sa cravate noire desserrée et lâche en bas du cou. Il posa la chose emmaillotée sur une chaise.

Sa terreur bondit, décuplée, quand elle le vit tendre les mains vers le robinet. L'épouvante fusa comme un jet glacé sur son esprit au moment où l'eau sortait. Elle vit les mains, puis les bras jusqu'aux coudes, humides de grandes éclaboussures de sang écarlate, et puis le robinet lui-même ensanglanté par les mains qui l'avaient ouvert, et qui le quittaient pour passer sous l'eau, dont la pureté, à son tour, fut souillée et rougie. Elle resta une trentaine de secondes sans bouger, le regard fixe, jusqu'à ce que le sang et sa terreur ne fissent plus qu'un, aussi complètement que l'eau et sa terreur s'étaient trouvées confondues.

Elle dut se raccrocher au bord de l'évier comme si rien d'autre ne la retenait sur terre.

Derrière elle, elle entendit vaguement sa grand-mère pousser le verrou de la porte du dehors, mais rien ne l'occupait que le bruit de l'eau et la vue du sang, celui des poissons mêlé à celui de Franklin, qui s'écoulait en tourbillonnant dans l'évier.

11

Franklin se raccrocha du bout des doigts à la lisière de sa conscience. C'était son premier mouvement cohérent, pleinement compris. Il y avait très longtemps, le temps d'une vie entière, dans une autre vie peut-être, la conscience s'était penchée sur lui. La réalité avait pris la forme d'une cuvette, froide et dure, que quelqu'un tenait sans un mot sous son menton. Il avait été malade plusieurs fois dans cette cuvette.

Mais à présent, le mouvement était différent : il venait de lui. Main levée, il empoigna la frontière entre les ténèbres et la lumière, attendant encore un peu avant de tendre l'autre. Puis, après une ou deux secondes, l'horizon lumineux s'abaissa et se stabilisa, lui permettant de voir ce qui l'entourait.

Il se sentit mieux en comprenant qu'il avait devant lui un monde coupé en deux. Il était allongé à plat sur le dos, si raide qu'il lui semblait presque être attaché, et ne voyait que le haut d'une chaise, d'une commode, d'une fenêtre, d'un christ en croix martyrisé sur le mur, et, finalement, le haut de la vieille dame, noire et blanche, et immobile sur le fond bleu du haut d'un ciel d'été.

Avec un dernier effort, il se hissa pleinement dans la conscience pour s'apercevoir aussitôt qu'il n'avait pas fait un geste. Il était immobile. Ne pas bouger tout en étant éveillé, être éveillé mais avant tout être en vie, cela tenait du miracle.

Il contempla le ciel un moment. Il était immensément bleu

et très lointain. Cela lui permit, pour la première fois, de se situer dans l'espace. Un ciel d'un tel bleu, sans un nuage, ne pouvait pas se trouver en Angleterre. Et par cette prise de conscience, par la vertu de ce ciel dégagé, tout bleu de chaleur, il se réveilla enfin complètement.

Il fut aussitôt incommodé par une contraction dans le ventre. Il devait se servir de l'urinal. À l'hôpital, il le savait, c'était un acte aussi naturel que de demander une brosse à dents. Seulement ici, il lui fallait traduire sa requête dans une autre langue. Il réfléchit un moment, se disant que les Français étaient des gens de bon sens pour ces aspects naturels de la vie, mais que, dans son vocabulaire, il n'y avait aucun mot pour indiquer ce dont il avait besoin. Et puis, après tout, cela n'avait pas d'importance. Rien n'avait d'importance, sauf peut-être la beauté sereine du ciel bleu de l'autre côté de la fenêtre. Tant que cette lumière resterait stable, il saurait que la vie lui était rendue.

– Madame, dit-il sans bouger.

La vieille dame approcha aussitôt, comme si elle savait parfaitement qu'il avait repris conscience, et même qu'elle se doutait de ce qu'il allait lui demander.

– Monsieur, dit-elle.

Elle entra en entier dans son champ de vision, s'arrêtant à côté du lit, la cuvette dans les mains.

– Vous voulez vomir ? Ça vous reprend ?

– Non.

– Vous voulez quelque chose ?

– Oui.

– Quoi ? Vous avez faim ?

– Non. Je n'ai pas faim.

Il fouilla dans ses pensées sans trouver le mot voulu. Il en connaissait bien un, mais qui, même en français il le sentait, manquait un peu de délicatesse. Il opta pour le mot «bouteille».

– Ah ! La bouteille.

Elle dit cela d'un air entendu, sans fausse pudeur, semblant trouver la chose parfaitement normale, étant beaucoup trop âgée, pensa-t-il, pour s'arrêter à de telles trivialités. Elle s'écarta et revint presque aussitôt. De toute évidence, elle était prête à cette éventualité.

Elle lui rapporta une bouteille de vin en verre teinté sans étiquette, qu'elle lui présenta de son côté gauche, sans la moindre gêne. Il ne la lui prit pas des mains, mais resta allongé, le bras droit arrêté au moment où il se soulevait sous le drap, pétrifié, comme son esprit l'était, par l'embarras. Son corps se crispa pour garder l'équilibre et s'empêcher de tomber sur le côté, comme un avion qui aurait perdu une aile. En pensant cela, il comprit pleinement qu'il n'avait plus de bras gauche.

La vieille dame avait dû suivre ses pensées. Elle attendit sans bouger, bouteille à la main, sans rien dire, lui laissant encaisser le coup. Et lui ne faisait pas un geste, paralysé par le choc, mais aussi par cette peur absurde, mais profonde, de tomber du lit.

– Vous vous sentirez mieux après, dit-elle finalement.

Il sortit le bras droit de sous les couvertures avec quelques difficultés et l'impression d'être ligoté. Son autre bras n'était plus là, il le savait, mais il ne ressentait aucune sensation de vide ; de la méfiance, seulement. Son corps se tétanisait pour conserver l'équilibre. Ses doigts se tendirent, puis se crispèrent et refusèrent d'aller plus loin, si bien que la vieille dame dut lui placer la bouteille dans la main. Il se rappela qu'il ne savait pas combien de jours s'étaient écoulés, et eut envie de le lui demander, mais elle s'éloignait déjà.

– Merci, madame. Merci beaucoup…

Elle lui accorda deux minutes, qu'elle passa à la fenêtre, dos tourné. Il occupa la dernière à aventurer la main droite du côté gauche. À l'endroit du bras blessé, il trouva la poitrine emmaillotée d'un corselet de bandages qui expliquait son impression d'être attaché. Le pansement était très propre, bien fait, achevé. Tâtonnant pour suivre sa forme, il se disait : Il faudra bien que je sache un jour, et fit descendre la main vers sa taille. À partir du bas des côtes, il n'y avait plus rien. Le bras avait été amputé au-dessus du coude.

– Vous avez terminé ?

Elle était revenue près du lit. Il sourit et sortit la bouteille de sous le drap avec un petit air bravache d'alcoolique honteux. Cela la fit sourire.

– Quel jour sommes-nous ? demanda-t-il.

Elle prit la bouteille et la considéra pensivement, semblant se dire qu'il s'était bien débrouillé, ce qu'il avait tendance à penser aussi.

– Mercredi. On vous a opéré lundi.

– Et tout va bien ?

– Pour vous ? Oui, tout va bien.

– Non, pas seulement pour moi. Mais pour les autres aussi. Pour tout le monde.

Elle haussa les épaules en considérant la bouteille.

– Tout va bien, si on peut dire que quelque chose va bien en France.

– Je comprends.

– Il paraît qu'il y a eu des émeutes dans le Nord. Ça va changer des choses.

Elle s'éloigna, allant vers le pied du lit tout en ajoutant quelques mots à voix basse, comme si elle se parlait à elle-même, ses yeux désabusés disparaissant au fond de leurs poches cireuses. On ne pouvait dire si c'étaient les misères de la vie ou seuls le temps et le soleil qui avaient ainsi marqué et fripé cette vieille tête coiffée d'étoupe.

– Vu mon âge, je me souviens encore de la guerre de 1870, dit-elle.

Elle ouvrit la fenêtre et vida la bouteille par-dessus l'appui.

Il trouva que cela mettait longtemps. On entendait le contenu dégringoler en bas.

– Quand j'étais petite, à Paris, j'ai vu beaucoup de bras coupés à l'époque. Beaucoup.

Il eut l'impression d'être un enfant, séparé d'elle par un fossé béant tant l'histoire dont elle lui parlait était ancienne. Elle tint la bouteille vide à l'envers encore un moment sans bouger. Il lui vint alors l'idée que cette femme était si vieille qu'elle avait peut-être perdu la notion du temps et qu'elle confondait les guerres, mais la suite lui prouva le contraire.

– J'en ai beaucoup vu pendant la Grande Guerre aussi. Une vraie boucherie.

Où veut-elle en venir ? se demanda-t-il. Elle secoua une dernière fois la bouteille avant de la redresser, puis elle revint lentement vers le lit.

– À l'épée, poursuivit-elle, c'est tout ce qu'on avait pour les couper. Je vais remettre la bouteille sur la table de nuit, comme ça, vous pourrez vous en servir quand vous en aurez besoin.

– Je voudrais boire.

– La carafe est remplie d'eau et de vin. Vous pourrez boire seul si je vous donne le verre ?

Elle prit la carafe et ôta le carré de mousseline qui la couvrait. C'était du vin rouge tellement coupé qu'on aurait cru du rosé très pâle. La coloration joyeuse procurait une impression tranquillisante et rafraîchissante.

– Pendant la Grande Guerre, on les trimballait comme des troupeaux. Jésus Marie Joseph. Jésus Marie Joseph.

Elle versa un peu de vin d'un mouvement naturel et méditatif, aussi désinvolte que lorsqu'elle avait vidé la bouteille.

– Vous avez entendu parler de la mutinerie ? demanda-t-elle.

– Des Français ?

– Oui, des Français. Pendant la Grande Guerre. Ils ont

manifesté gare du Nord et ils ne voulaient plus partir. Vous en avez entendu parler ? Et du reste ?

– Vaguement.

Il se souleva avec difficulté sur le coude droit. Elle attendait, le verre plein à la main.

– Vaguement, c'est obligé, commenta-t-elle. On n'en a pas parlé dans les journaux.

– Non. On ne parle jamais de ce genre de choses dans les journaux.

Cette guerre-ci n'était finalement pas différente des autres.

Elle approcha le verre des lèvres de Franklin, et il tenta de le guider, mais l'effort déployé pour s'asseoir l'avait épuisé. Ses doigts lui semblaient à présent des étuis de peau sèche près de tomber en poussière. Le vin, froid et acidulé, lui piqua les lèvres, et en avalant il se rendit compte à quel point il avait eu la bouche sèche.

– C'est là que la France a été battue, dit-elle. Pas aujourd'hui. Pas dans cette guerre. Dans l'autre, celle d'avant. Nous ne nous en sommes jamais remis.

La lumière qui venait de la fenêtre lui attaquait les yeux. Il baissa les paupières et se remit à boire. Il n'avait presque plus de forces. Les dernières sensations quittèrent ses doigts gourds.

– Merci beaucoup, dit-il. Merci.

– Nous n'avons été bons à rien cette fois-ci parce que la dernière a été une vraie boucherie. Ils en ont trop envoyé au casse-pipe.

La carafe et le verre pas tout à fait vide dans les mains, elle resta là à le regarder, mais sans vraiment le voir, les yeux vitreux, immobiles, d'une infinie tristesse mais aussi incomparablement stoïques. Elle secoua la tête plusieurs fois, puis lentement reversa ce que contenait encore le verre dans la carafe.

– Je vais vous dire. Vous avez beaucoup de chance.

C'est une façon de parler, pensa-t-il. Si les boches arrivent, je n'aurai pas tant de chance que ça. Il se rebellait, mais sans amertume. Les coups brutaux qui avaient battu ses tempes avaient cessé, soit, mais à partir de maintenant, pensa-t-il, je vais devoir apprendre à mettre mon pantalon d'une seule main. Je ne vois pas en quoi j'ai de la chance.

Elle posa la carafe sur la table avec une lenteur triste et réprobatrice qui fut pour Franklin une révélation des épreuves qu'elle avait traversées. Elle lui parut alors terriblement vieille. La lassitude et l'angoisse de ce regard perdu dans le vide étaient presque insoutenables et il comprit alors sa chance. Car si les boches venaient, ce ne serait pas lui, mais ces gens-là qui souffriraient. Lui, on l'arrêterait simplement et on le mettrait à l'hôpital. Les autres seraient emmenés, le père, Pierre, la grand-mère et les deux médecins, et ils seraient fusillés. Il se pouvait aussi que, parce qu'ils ne faisaient jamais rien à moitié, les boches tuent aussi le cheval. Et ils tueraient Françoise.

Il se souvint d'elle avec un coup au cœur. Ah! Quelle poisse! C'est le plus sale pétrin dans lequel je me sois jamais fourré, et c'est pire pour eux. Où est-elle? Il releva la tête et vit que la vieille dame traversait la chambre, son visage tourmenté pareil à celui, marqué par l'ancienneté et le sang, du Christ sur le mur.

– Où est Françoise? demanda-t-il.

Une dizaine de secondes s'écoulèrent sans qu'elle répondît. Elle passa devant le carré bleu ensoleillé de la fenêtre pour aller s'asseoir. Bon Dieu! Il lui est arrivé quelque chose! Il lui est arrivé quelque chose! Une force plus puissante que la sienne le galvanisa, un souffle qui chassa la faiblesse de son corps. Ah! pensa-t-il, s'il lui est arrivé quelque chose!

– Où est-elle, madame? Où est-elle?

Elle s'assit d'abord, lentement, laborieusement, avec une placidité qui le confondit. Plus que tout, elle était préoccupée par la nécessité de ployer son corps gainé pour l'adapter à la forme de la chaise.

– Elle est allée chercher des vers pour la pêche.

Il en resta coi. Pas possible, songea-t-il. Les Français sont formidables. Sidéré, il resta les yeux au plafond. Elle va à la pêche ? Il l'imaginait assise sur les pierres en bas du déversoir, tranquille et charmante, surveillant son flotteur immobile sur l'eau noire. La vision devint de plus en plus précise, maintenant brillamment éclairée par le soleil, matérialisée par la tendresse qu'il éprouvait pour elle. Alors sa surprise ne fut plus qu'un émerveillement devant l'intensité de ses sentiments. Il les trouvait si beaux, si profonds qu'il ne put s'empêcher de la comparer à une autre. Diana aurait préféré mourir plutôt que de ramasser des vers de terre. Jamais elle n'aurait supporté cela. Ni de laisser sa grand-mère vider la bouteille par la fenêtre.

Ses pensées, enfin affranchies de la douleur et libres de vagabonder, retournèrent en Angleterre. Elles l'entraînèrent hors de la chambre et l'emmenèrent chez lui en bien moins de temps qu'il n'en fallut à la vieille dame pour quitter sa chaise grinçante et sortir de la chambre. Il pensa à Diana. Forester, de son nom de famille. Autrefois, avant cette catastrophique rupture d'hélice dans le ciel des Alpes, elle avait été sa maîtresse. Maintenant, comme le reste, elle avait perdu toute réalité. Il avait mené avec elle l'existence que menaient des milliers de pilotes. Parce que la vie ne tenait qu'à un fil, qui pouvait rompre dans la nuit, on prouvait sa bravoure par défi. On buvait sec, on dansait, on se bousculait plutôt rudement dans les bars d'hôtels, on se persuadait que tout ce désordre joyeux gardait à distance l'appréhension et la souffrance. Comme un enfant, on n'aimait pas dormir seul dans le noir, et après une ou deux missions sur l'Allemagne on préférait laisser la lumière allumée la nuit. On avait moins peur ainsi. Et comme il fallait en permanence lutter contre l'obscurité, on se trouvait une jolie fille comme Diana. Il aurait été injuste de la dire facile. Soignée, vive et séduisante avec ses cheveux blonds décolorés, ses ongles rouges et sa ravissante poitrine qui semblait soulevée, elle était davantage une flamme qu'une femme. Et en y songeant, il avait le sentiment qu'elle aurait pu s'éteindre tout aussi vite et sans plus de difficulté.

Elle ne voudra plus de moi manchot, songea-t-il. Il ne s'attarda pas sur cette injustice, puisqu'elle était supposée. Il savait seulement que sa vie d'autrefois était révolue. Il se souvenait de certaines soirées folles dans des petites villes, où, des filles surexcitées à l'arrière de la voiture, on brûlait les feux, et où tout était bath. «Bath», un mot qui prenait des rides. Une belle bringue, oui! Encore quelques opérations, peut-être, et il aurait été décoré de la DFC. Cela aurait été bath, aussi. Elle m'aurait aimé, médaillé, songea-t-il, plus que sans médaille, mais pas sans mon bras.

Pour l'Angleterre, ses regrets étaient plus simples. Il avait envie d'une tasse de thé. Sentant que le milieu de l'après-midi approchait, seul dans la chambre, il se prit à guetter le cliquetis réconfortant des tasses. Mais il n'entendait que le silence profond, dense, de cette journée d'été engourdie, si lourd qu'il vous enfonçait corps et âme dans le lit. Diana, le thé, l'Angleterre : ces trois pensées planaient, petites et presque immatérielles comme des franges nuageuses lointaines, près de s'évaporer à l'horizon de son nouvel univers. Il ne faut pas compter les voir se rapprocher d'ici longtemps, songea-t-il. Eh bien, tant pis !

Puis il ferma les yeux, et un soudain désespoir le prit. À quoi bon se mentir? songea-t-il. Je ne retrouverai pas mon bras. C'est écœurant, une vraie vacherie. On peut récupérer bien des choses, mais pas un bras. On ne me le recollera pas. Puis le désespoir s'écarta un peu, passa devant ses paupières comme une ombre légèrement plus sombre, et s'arrêta. Trouvant le phénomène assez étrange, il ouvrit les yeux.

La jeune fille était debout près du lit. Elle n'éveilla aucune pensée en lui. Il s'imprégna seulement, et de tout son être, de la sérénité vive et sérieuse de son jeune visage. Elle lui sembla plus jeune que jamais, fraîche, adorablement pétillante, et le regard, comme toujours, animé de cette assurance sidérante qu'il avait admirée dès le premier matin. Il n'éprouva pas le besoin de parler, et elle ne dit rien non plus. Elle lui fit un bref sourire, puis se pencha pour poser la joue contre la sienne. Il sentit la chaleur de sa peau profondément hâlée sur son visage, puis sur sa main quand il la prit par le cou pour l'embrasser. Possédé, il n'eut pas le loisir de s'attrister beaucoup de la pensée, fugitive, qu'il ne pourrait jamais la prendre vraiment dans ses bras.

– Tout va bien ? demanda-t-elle.

– Oui, très bien.

Il sourit. La grande surprise de l'avoir trouvée lui faisait un bien souverain.

– Vous ne manquez de rien ?

– Non, de rien.

Il caressa de la main droite le bras nu et brun sur toute sa longueur, et remarqua :

– Vous êtes bronzée. Vous êtes restée au soleil.

Elle sourit. Non, il ne manquait de rien : il ne voulait qu'une seule chose, cet éveil des sens, le hâle de ces bras, et le soulagement merveilleux de se savoir en vie. Elle lui sourit encore et appuya de nouveau la joue contre la sienne. Vraiment, il ne manquait de rien.

– Quelle est la situation ? demanda-t-il. La guerre ?

– Ne vous inquiétez pas.

– Cela va mal ?

– Cela va toujours mal, mais ne vous en faites pas.

– A-t-on arrêté les recherches pour me retrouver ?

– On n'arrête jamais les recherches.

Quand serai-je rétabli ? se demandait-il. Il faut que je parte.

Combien de temps faut-il pour se remettre d'un bras? Ou plutôt d'une absence de bras? Il tâcha de se souvenir d'un camarade qui aurait souffert d'une blessure semblable. Buddy Saunders, un mitrailleur arrière, avait eu le pied emporté par une traçante. Il était resté immobilisé trois mois. Trop longtemps. Il y avait d'autres cas. Robertson, un copilote: un éclat de flak lui avait percé un trou dans la jambe grand comme une balle de cricket. On lui avait bourré sa blessure d'une certaine matière, il ne savait plus laquelle, puis on avait bandé et laissé mijoter. L'affaire avait duré deux mois, pendant lesquels le trou avait rendu, avec une puanteur de poisson pourri, tous les éléments putréfiés: os, shrapnel, fibres de vêtements et des litres d'un pus infâme. Il avait fallu quatre mois à Robertson pour retrouver l'usage de sa jambe.

Mais il s'agissait de jambes, pensa-t-il. Pour un bras, c'est différent. Je n'ai même pas besoin de le bouger, puisqu'il n'y a rien à bouger; donc, je pourrai me rétablir en quelques jours. Il serra l'épaule tiède de la jeune fille, un peu trop fort sans le vouloir. De toute façon, je n'ai pas le choix. Je suis plutôt en forme, d'ailleurs. Il en faudrait plus que ça pour me mettre à plat. Je dois me retaper vite, il le faut.

Alors, en touchant ce beau bras, si tendre, si lisse, si chaud de soleil, il se sentit inondé d'une vie nouvelle. Et ce sentiment neuf et vibrant qui l'envahissait, débarrassé de la vieille souffrance, le convainquit qu'il n'y avait rien qu'il ne pût entreprendre s'il le voulait vraiment.

Il prit conscience, au même instant, d'une autre présence dans la chambre. Il regarda derrière les cheveux noirs de la jeune fille et vit la vieille dame qui passait dans un rayon de soleil, toujours aussi silencieuse. La jeune fille se redressa et passa les mains sur la courtepointe pour la défroisser avec un sourire gêné. Sa grand-mère se contenta, usant, trouvat-il, d'un ton assez narquois, de dire «Pardon», en approchant du lit.

Elle apportait une tasse sur une soucoupe. Il essaya de trouver comment dire en français : «Ah! Vous commencez à m'intéresser», ou une phrase équivalente pour leur montrer qu'il avait de l'humour et qu'il se rétablissait vite, mais, incapable de traduire sa pensée, il se contenta de sourire. Il reçut deux sourires en retour, un de la vieille dame et l'autre de la jeune fille, et, pendant qu'il se redressait maladroitement sur les oreillers, la grand-mère se pencha pour lui donner la tasse.

Il vit alors ce qu'elle contenait. C'était du thé. Un thé français : léger, avec du lait, et chaud. Voyant la tasse approcher, il eut un geste réflexe pour l'attraper des deux mains, mais rien ne se produisit. C'en fut trop.

Il fondit en larmes.

12

Il resta allongé plusieurs jours sans voir passer la fin du mois d'août. Le soleil implacable, qu'aucun nuage digne de ce nom en Angleterre ne venait jamais voiler, lui avait laissé supposer que l'été serait éternel. Le quatrième jour après l'amputation, le médecin de famille vint lui rendre visite. Ses mains lui semblèrent très froides sur le haut de son bras, au-dessus du bandage. Il ne défit pas le pansement et ne lui parla même pas de l'opération. Franklin s'examina d'un œil impartial. Le sang qui avait imprégné la gaze en bas du moignon avait noirci en coagulant, si bien que son bras semblait avoir été dévoré par le feu. Le médecin parlait de pêche. Il lui apprit que Françoise prenait la barque tous les soirs pour remonter la rivière.

– J'ai l'impression qu'elle essaie tous les trous à poissons sur six ou sept kilomètres, dit-il.

Pas folichon, songea Franklin, habitué qu'il était aux filles qui recherchaient des distractions plus trépidantes.

Le cinquième jour, il se leva, bien décidé à se remettre à marcher le plus tôt possible. Les réflexions qu'il avait mûries dans son lit pour envisager les diverses manières de boutonner son pantalon, d'attacher ses manchettes et de nouer sa cravate d'une seule main avaient un peu ressemblé à l'apprentissage de la théorie du pilotage. Au moment de mettre ses connaissances en pratique, une terreur le prenait, par peur de l'échec.

Il sortit du lit, persuadé qu'il allait s'écrouler par terre. La fraîcheur du plancher sous ses pieds nus lui sembla délicieuse après la chaleur moite des couvertures. Il ne tomba pas, et marcha lentement jusqu'au pied du lit. Il compta les pas : il en avait fait douze. Il en refit une dizaine jusqu'à la fenêtre, où il s'appuya au montant. Rien dans cette vue de la plaine surplombée d'un grand ciel bleu vif n'indiquait qu'août avait cédé la place à septembre, hormis que les champs de blé avaient tous été moissonnés.

Après un court répit, il traversa la chambre en diagonale jusqu'à l'autre fenêtre. Il compta seize pas. Cette fenêtre-ci donnait sur le verger et la rivière. Il contempla la vue un moment en se demandant où étaient O'Connor, Sandy et les deux jeunes sergents. La situation lui semblait beaucoup moins compliquée maintenant qu'il était seul. Il compta quinze autres pas pour retourner au lit. Douze plus dix, puis seize, puis quinze : un triangle qui le comblait d'aise. Pas de complication à cela. Il était content. S'il parvenait à doubler sa première marche, puis à la doubler encore la troisième, puis la quatrième fois, et ainsi de suite, il parcourrait deux kilomètres en une semaine. D'après ses calculs, il serait prêt à partir dans quinze jours.

Mais quinze jours, c'était encore long. Il se recoucha, malgré tout soulagé et plutôt fier, un peu comme il l'avait été après son premier vol en solo. En théorie, rien ne devrait l'empêcher de démultiplier ses progrès. L'impression de déséquilibre le dérangeait un peu, mais, après tout, ce n'était pas si différent que de voler avec un seul moteur. Il s'y habituerait. Il ne se laisserait pas abattre. Au contraire, il se réjouissait de l'euphorie inattendue que lui procuraient ses premiers pas.

La plus urgente nécessité était de trouver une carte. Il n'avait pas vu ses affaires depuis qu'il avait été transporté avant l'opération. Si O'Connor et Sandy n'avaient pas tout emporté, il pouvait envisager, en interrogeant la vieille dame, de découvrir sa position. Ainsi, il pourrait mettre à profit la semaine pour tracer son trajet vers les Pyrénées. Le projet restait abstrait, mais en marchant dans la chambre il s'était prouvé qu'il avait des forces, et que plus rien ne pourrait l'arrêter.

Satisfait, il ferma les yeux un moment. Le silence de la campagne s'étouffait dans le bruit de cataracte du déversoir dont le rugissement lointain passait par la fenêtre entrouverte. Puis ce grondement sourd sembla s'amplifier et se rapprocher. Un autre son s'en dissocia enfin : celui de pas dans l'escalier.

On frappa à la porte. Ni la vieille dame ni Françoise ne frappaient jamais.

– Entrez, dit-il avec méfiance.

La porte s'ouvrit, et il eut la surprise de voir le père entrer. Il ne lui avait pas parlé plus de cinq ou six fois depuis le matin de son arrivée avec l'équipage, et avait alors discerné en lui un homme réservé et sérieux. La rareté de sa présence frappa alors Franklin qui comprit que le père en avait fait plus pour lui que sa fille.

– Je vous réveille ?

L'homme tenait la porte d'une main et la referma doucement.

– Non, répondit Franklin. Je ne dormais pas. Entrez, je vous en prie.

– Je ne veux pas vous déranger.

– C'est un plaisir.

L'homme était en bras de chemise. Une chemise grise, presque militaire, rentrée dans un pantalon noir. Il semblait revenir des champs. Ses yeux étaient voilés, douloureux, même, comme si le passage de la lumière à l'ombre avait été trop brutal pour eux. Franklin trouva dans leur couleur et leur intensité une ressemblance étonnante avec ceux de sa fille.

– Je suis désolé de venir à cette heure. Comment va votre bras ?

– Merci, très bien, répondit-il, s'inquiétant soudain de ce trop-plein d'excuses. Je suis très soulagé que cela ait été fait. Je voudrais vous remercier. Vous avez été d'une grande bonté pour moi.

– Malheureusement, vous n'aurez pas envie de me remercier pour ce que je suis venu vous annoncer.

– Que se passe-t-il?

Debout près du lit, l'homme avait le visage creusé, les joues plus ravinées que jamais. C'est étrange de ne même pas savoir son nom, songea Franklin. La pomme d'Adam saillante du père bougeait nerveusement sous la peau brune et tendue de sa gorge.

– Vous souvenez-vous, dit l'homme, que je vous ai parlé de grèves de travailleurs?

Il en avait été question le premier matin.

– Oui, répondit Franklin, je m'en souviens.

– Les protestations se sont amplifiées. Hier, de nouvelles manifestations ont éclaté en ville. Malheureusement deux Allemands ont été abattus.

– Pourquoi, malheureusement?

– Parce que des innocents seront amenés à en souffrir.

Le voyant si grave, Franklin comprit qu'il y aurait des représailles. Il attendit la suite.

– La situation n'est pas bonne. Le couvre-feu a été imposé sur toute la région. Ils ont déjà pris des otages. Ils vont chez tout le monde pour inspecter les maisons.

– Vous pensez qu'ils vont venir ici?

– Malheureusement, c'est une certitude.

Ils risquent d'arriver d'un instant à l'autre, pensa Franklin. En observant le père, il vit que sa nervosité avait diminué à présent qu'il avait annoncé la nouvelle. La situation était très claire. Ils n'avaient pas d'autre solution que de le faire partir.

– Je suis prêt à tout ce que vous voudrez.

– Nous allons devoir vous déplacer. Je suis désolé. Je vous porterai avec Pierre.

– C'est inutile. Je peux marcher.

– Non, non, il vaut mieux vous porter. Je vais chercher Pierre, ajouta-t-il en se dirigeant vers la porte.

– Non. Je peux marcher. Allez chercher Pierre, mais je vais marcher, insista-t-il en jetant les jambes hors des couvertures.

La dernière chose qu'il vit fut la porte qui s'ouvrait brutalement dans la chambre. Elle sembla projetée violemment vers l'intérieur comme si elle s'arrachait de ses gonds au moment où le père tirait sur la poignée. Il eut réellement la sensation que la porte volait à travers la pièce et le heurtait en pleine face comme un mur noir. Rien d'autre n'aurait pu l'assommer plus totalement et de façon aussi inattendue, songea-t-il dans ce moment de confusion extrême.

Quand il reprit connaissance, il avait les yeux tournés vers le ciel. En les baissant, il distingua la haute silhouette du père devant lui, puis, au-dessus de sa tête, le visage inexpressif aux lèvres rudes de Pierre. Ils le portaient sur le chemin de la rivière, vers la jetée.

Plus tard il comprit que, malgré la pleine conscience qu'il pensait avoir de ce qui l'entourait, ils auraient pu le jeter à l'eau qu'il ne s'en serait pas ému. Ils le portaient couché sur deux planches reliées entre elles par une corde pour former une civière. Il sentait cette corde contre son cou à chaque mouvement. On l'avait en partie habillé, car il portait son pantalon. On avait aussi posé sur lui une couverture grise sur laquelle reposait son bras valide, inerte sous le chaud soleil. Il avait laissé toutes ses forces derrière lui, dans la chambre.

Ils le posèrent brièvement sur la jetée, puis, très doucement et avec une légère inclinaison, ils le descendirent dans la barque qui attendait en dessous. Les pierres qu'il frôla de la main au passage étaient brûlantes. Il entendit un chien qui haletait en poussant de petits gémissements, puis la jeune fille qui lui ordonnait de se taire à voix basse. Quand il arriva en bas, il leva les yeux vers Pierre. On ne voyait plus dépasser qu'un visage, rond et sombre comme le bout d'une bûche fendillée. Il s'était couché sur le ventre et stabilisait la barque des deux mains pour l'empêcher de tanguer. Il la retint ainsi quelques minutes tandis que Françoise et son père poussaient les planches sur les bancs, les fixant au milieu, vers l'avant. Puis Franklin sentit le bateau se balancer très légèrement et vit le père remonter sur la jetée. Le chien était assis au fond de la coque, et, au-dessus, la jeune fille se penchait sur lui. Il fut heureux de cette ombre passagère qui lui offrait un instant de fraîcheur en s'interposant entre lui et le soleil inflexible.

– Je vais vous recouvrir, annonça-t-elle. Cela ne durera pas longtemps.

La bâche se déploya sur lui, occultant le visage de Françoise, le soleil, et les hommes sur la jetée. Il sentit une odeur de goudron, tiède et rassurante. Restée au soleil toute la journée, la toile était chaude en dessous. Il la déplaça un peu avec la main. À travers l'espace, il vit la jetée s'éloigner. Quand les pierres brûlantes eurent glissé hors de sa vue, il contempla les vaguelettes formées par le bateau et les rames, qui venaient se briser sur les roseaux en les faisant trembler les uns contre les autres. Bientôt les touffes de végétation furent plus denses mais plus espacées, et le mouvement de l'eau plus régulier et plus profond, creusé de vagues étincelantes. Ensuite il n'entendit plus dans le silence qu'un doux clapotis, le plongeon étouffé et régulier des rames, et, par moments, quelque part près de lui, le souffle encore plus léger du chien.

La jeune fille ramait avec tant de constance qu'il finit par laisser retomber la bâche. Le noir se fit ; il était entièrement isolé du soleil. Il fit à peine attention à l'oppression qui le prenait tant l'étonnement était grand d'avoir été attaché à une planche et emmené en barque sur la rivière caché sous une bâche au beau milieu de l'après-midi. Quand il n'était pas trop désorienté pour réfléchir, cela lui semblait tout à fait extraordinaire.

L'embarcation avança, conservant le même rythme pendant environ un quart d'heure, durant lequel la jeune fille ne dit pas un mot. Il souleva une nouvelle fois le coin de la bâche. Il vit l'eau, des saules sur la rive, et, entre les saules et lui, d'épaisses plaques de feuilles de nénuphar, sans fleurs, recroquevillées par la chaleur. Cinq minutes plus tard, il perçut un ralentissement.

Un murmure le fit sursauter.

– Vous allez bien ?

Sa voix venait de tout près alors qu'il l'avait crue assise beaucoup plus loin de sa tête.

– Oui, je vais bien.

Il souleva encore un peu la bâche, suffisamment pour voir sa main hâlée sur la rame.

– Où sommes-nous ?

– Nous avons remonté la rivière. Nous ne sommes pas encore tout à fait assez loin. J'ai pensé que vous auriez besoin de respirer.

– Faudra-t-il rester longtemps ?

– Je ne sais pas. Nous avons appris qu'ils étaient à la ferme juste avant chez nous. Ils ne devraient pas tarder à arriver. On nous enverra un signal de la maison quand ils seront partis.

Il aurait voulu se libérer le visage pour la regarder, mais la toile restait bloquée. Il ne put que dégager sa main pour toucher celle de Françoise sur la rame. Il sentit la peau tiédie par le soleil, et puis, en remontant un peu, le doux duvet au-dessus du poignet. Ensuite, il redescendit les doigts et cette fois elle lui prit la main et la tint un peu, exerçant une pression tendre et ferme.

Au bout d'une ou deux minutes, elle se remit à ramer et il rabaissa la bâche. La fatigue se fit alors sentir. Pris d'une faiblesse, il ferma les yeux, sentant revenir dans ce noir intégral le vieil élancement dans le bras, et le battement du sang dans la main.

Il fut tiré de cette désagréable sensation par un changement de rythme. Il pensa que la jeune fille avait brusquement arrêté de ramer. Il sentit qu'elle appuyait sur une rame, et faisait effectuer au bateau un quart de tour qui le mit en travers du courant. Ensuite, elle la releva, et le bateau dériva sans bruit.

– Ne bougez pas, ordonna-t-elle.

Il s'immobilisa totalement, très tendu.

– Que se passe-t-il?

– Ils ont remis le garde sur le pont.

Un garde! pensa-t-il.

– Peut-il nous voir?

– Il est à une centaine de mètres. Il nous regarde.

Il se tut. La barque, qui glissait en silence, était presque arrivée au bout de sa course. Il n'entendait plus que le halètement du chien. La jeune fille dit dans un murmure:

– Le premier garde, au début, ne surveillait pas grand-chose.

– Oui, mais à présent, qu'allons-nous faire?

– J'ai emporté le matériel de pêche.

Trop déconcerté pour parler, il attendit et sentit dans son dos le très léger choc du bateau qui touchait enfin la rive. Il n'osait pas faire un geste, mais, même à travers la bâche, il perçut la différence entre le plein soleil du milieu de la rivière et l'ombre. Le danger avait fait naître une inquiétude presque insoutenable. C'était comme de s'enfermer dans un placard pour s'amuser, et puis de découvrir soudain qu'il avait été verrouillé de l'extérieur.

– Dites-moi ce qui se passe. Qu'êtes-vous en train de faire?

– La sentinelle nous regarde. J'assemble la canne à pêche. Vous pêchez, en Angleterre?

– Moi, personnellement? Non. Je n'ai jamais trouvé le temps d'essayer.

– Maintenant, je passe le fil dans la canne.

Il attendit, mais elle ne dit rien pendant un moment.

– La canne est prête maintenant, dit-elle enfin. Il ne me manque que les appâts.

– Qu'avez-vous apporté?

– Je n'en ai pas pris.

C'est de la folie furieuse, pensa-t-il.

– Savez-vous ce que veut dire *crazy* en anglais?

Il essayait de plaisanter, mais son bras lui faisait un mal de tous les diables.

– Non. Qu'est-ce que ça veut dire?

– Qu'il n'y a que les fous pour pêcher sans rien mettre au bout de l'hameçon.

– Oh! mais je vais mettre quelque chose. Je vais en chercher tout de suite, même.

Il était rigide, figé sous la bâche. Le moindre soupçon de la part de la sentinelle, et tout le monde serait fusillé. C'est horrible! pensa-t-il, pris de panique.

– Où allez-vous?

– Il y a un sureau un peu plus haut.

– Je ne savais pas que les poissons aimaient les baies de sureau.

– C'est que vous ne pêchez pas.

Je suis coincé, pensa-t-il. Bouclé dans un placard! Ça va mal!

– Qu'arrivera-t-il s'il vient fouiller la barque pendant que vous n'êtes pas là?

Il l'entendit se déplacer dans le bateau, et puis il sentit la barque bouger, comme si elle l'amarrait avec une corde.

– Vous aurez le chien. Le chien ne le laisserait jamais monter dans la barque, même s'il avait envie de se mouiller les pieds.

Il l'entendit encore bouger. Cette impossibilité de savoir ce qu'elle était en train de faire lui donnait l'impression d'être aveugle.

– Et maintenant, que faites-vous ?

– J'enlève mes chaussures.

Une seconde plus tard, il l'entendit entrer dans l'eau. Le chien ne se manifesta pas. Il y eut des clapotis qui indiquaient qu'elle avançait de quelques pas, puis elle s'arrêta. Elle devait monter sur la berge.

– En aurez-vous pour longtemps ? demanda-t-il. Ne partez pas trop longtemps.

Il la suppliait comme un enfant qui redoute de se retrouver seul dans un lieu inconnu, mais elle ne répondit pas.

Le désir de soulever la bâche devenait presque irrésistible. En dessous, l'obscurité lui donnait une sensation d'enfermement de plus en plus étouffante. Il en était tellement hébété d'horreur qu'il n'avait quasi plus conscience de rien. Il entendait les bruits, mais plus le chien, et la souffrance s'exacerbait avec la privation des autres sens. Toute sa nervosité semblait se concentrer sur les bords sensibles de la cicatrice de son bras coupé. Avec tout cela, il avait l'impression de ne plus du tout respirer.

Il resta sans bouger pendant une durée qu'il estima d'environ un quart d'heure avant qu'elle ne redonnât signe de vie. Quel ne fut pas son effroi quand il entendit sa voix éclater plus loin sur la berge, forte, parce qu'elle parlait à une personne qui devait être à quelque distance. Il résista de nouveau à l'effroyable envie de soulever la bâche, mais cette fois seulement parce qu'il avait peur de ce qu'il verrait. Elle ne pouvait s'adresser ainsi qu'à une seule personne, et cette personne, c'était l'Allemand posté sur le pont.

Au même moment, il se rendit compte que le chien s'était mis à l'arrêt. Comme il ne grondait pas, il n'y avait pas de signe vraiment tangible, mais une seule chose était certaine : le chien était quelque part dans la barque, figé dans un état de tension extrême. Il souleva la bâche légèrement pour sortir la main. Fallait-il le calmer en français ou en anglais ? Il n'eut pas à résoudre cette question absurde, car une seconde plus tard des aboiements frénétiques éclatèrent.

Franklin se couvrit aussitôt d'une sueur glacée. Le chien, dans sa fureur, sautait comme un fou. Bien que minime, le mouvement balançait suffisamment la barque pour lui donner l'impression d'être ballotté au bout d'un palan. Le chien devait être monté sur le bord du bateau. Une fois de plus, il hésita entre l'anglais et le français, et une fois de plus n'eut pas à se décider, car l'animal donna une grande poussée qui fit gîter la barque, et se jeta à l'eau. Franklin l'entendit nager avec une énergie farouche vers l'amont.

Il ne bougea plus, imaginant qu'un curieux s'était approché de la berge et avait fait peur au chien. Sa main était toujours sortie, mais il n'osait pas la rentrer sous la bâche. Tandis que le roulis s'apaisait peu à peu, il tendit l'oreille pour détecter du mouvement sur le rivage. Il n'entendit que la voix de la jeune fille, plus enthousiaste à présent, soudain fêtée par de joyeux jappements. Il perçut aussi un son nouveau : le battement d'ailes d'un oiseau alarmé qui s'envolait en s'égosillant, moitié dans la rivière, moitié dans les airs à grand renfort de coups d'aile et de coups de patte à la surface de l'eau. Puis les cris du volatile s'éteignirent, laissant retomber sur la rivière un silence épais, que seul fit frémir le bruit du chien qui s'ébrouait vers le pont.

Il lui sembla qu'une demi-heure environ s'écoulait avant le retour de la jeune fille. Il prit conscience que l'on tirait doucement sur l'amarre, et sentit la barque glisser vers la rive sans rien pouvoir faire, se demandant ce qui diable allait bien pouvoir lui tomber encore sur la tête, puis il entendit la voix qu'il attendait.

– Tout va bien, maintenant. Tout va bien. Tout va bien.

Elle descendit dans la barque, où, ankylosé d'être resté aussi longtemps immobile, les nerfs à fleur de peau, il se sentait à présent aussi épuisé qu'enragé par son impuissance.

– Pourquoi êtes-vous partie aussi longtemps? Que s'est-il passé?

– Je suis allée jusqu'au pont.

– Jusqu'au pont? chuchota-t-il, effaré. Malgré la sentinelle? Mais voyons! Pourquoi?

– Je voulais me rendre compte de la vue qu'il avait du bateau.

Elle était parfaitement calme, tandis que lui se sentait incapable.

– Alors, peut-il nous voir?

– Non.

Elle souleva la bâche de son visage qui fut libéré pour la première fois depuis leur départ. Malgré l'ombre du saule, le reflet du soleil dans l'eau l'éblouit. Il leva les yeux vers elle. Elle s'attachait les cheveux.

– Ça va mieux, maintenant? demanda-t-elle.

– Beaucoup mieux.

Mais malgré un soulagement réel, il avait l'impression que quelque chose ne tournait pas rond. Il se démancha le cou.

– Je n'aime pas vous voir à l'envers.

Elle sourit et se déplaça au-dessus de lui pour lui permettre de la regarder dans le bon sens.

– Et là, c'est mieux?

– Beaucoup mieux.

Elle lui posa la main sur le front, qui était chaud et trempé de sueur. Il parla des exploits du chien, et elle lui apprit qu'elle l'avait laissé près du pont.

– Il aboiera si le garde bouge, comme il l'a fait pour le canard. Avez-vous eu peur?

– Oui.

Une sacrée frousse, même, songea-t-il.

La situation était parfaitement saugrenue : lui, allongé raide comme un cadavre au fond de la barque tandis qu'elle parlait au garde et que le chien courait après un canard. C'était tellement absurde qu'il avait du mal à y croire. Il eut l'impression que l'avion n'avait pas pu s'écraser, qu'il n'avait pas pu rencontrer cette fille ni avoir perdu son bras.

Elle tordit son mouchoir après l'avoir mouillé et le lui posa sur le front, plié en compresse. Cette humidité froide plutôt désagréable sur ses tempes le rappela brutalement à la réalité.

– Vous n'avez pas mal au bras ? demanda-t-elle.

« Quel bras ? » allait-il lui demander quand il se ravisa. Il lui sembla que la réflexion aurait été par trop acerbe, et se félicita de n'avoir rien dit. Il se contenta de répondre :

– J'en ai seulement assez d'être allongé, c'est tout.

Son bras, à vrai dire, lui faisait aussi mal que s'il avait encore été là tout entier. Une douleur sourde s'était étendue en prenant la forme de son membre perdu. Cette sensation nouvelle attaquait le corps autant que l'esprit.

– J'ai de quoi manger, annonça-t-elle.

Elle déplia le mouchoir et l'étendit, comme un emplâtre froid, sur tout son visage.

– J'ai apporté des pommes et du pain.

– Je préférerais boire. S'il y a à boire.

L'après-midi s'assoupissait dans une lumière dorée. Aucun vent ne combattait l'ardeur du soleil, comme il y en aurait eu en Angleterre. Même dans l'ombre la plus profonde, l'air était chaud et immobile.

– Il y a du lait, dit-elle.

Il comprit alors qu'elle s'était préparée à rester longtemps. Il se demanda, pendant qu'elle débouchait la bouteille qui contenait le lait, ce qui se passait au moulin. S'il arrivait malheur, ils en seraient tous les deux affectés. Elle enleva le mouchoir de son visage, puis passa la main sous sa nuque pour lui soulever la tête. La perspective de traverser la France dans cet état lui sembla tristement ridicule. Il redressa un peu le buste, et sa seule préoccupation fut alors de savoir s'il devait utiliser son bras droit pour se soutenir ou pour tenir la bouteille. Il choisit finalement de se caler, et laissa la jeune fille présenter le goulot à sa bouche. Quand il pencha la tête en arrière pour boire, il vit la rivière à travers le feuillage, et, dans la lumière, l'Allemand, baïonnette dressée comme une aiguille dans le ciel bleu, qui montait la garde sur le pont.

Après avoir bu le lait, qui était tiède, il se demanda de nouveau ce qui se passait au moulin. Il avait aussi oublié de lui demander si elle avait cueilli des baies de sureau.

– Allez-vous pêcher?

– Quand le soir viendra, oui.

Le soir? Il ne dit rien. Il se doutait que la situation risquait de très mal tourner avant la nuit. Alors, il cessa de s'inquiéter pour lui-même, pour son bras, son évasion, et la pointe de la baïonnette qui perforait le ciel au-dessus du pont. Il ne pensa plus qu'aux trois habitants du moulin. Si on emmenait l'un d'entre eux, ce ne serait pas la grand-mère, toute meurtrie qu'elle était par ses trois guerres. Il ne devait y avoir aucune satisfaction à fusiller les vieillards. Ne restaient donc que le père et Pierre, et leur malheur, raisonnait-il, ne pourrait venir que de lui.

Cette crainte le rendit malade de honte. Pendant ce temps, la jeune fille, assise sur son banc, mangeait une pomme en surveillant le pont, ses dents aussi blanches que la chair du fruit contre sa peau profondément brune.

– Vous pensez que tout ira bien, au moulin? demanda-t-il.

– Oui.

Elle avait répondu sans hésiter, simplement, en avalant sa bouchée. Une conviction profonde l'habitait, c'était évident.

– Oui. J'ai confiance. J'ai beaucoup prié pour que tout se passe bien.

Il ne répondit pas. Ce n'était guère le moment, songeat-il, de débattre de l'efficacité de la prière. Quant à elle, elle se préoccupait surtout de sa pomme.

– Je vous ai expliqué que j'avais la foi, il me semble?

– Oui, à l'église.

– Vous aussi, vous croyez ?

– Parfois. Pas toujours.

– Vous devriez. Quand je pêche, je prie, et j'attrape beaucoup de poissons.

– Le poisson répond à vos prières ? demanda-t-il avec un sourire alors qu'elle croquait dans le fruit.

– Oui, dit-elle, ses grands yeux ingénus brillant d'une sincérité si belle qu'il eut envie de s'y plonger. Oui, les poissons sont des créatures de Dieu, donc Dieu répond aux prières à travers les poissons. C'est tout simple.

La ferveur, après tout, ne se discutait pas.

– Oui, c'est tout simple.

Elle tourna le trognon, en détacha le dernier morceau, puis elle cala la bouteille de lait au fond de la barque. Une fois qu'elle eut les mains libres, elle les posa sur Franklin pour le tenir contre elle. Il est bien difficile de parler d'amour dans une langue qui n'est pas la sienne, songea-t-il. D'ailleurs, ne serait-il pas déplacé de lui parler d'amour ? Il préférait que son amour pour elle grandisse lentement ; il le voulait physique, parce que le désir qu'il sentait en lui avait autant de force que la douleur dans son bras, mais il le voulait libre aussi d'évoluer au gré des circonstances. Pour la première fois depuis le début de la guerre, il se sentit apaisé. La conception qu'elle avait de la foi simplifiait tout. Le tumulte des missions, de trop de missions peut-être, avait créé en lui un feu bouillonnant. Et cette agitation maintenant se stabilisait pour former une flamme droite et pure. Il avait le bras contre elle, appuyé sur la peau brune chauffée par la douceur de ce bel été. Il la caressa jusqu'au bout des doigts puis remonta, puis descendit encore. Ses sentiments pour elle étaient devenus très simples, sans complication aucune. En vol, on compliquait tout sans le vouloir ; la peur se compliquait de la nécessité d'agir, puis à l'action se mêlait le soulagement, au soulagement la tristesse, et la tristesse enfin se compliquait d'un silence intérieur qui restait inaccessible aux autres. Au début, on ne dormait plus la nuit. On gardait les yeux grands ouverts, tenus par la pression de l'obscurité, les pupilles bombardées par les souvenirs trop vifs d'étoiles sauvages. Toutes les violences incandescentes de la mission se rejouaient alors, tel un film passé à rebours. Et si le temps atténuait cet effet, il ne faisait qu'augmenter l'incapacité de se livrer aux autres.

Et pourtant, songea-t-il, si un jour elle me posait des questions sur mes vols, à elle je pourrais parler. Il l'embrassa légèrement sur la joue. Elle se déplaça un peu pour répondre à son baiser comme elle l'avait fait sous les pommiers, empreinte de douceur et d'une tendresse grave. À cet instant, un souffle de vent léger passa sur la rivière et vint les frôler, animant l'ombre bruissante du saule. Les feuilles légères un instant écartées laissèrent passer un rayon de soleil qui tomba sur eux, vif et acéré comme un éclat métallique.

On eût dit que, du haut du pont, la baïonnette jetait un éclair à travers l'eau. Mais il ferma les yeux et n'y pensa plus.

13

Du fond de la barque, il aperçut Pierre allongé à plat ventre sur la jetée dans la position où ils l'avaient laissé dans l'après-midi, et, au-dessus de lui, la vieille dame qui se dressait dans le crépuscule. Les voyant tous les deux seuls, il comprit que des événements graves avaient dû se produire. Il était toujours attaché à sa planche, mais la bâche était relevée à présent qu'il faisait presque nuit. La jeune fille rama jusqu'au ponton. Quand la coque s'éloigna après avoir heurté les pilotis, Pierre tendit le bras pour la rattraper et la stabiliser. Françoise aida Franklin à se libérer, et il parvint à se mettre debout. Il avait très peur de tomber, ce qu'il ne voulait à aucun prix. Il était fatigué et souffrait d'engourdissements après sa longue immobilité, et son bras lui faisait mal jusqu'au bout des doigts de sa main fantôme. Mais tout cela était peu de chose, sans doute, si l'on pensait à ce qui avait pu arriver en leur absence. Sa volonté de ne pas tomber n'en fut que plus forte. Avec des précautions extrêmes, il posa un pied sur une traverse puis attrapa la main que Pierre lui offrait. En grimpant sur la jetée, sa crainte de perdre l'équilibre se transforma en hargne.

– Je me débrouille, dit-il. Je vais marcher seul. Je vais marcher seul. Je vais marcher seul.

Pierre et la jeune fille le laissèrent donc avancer sans le soutenir jusqu'à la maison, l'encadrant seulement. Chaque fois que son pied frappait le sol, les vibrations lui faisaient serrer les dents pour bander ses forces et éviter la chute. Il lui sembla parcourir des kilomètres. La maison reculait, puis revenait, dans un mouvement de va-et-vient perpétuel. Finalement, il tendit le bras et essaya, dans un immense effort, de l'attraper. À sa grande surprise, il s'aperçut qu'il se tenait au chambranle. Il s'arrêta, essoufflé, puis, rassuré par le contact du bois, il trouva le mouvement de balancier nécessaire pour entrer dans la cuisine.

Une seconde plus tard, il tombait. Il se remit sur pied avec la hâte frénétique du boxeur qui veut montrer qu'il continue le combat.

Il eut ensuite conscience d'être assis sur une chaise. Il tremblait, épuisé, et buvait un petit verre de cognac. La bouteille était sur la table, près de la lampe dont la flamme brûlait doucement sous le verre blanc. Entre lui et la lampe, et parfois derrière elle, il voyait se déplacer Françoise, Pierre et la vieille dame. Leur visage vibrait comme si quelqu'un faisait trembler la lumière, et il eut l'impression qu'ils parlaient tous ensemble.

Au bout d'un certain temps, il se rendit compte qu'il n'en était rien. Pierre et la grand-mère expliquaient à Françoise ce qui était arrivé tandis qu'elle écoutait en silence. Il reprit une gorgée de cognac. La morsure brûlante lui redonna un peu de vigueur et les visages cessèrent de vaciller. Celui de Françoise, en tout cas, était devenu parfaitement immobile, blanc comme le verre de la lampe, les yeux fixes et noirs dans la lueur blafarde qui montait de la table.

Il finit par comprendre que le père était parti. Les voix agitées crépitaient tel un feu de bois sec. Il vit la vieille dame lever les mains dans un geste qui traduisait pour partie le désespoir, et pour partie l'impuissance. Elle tenait un grand couteau à découper qu'elle abattit sur la table. À sa grande surprise, Franklin la vit commencer à hacher des oignons.

– Qu'est-ce qu'il avait besoin de partir? Ça ne sert à rien!

Ils sont restés ici cinq minutes. Ils ne sont même pas entrés. Ils ne s'intéressaient pas à nous, dit la vieille dame.

Elle maniait son couteau pour trancher les oignons. La puissante odeur semblait grossière à côté de la senteur riche du cognac.

– C'est à cause de Chausson. Il est venu de la ferme pour nous apprendre pour le docteur, dit Pierre.

– Le docteur ? Quoi, le docteur ? demanda la jeune fille.

– Il n'est parti qu'après, intervint la grand-mère. On allait t'envoyer le signal. Il était cinq heures et demie. Et puis Chausson est arrivé pour dire que le docteur avait été emmené.

La jeune fille ne faisait toujours pas un geste. Franklin la trouvait très pâle, immobile dans la lumière crue de la lampe.

– Combien d'autres ?

– Chausson a dit cinquante. Cinquante ! Chausson dit qu'un seul Allemand a été tué. Un seul !

– Tout allait bien avant que Chausson n'arrivât, ajouta Pierre. Mais après, impossible de l'arrêter. Il a absolument fallu qu'il aille aux nouvelles.

– À quoi ça servait ? s'indigna la vieille dame. Je te le demande !

– Tu sais bien que c'est parce qu'il se faisait trop de soucis. Il n'aurait pas pu dormir.

– Dormir ! Tu parles ! Est-ce qu'on dort, nous ?

Le couteau s'abattit de nouveau sur les oignons, tranchant la chair doublement blanche sous la lampe.

– Il devrait être rentré, je te dis ! reprit-elle. Il devrait être rentré !

– Je ne suis pas inquiète, intervint la jeune fille. Je suis soulagée qu'ils ne l'aient pas emmené. Je ne suis pas inquiète.

– Chausson devait l'emmener dans sa carriole, expliqua Pierre. Ça prend une heure pour aller. Et puis une heure pour revenir. En comptant deux heures de trajet, c'est encore juste pour qu'il soit rentré.

– Qu'est-ce que tu racontes ? jeta la vieille dame.

Franklin posa le verre de cognac vide sur la table. Ils devenaient irritables et la conversation vaine. Face à cette confusion, il lui semblait que ses propres pensées se clarifiaient. Il se dit que, si le médecin était fusillé, il n'y aurait plus personne pour soigner son bras. C'était une pensée égoïste qu'il fut heureux d'oublier quand la jeune fille, voyant son verre vide, fit le tour de la table pour venir le remplir de nouveau.

Il la regarda prendre la bouteille et verser un peu de cognac. Le souvenir de la journée difficile s'effaça alors et seules restèrent présentes à son esprit les nouvelles qu'il venait d'apprendre. Si le médecin était fusillé, ça ne pourrait être que sa faute.

– Comment vous sentez-vous ? lui demanda la jeune fille.

De l'autre côté de la cuisine, la vieille dame commençait à faire revenir les oignons dont il trouva l'odeur un peu écœurante.

– Je me sens bien. Mais le docteur ! Le docteur ! Est-ce à cause de moi qu'il a été arrêté ?

– Je ne crois pas.

– Qu'est-ce qui vous fait dire ça ?

– C'est un notable. Tout le monde connaît le docteur. Quand on veut faire un exemple, on choisit plutôt des gens connus pour impressionner le plus grand nombre.

– Avez-vous peur pour votre père ?

– Non. Il reviendra.

– Je suis désolé.

– Vous n'avez rien à vous reprocher.

– Si vous pensez qu'il vaut mieux que je retourne au moulin, j'irai tout de suite. J'y serai très bien.

– Vous devez manger. Nous verrons plus tard s'il faut vous déplacer.

Elle mit le couvert à même la table, ajouta les verres, le pain, la salière et la poivrière en bois. Il attendit sur sa chaise tout en l'observant, épuisé et affamé au point d'en avoir mal au cœur. Une fois, alors qu'elle se tournait vers lui pour lui sourire, il chercha des traces d'inquiétude sur son visage, mais n'en vit aucune. Son calme était bien réel, et, à lui qui guettait le silence de la nuit espérant y entendre percer des bruits, il apportait un merveilleux réconfort. Dix minutes s'écoulèrent encore, qu'il occupa à la contempler, tandis que la vieille dame préparait le dîner et que Pierre, silencieux à la table, se curait les ongles avec celui de l'index. Franklin songea en le voyant que jamais plus il ne pourrait se couper lui-même les ongles de la main droite ; cette pensée l'amusa plus qu'elle ne le peina, car il se souvenait que, étant enfant, il avait toujours trouvé sa main droite plus difficile à faire que l'autre.

Cinq minutes plus tard, quand la grand-mère servit le repas, des haricots verts passés à la poêle avec des pommes de terre et les oignons roux, Franklin approcha sa chaise de la table, face à Françoise, Pierre à sa gauche et la vieille dame à sa droite. C'était le premier repas qu'il prenait avec eux depuis le matin de son arrivée. Il prit sa fourchette dans la main droite, mal à l'aise. Toutes ses habitudes étaient contrariées. Il se demanda comment diable, quand l'occasion s'en présenterait, il couperait sa viande. Mais la question ne se posait pas dans l'immédiat, puisqu'il n'y en avait pas. Pendant que la vieille dame remplissait son assiette de haricots verts et de pommes de terre, qu'elle avait aussi fait revenir avec quelques morceaux de tomates, il vit se profiler un avenir sombre de repas pris d'une seule main, peut-être même à la cuillère, comme un bébé.

Les trois autres mangèrent sans le regarder, comme si, devinant ses pensées, ils ne voulaient pas le gêner. Et puis il se rendit compte que ce n'était pas tant pour le ménager que parce qu'ils tendaient l'oreille. Leurs yeux se levaient parfois, fixes comme c'est le cas quand on essaie d'identifier un son lointain. Pourtant, même quand ils ne guettaient pas les bruits, ils ne le regardaient pas non plus. Alors il vit à quel point il était peu présentable : son pantalon enfilé à la hâte quand on l'avait fait sortir de la maison, sa chemise d'uniforme déchirée, passée sans la manche sur le gros bandage serré sur sa poitrine et le haut de son bras. Il en conçut un grand embarras.

– Je voudrais mettre ma veste, dit-il. J'ai froid.

– Prenez la mienne, proposa Pierre.

Il se leva, l'enleva et la lui posa sur les épaules sans lui laisser le temps de protester.

– Merci, dit Franklin. Merci.

Il se sentait très reconnaissant, et très gêné.

– Maintenant, vous ressemblez à Pierre, s'amusa Françoise qui levait vers lui un regard pétillant dans la lumière basse. Oui, on dirait un peu Pierre.

– C'est un honneur de lui ressembler. C'est mieux que d'avoir l'air d'un épouvantail.

– Je préfère ne pas savoir à quoi vous ressemblerez si vous ne vous reposez pas.

– Vous devriez être au lit, intervint la grand-mère. Avec votre opération, il ne faudrait même pas vous lever. Si vous étiez mon fils, vous monteriez dès que vous auriez fini votre assiette, et je vous ligoterais pour vous empêcher de bouger.

Il sourit. Elle se remit à mâchonner avec difficulté faisant passer chaque bouchée avec un peu de vin rouge coupé d'eau. Pendant un moment, plus personne, ni elle, ni la jeune fille, ni Pierre, ne parla plus, et il comprit au ballet de leurs yeux qu'ils sondaient le silence une fois de plus pour entendre si quelqu'un venait. Parfois, les yeux de Françoise s'arrêtaient en cours de route, dans ce lent mouvement montant qui indiquait l'écoute, et croisait son regard ému dans la lumière de la lampe à pétrole. Alors elle souriait un peu puis ses yeux terminaient leur trajectoire vers l'ombre du fond de la pièce, et il baissait de nouveau la tête sur son assiette pour pourchasser du bout de la fourchette les petits morceaux de haricots qui lui échappaient, en se demandant s'il reprendrait jamais goût à la nourriture.

Il fut encore saisi par la suprême absurdité de la situation. C'était tout de même incroyable de dîner là, dans une zone soumise au couvre-feu, dans cette maison dont les Allemands n'étaient pas sortis depuis plus d'une ou deux heures, et où il se ferait prendre comme un rat, trop faible pour se sauver et sans même un revolver pour se défendre. Il lui fallait au moins une arme.

– Mon revolver, dit-il à la jeune fille. Ce serait mieux que je l'aie maintenant.

– Vous n'en avez pas besoin. Ils ne reviendront pas.

– Ce sera une protection psychologique, alors.

– Un revolver, ça n'est bon à rien d'autre, commenta Pierre.

– Je sais bien.

– Une carabine, là, oui. Moi, j'ai une carabine. Votre revolver ne vous sert à rien. C'est une arme pour tirer de près.

– Mais on peut s'en servir d'une seule main.

– Peut-être, mais seulement pour toucher les meules de foin ! Vous avez déjà tiré au revolver ?

– À l'entraînement.

– Ah ! L'entraînement ! C'est bien beau, l'entraînement ! Oui, il a bon dos, l'entraînement. Mais l'entraînement et la réalité font deux. J'ai servi pendant toute la dernière guerre, presque cinq ans, et jamais je n'ai vu personne être touché par un revolver. J'ai vu tomber des hommes avec pratiquement toutes les autres armes. Là, oui, j'en ai vu, même une catapulte.

– Je veux bien vous croire.

– Le revolver, c'est une arme de salon. Si on veut faire la peau à quelqu'un, on prend une carabine.

– Il n'empêche que je me sentirais mieux si je l'avais.

– Beaucoup mieux?

Franklin ne répondit pas. Il ne savait pas du tout s'il se sentirait vraiment beaucoup mieux. La jeune fille, qui était sortie de la pièce pendant la conversation, revint pendant qu'il méditait la question. Elle rapportait le revolver. Elle le posa doucement sur la table près de l'assiette de Franklin. Il avait été nettoyé et luisait à la lumière de la lampe, sous leurs quatre regards fixes.

Franklin n'aurait pas pu dire si sa présence le soulageait vraiment. En le voyant, il s'était rappelé un mitrailleur nommé Watson, un homme de son escadrille, mort maintenant. Watson était un homme de quarante ans qui était venu en Angleterre de son Arkansas natal pour faire la guerre parce qu'il pensait que c'était son devoir. Watson lui avait proposé de l'entraîner. Il était excellent tireur et possédait dix revolvers, dont certains très gros et d'autres miniatures avec des crosses en nacre, qu'il gardait enfermés dans sa chambre du quartier des officiers. Sa foi en la supériorité du revolver était telle que, pendant les opérations, Watson en emportait toujours quatre avec lui. Si son avion se faisait descendre, il était fin prêt à abattre des gens à tour de bras. Mais cette conviction, ainsi que son amour sans bornes pour les revolvers, ne l'avait pas empêché de se faire expédier de la façon la plus ordinaire, en plein vol.

– Je l'ai nettoyé tous les jours, dit la jeune fille avec un regard vers lui.

Franklin considéra son arme et soudain ne vit plus là qu'un objet dérisoire. Sa foi en son utilité lui sembla ridicule. Il s'était si bien habitué à transporter la puissance de feu nécessaire pour détruire une ville qu'il avait oublié qu'il existait d'autres formes de pouvoir. Il contempla ces trois personnes qui guettaient les bruits du dehors à la lumière de la lampe, trois générations d'une même patrie, trois générations d'un petit peuple sans défense et pourtant animé d'une volonté incomparable, que rien ne pouvait briser. Il voyait soudain en eux ces braves gens traînés dans la boue, écrasés sous la botte des vainqueurs, mais dont la détermination restait intacte. Il comprenait à présent que c'était une force bien plus extra-ordinaire, bien plus sûre et plus admirable que celle de toutes les armes : la force de l'âme.

Il poussa le revolver sur la table pour le rendre à la jeune fille qui lui sourit. Jamais plus il ne pourrait douter d'eux. Si cette force-là leur suffit, songea-t-il, elle devrait me suffire à moi aussi.

– Finalement, mieux vaut que vous le gardiez, dit-il. En attendant que j'aie retrouvé mes forces.

– Je le nettoierai tous les jours, promit-elle avec un nou-veau sourire.

– Vous l'avez très bien entretenu. Merveilleusement entre-tenu.

– J'espère bien que vous pouvez être content, intervint la grand-mère en levant des yeux un peu narquois vers lui. À la voir le frotter tous les matins, on croirait qu'elle astique l'argenterie de l'autel pour la messe.

Il ne dit rien. Un demi-sourire aux lèvres, la jeune fille ne le quittait pas des yeux. Ce regard, si ferme et si tendre, lui expliquait pourquoi son revolver était pour elle comme l'argenterie de l'autel, et pourquoi il ne le lui reprendrait pas.

Le sourire s'effaça soudain quand des aboiements écla-tèrent dehors. Elle se leva d'un bond, attrapa le revolver et le cacha dans le tiroir du buffet. Son visage traduisait une farouche détermination qu'accentuait peut-être l'inquiétude ou la peur. Il n'eut pas le temps d'y penser beaucoup, car elle l'entraînait.

– Venez, il faut monter.

Il traversa la salle d'un pas mal assuré, encore raide des heures passées dans le bateau, la suivant vers la porte qu'elle ouvrait pour lui.

Il se retrouva dans l'escalier avant même de s'en rendre compte.

– Ne descendez pas avant que je vous appelle, recommanda-t-elle.

Puis la lumière qui s'échappait par la porte de la cuisine disparut soudain, ne laissant que l'impression d'un rectangle lumineux dans ses yeux.

Il se hissa lentement à l'étage en s'aidant de la rampe, puis, une fois dans la chambre, il s'allongea sur le lit. Les rideaux n'étaient pas tirés, et en s'habituant à l'obscurité il vit apparaître des étoiles derrière les carreaux. Tout en les regardant, il écoutait les bruits qui venaient du rez-de-chaussée. Mais il n'entendait rien, à part le grondement sourd de la chute du déversoir. Le chien s'était tu.

Il attendit dans la chambre obscure. Au bout d'une dizaine de minutes, il entendit une porte s'ouvrir en bas, puis quelqu'un monter l'escalier. Bientôt, la porte de sa chambre s'ouvrit, et il entendit la voix douce de Françoise :

– Tout va bien. Vous êtes là ?

– Oui, je suis là. Entrez.

Il la vit traverser la tache de clarté que jetaient les étoiles, puis elle fut près du lit.

– C'était mon père. Il est revenu.

– Tout va bien, alors ?

– Oui.

– Tant mieux. Que s'est-il passé ?

– Ils ont pris cent otages. Ils en ont arrêté une partie ce matin et ils les ont fusillés cet après-midi.

Nom de Dieu ! pensa-t-il, horrifié, révolté.

– Votre père n'a pas été inquiété ?

– Il est seulement fatigué. Il est très fatigué, mais rien de plus.

Sa colère et son soulagement se transformèrent en pitié, une pitié qui devint vite de la tendresse pour elle. Il tendit le bras.

– Approchez. Je n'arrive pas à vous toucher.

– Je suis tout près.

– Venez sur le lit avec moi.

Il la trouva et l'attira doucement vers lui.

– Non, il faut que je descende.

– S'il vous plaît, juste une seconde. Ensuite, je descendrai avec vous.

Sans plus protester, elle s'allongea à côté de lui. La fatigue de la journée s'enfuit après une dernière vague de lassitude qui le laissa très calme. Elle se coucha sur le dos, et il devina qu'elle était épuisée. Alors, par égard pour elle, il fut encore plus doux. Il posa la main sur un de ses seins et le caressa à travers la mince robe d'été, puis arrêta son geste. Sous sa paume, il sentit le cœur battre d'un rythme lent et régulier. Elle tourna le visage vers lui pour l'embrasser, ses lèvres accentuant très légèrement leur chaude pression quand il l'attira contre lui. Il se souvint alors que, dans la pièce du moulin, il l'avait peinée en disant : «Il n'y a rien de plus sérieux», alors qu'elle n'était pas sûre d'elle. Il lui demanda dans un murmure si elle s'en souvenait.

– Je me souviens de tout, répondit-elle. Depuis le premier instant où je vous ai vu ce matin-là.

Elle enfouit le visage dans l'oreiller, tout près de la joue de Franklin.

– Et maintenant, vous êtes sûre de vous ? J'aimerais que vous soyez sûre de vos sentiments pour moi. Parce que moi, je suis très sûr de moi.

– Oui, je suis tout à fait sûre.

Elle pressa son corps si fort contre le sien qu'il ressentit pendant une seconde une vive douleur fuser dans la cicatrice de son bras amputé.

– Je suis plus sûre de moi que je ne l'ai jamais été pour quoi que ce soit au monde.

Il emporta l'indestructible perfection de cet instant en

redescendant avec elle l'escalier. Les jambes chancelantes, un battement dans la tête, s'il la retint un instant au bas des marches avant de la laisser ouvrir la porte et faire entrer la lumière, c'était autant parce qu'il l'aimait que pour reprendre des forces avant d'entrer dans la cuisine.

Quand ils franchirent le seuil, il vit le père à la table dans la lumière de la lampe, effondré sur sa chaise, portant encore son manteau, déboutonné, qui laissait paraître en dessous la chemise blanche et la cravate noire de ses habits du dimanche. Dans sa main droite posée devant lui, il tenait d'une main lâche, un peu de travers, un petit verre de cognac comme celui que Franklin avait bu en rentrant. Il avait l'air assommé, meurtri, comme s'il avait été projeté contre un mur.

Franklin s'arrêta devant lui.

– Monsieur, je suis très content que vous soyez rentré.

Les yeux du père montèrent lentement vers lui. Dans la lumière blafarde, ils étaient vidés de leur couleur, comme si le choc les avait dépouillés de leur force.

– Si j'avais un millier de carabines, j'irais leur faire la peau à tous, gronda Pierre.

Il était encore assis à table à l'endroit où il avait dîné. La grand-mère était debout, un peu plus loin, tête baissée.

– Non, non, répondit le père. Ça n'arrangerait rien.

– Qui parle d'arranger quelque chose ? s'indigna Pierre. Arranger ? Mais il n'y a rien à arranger, nom de Dieu !

– Tais-toi ! s'écria la vieille dame. Ne dis pas ça.

– Il faut que je dise quoi, alors ?

– Dis ce que tu voudras, mais ne jure pas. Je n'aime pas qu'on salisse le nom du bon Dieu, tu le sais.

– Ça te dérangerait moins si tu avais été dans les tranchées pendant la dernière guerre ! Tu l'aurais entendu appeler, le bon Dieu, et souvent, par ceux qui souffraient et qui demandaient Son secours.

– Des guerres, j'en ai vu assez pour m'en fatiguer, mais jamais je ne me fatigue de Dieu, c'est tout.

Pierre se leva, hors de lui.

– Quand on fusille cinquante personnes dans l'après-midi, je commence à me demander s'il y en a un, de bon Dieu! J'ai envie de tirer dans le tas pour zigouiller tous ces salopards!

Franklin ne quittait pas le père des yeux. Le verre de cognac penchait tellement que la dernière goutte oscillait sur le bord.

– J'espère que ce n'est pas à cause de moi que vous êtes allé en ville. Je vous ai déjà causé assez d'ennuis.

– Non. Non, pas du tout. Je suis désolé qu'il ait fallu vous éloigner.

– Ce n'est pas grave.

Il vit qu'un peu de vie était revenue dans ses yeux fatigués et éteints.

– La situation est-elle mauvaise? demanda Franklin.

– Elle n'a jamais été aussi terrible.

– Je suis désolé.

Le regard de Franklin passa du père aux trois autres qui attendaient à la lisière du rond de lumière, attentifs à l'homme terrassé sur sa chaise. Il fut frappé de constater que Françoise était, encore une fois, la plus calme.

– Et le docteur? demanda Franklin. J'espère que le docteur va bien?

Les yeux blêmes ne se levèrent pas, cette fois. Ils restèrent baissés, presque fermés, posés sur la goutte de cognac qui tremblait au bord du verre défaillant.

– Ils ont fusillé le docteur. Ils ont fusillé le docteur.

14

Après l'exécution du médecin, Françoise et sa grand-mère s'occupèrent un matin sur deux de refaire le pansement de Franklin. Les deux médecins avaient laissé une petite mallette contenant de quoi lui panser le bras, et il y avait aussi la trousse de secours rapportée de l'avion. Il avait eu très peur des complications, mais la guérison suivait son cours, et la douleur passait, sauf en fin de journée où des élancements réguliers tiraient sur la cicatrice, comme si son bras essayait de repousser. Au début, ne voulant pas le voir, il détournait le visage sur l'oreiller vers le mur. Puis, le quatrième matin, il s'obligea à regarder le court moignon de chair, et fut étonné de lui trouver l'air d'une saucisse blanche, la peau un peu tirée et enflammée, rassemblée en un faisceau de plis à l'extrémité. Une fois le pansement refait, ce qui prenait environ une heure, la vieille dame apportait une cuvette d'eau chaude, un miroir et son matériel de rasage. Pendant qu'elle remettait de l'ordre dans la chambre, la jeune fille s'asseyait au bord du lit et lui tenait le miroir, posé sur ses genoux. Il était très fier d'arriver à se raser d'une seule main. Françoise le regardait faire en souriant, et, à la fin, elle lui tenait la cuvette pour lui permettre de se rincer le visage et la main à l'eau chaude. Tous les matins, il redécouvrait la joie d'être capable de se raser seul, et elle le regardait assise sur le lit, lui montrant qu'elle s'en réjouissait tout autant.

Quand sa toilette était terminée et qu'il se retrouvait seul, il se levait. On lui avait rendu ses chaussettes, ses chaussures, la chemise et le pantalon, le col et la cravate de sa tenue de vol. Tous les matins, il accomplissait les mêmes gestes pour s'habiller. Il était déterminé, quelle que fût la difficulté, à se débrouiller entièrement seul. Il avait tout de suite trouvé comment s'y prendre pour le pantalon, la chemise et les chaussettes ; il lui fallut plus de temps pour résoudre le problème posé par le col et la cravate. Il finit par trouver l'astuce de prendre un bout du col entre les dents, et, au troisième ou quatrième essai, il parvenait à fixer le bouton. Ensuite il passait lentement la cravate dans le col et coinçait l'extrémité qu'aurait dû tenir la main gauche dans le tiroir refermé du haut de la commode. Cela fait, il reculait pour tendre et faisait son nœud, imprimant un mouvement vers le haut pour tirer l'autre longueur grâce au tiroir. Après quoi, il marchait dans la chambre. Il exécuta au début son projet de doubler tous les jours la distance parcourue, mais au bout du cinquième jour, ayant perdu le compte, il se contenta de faire le tour de la pièce vingt ou trente fois. Quand il était fatigué, il s'asseyait près de la fenêtre et contemplait la vallée que brûlait toujours le soleil de mi-septembre. Les champs de blé étaient ras et nus comme des dalles de pierre, blancs de chaleur, les lointains vibraient, et au-dessus de la rivière, comme le long de ses rives, rien ne bougeait sauf la bordure de roseaux secs et verts qui se balançaient doucement entre l'eau et le sentier assoiffé. Une fois reposé, il recommençait sa marche, s'obligeant à tourner cinq ou six fois de plus que précédemment. En fin de matinée, il faisait tellement chaud qu'après la deuxième partie de son exercice il se déshabillait pour se recoucher. À midi, la vieille dame lui montait son déjeuner sur un plateau : du pain et de la soupe, avec des légumes, parfois un œuf, en général une pomme ou deux, et toujours un peu de vin. Ce vin, bu en pleine canicule, le rendait somnolent, si bien qu'il dormait une heure après le repas. En milieu d'après-midi, il reprenait son rituel d'habillage. Une fois prêt, il essayait de faire plusieurs tours de plus que le matin, dans l'autre sens, pour varier les plaisirs. Ensuite, quand il n'en pouvait plus, il s'asseyait de nouveau près de la fenêtre pour se reposer. C'était là, en fin d'après-midi, quand la chaleur de plomb étouffait les mouvements sur la plaine et que les voix dans la maison s'étaient tues, que quelque chose dans l'odeur et l'angle de la lumière dorée lui faisait penser à l'Angleterre. Il se sentait très seul, alors. Presque désespéré par ce bref mal du pays, il recommençait son circuit, plus déterminé que jamais, pour la quatrième fois. À la fin de ce dernier parcours, il avait en horreur la chaleur, la chambre, la vue de la plaine, mais par-dessus tout il était dégoûté de lui-même et de son bras.

Tous les soirs, la jeune fille montait bavarder avec lui et ne repartait que lorsque les mauves du crépuscule descendaient sur la plaine, annonçant une nouvelle journée de chaleur ; le dixième jour, elle vint vers 6 heures en compagnie du second médecin. Franklin, qui le revoyait pour la première fois depuis les heures confuses qui avaient précédé l'opération, le trouva plus grand et plus maigre que ne l'avait été son frère disparu. Il s'adressa à Franklin avec une certaine formalité triste quand il lui demanda d'ôter sa chemise. Franklin jeta un regard à la jeune fille, par peur qu'elle ne voulût l'aider, puis il défit sa cravate et tira sa chemise par-dessus la tête. Quand celle-ci fut dégagée, il vit que Françoise était partie.

Le médecin regarda son bras sans le toucher avec un détachement presque mélancolique.

– Vous avez eu beaucoup de chance.

– Vous pensez que ça va aller ?

– Vous êtes en très bonne santé. Vous cicatrisez vite, comme un jeune arbre. Et vous ? demanda-t-il en relevant les yeux vers lui. Comment vous sentez-vous, généralement ?

– Je me sens bien. Je me fatigue vite, c'est tout.

En regardant le visage gris et accablé, il lui sembla retrouver une image, recomposée à partir d'instantanés d'impressions à jamais décousues, vue juste avant l'opération quand il avait levé les yeux vers le visage, sérieux, tendu, mais qui n'était pas triste alors, penché dans la lumière au-dessus de lui. Il ne saurait jamais quelles difficultés ils avaient dû surmonter pour réaliser l'opération, et il préférait rester dans l'ignorance, mais il était très reconnaissant.

– Je voudrais vous remercier.

– C'est aussi grâce à vous, dit le médecin en commençant à refaire le pansement.

– Je suis désolé pour votre frère. J'ai eu peur que ce soit arrivé à cause de moi.

– Non. Non, ce n'est pas à cause de vous. C'est arrivé parce que tout le monde le connaissait. Ils préfèrent fusiller les notables. Et puis aussi parce qu'il était imprudent. Il ne se gênait pas pour dire ce qu'il pensait, et il était très passionné. C'était un homme de grand courage.

Franklin lui trouva une ressemblance extraordinaire avec son frère. Il ne lui manquait que la barbe.

– Vous avez tous les deux eu beaucoup de courage.

La langue française lui donnait plus de facilité dans ces circonstances. En anglais, le mot « courage » semblait plus artificiel.

– Merci, dit le médecin.

Il termina d'enrouler le bandage autour du bras, et l'attacha.

– Voulez-vous que je vous aide à passer votre chemise ?

– Je préfère m'habiller seul.

Il prit sa chemise et y introduisit le bras, ouvrant l'espace qui lui permettait de passer la tête. Après dix jours, il était rompu à l'exercice : la chemise passa facilement par-dessus sa tête, pendant que le bras droit se glissait dans la manche.

– Vous avez fait des progrès, remarqua le médecin en souriant.

– Justement, je voulais vous en parler. Y a-t-il une raison pour laquelle je ne pourrais pas encore partir ?

– Eh bien, les mesures renforcées de surveillance de la population n'ont pas encore été levées. Il y a toujours des barrages sur toutes les routes, et il faut un laissez-passer pour se déplacer.

– Il n'y a pas moyen de contourner les barrages ?

– Un homme qui a perdu un bras ne passe jamais inaperçu.

– Mais ce n'est pas impossible de passer ?

– Pas impossible.

– Reste-t-il un danger de complications pour mon bras ?

– Non, mais une expédition de ce genre retarderait probablement la guérison. Vous n'êtes pas encore assez solide.

– Je me sens fort.

– Dans la chambre, certes. Mais pourquoi tenez-vous tant à partir ?

– À cause des gens d'ici.

Il voulait s'en aller, tout en sachant que ce départ, sans Françoise, serait un déchirement. Le chagrin de la séparation enflerait et le torturerait jusqu'au moment où cette perte deviendrait plus douloureuse et plus terrible que celle de son bras. Et pourtant, la mort du médecin planait sur la maison, et la peur et le chagrin empoisonnaient l'atmosphère, même si personne n'en parlait. Dans les bases en Angleterre, où les bombardiers ne cessaient d'être portés manquants et où les visages changeaient si souvent au mess à cause de la mort, on n'en parlait jamais non plus. Parfois, la mort semblait perdre de son importance. Cela devenait une forme d'absence, un départ discret d'un visage à la table du dîner, et bientôt, quels que fussent les regrets causés par cette perte, un autre visage, plus jeune, plus enthousiaste, et peut-être plus sympathique remplaçait l'autre en masquant son souvenir. Mais l'exécution d'otages contre un mur était une tout autre histoire. C'était d'une sauvagerie inique qui lui faisait comprendre la violence de Pierre mieux que tout. Il savait qu'il ne pourrait pas supporter la répétition d'une telle barbarie.

– Je veux uniquement partir parce que chaque seconde supplémentaire passée ici est un danger pour eux.

Le médecin regarda Franklin rentrer sa chemise dans son pantalon d'une seule main. Il était stoïque dans sa tristesse pensive.

– Vous n'avez pas l'air de voir qu'ils savent très bien ce qu'ils font.

Que répondre à cela? Honteux, Franklin s'acharnait sur sa chemise. Il n'y avait rien à dire. Il n'était qu'un imbécile qui n'avait même pas l'intelligence de tirer des leçons des humiliations passées. Comme s'ils ne savaient pas – comme s'ils n'avaient pas depuis longtemps envisagé et accepté les conséquences possibles de leur aide.

– Ils vous garderont ici jusqu'à ce que le voyage soit préparé et qu'il n'y ait plus de risques à vous laisser partir.

À cela non plus, il ne pouvait pas répondre. Il se sentait tout petit, réduit à une boule de colère impuissante.

– C'est peut-être la seule chose droite et honorable que la France ait faite, continua le médecin. Ce qui nous arrive n'a pas d'importance. Nous ne comptons plus.

– Vous ne pouvez pas dire cela.

– Si, je le peux. Je suis français, et je le dis.

Il traversa la chambre pour aller à la fenêtre, déroulant lentement ses manches de chemise, et les boutonnant aux poignets, plus lentement encore. En arrivant, il avait ôté sa veste et l'avait accrochée au dossier d'une chaise. Il la remit avec soin, songeur. Il laissa retomber les mains avant de l'avoir fermée.

– Vous êtes les seuls qui comptez. Vous.

– Les Anglais ?

– Non, pas les Anglais. Vous, la jeunesse.

– Vous pensez que nous ferons mieux que nos aînés ?

– Je ne vois pas comment vous pourriez faire pire.

Il resta encore un instant immobile, puis il sourit et se remit à boutonner sa veste. Abruptement, il lui tendit la main.

– *Goodbye.*

Franklin fut profondément touché d'entendre ce mot familier. Il prit la main du docteur et la lui serra très chaleureusement.

– *Goodbye*, dit-il.

– *Goodbye*, répéta le médecin. Je regrette simplement d'avoir été obligé de vous amputer le bras.

– Et moi, j'en suis heureux. Je donnerais volontiers le bras droit pour vous remercier de tout ce que vous avez fait pour moi.

Le médecin ne répondit pas, mais Franklin vit des larmes dans ses yeux, qui brillèrent, sans couler, comme de la rosée. Franklin avait la gorge si serrée qu'il lui fallut un moment pour arriver à lui demander s'il reviendrait.

– Probablement pas. Ce n'est pas facile avec le couvre-feu, et votre bras guérit parfaitement. Il n'y a plus de raison.

– Pas même pour une partie de pêche ? Je serais heureux de vous revoir.

– Je vais justement pêcher un peu, dit le médecin avec un sourire. Françoise va m'emmener en barque un peu plus haut sur la rivière.

– Elle est très bonne rameuse.

– Elle remonte le courant tous les jours. Hier, elle a dépassé le pont. Elle a fait plus ample connaissance avec la sentinelle.

– C'est étonnant, non ?

Sur le point de faire une plaisanterie sur Françoise et le garde, il se retint à temps.

– Je ne trouve pas, répondit le médecin.

– Non ?

– Non. Cette jeune fille ne fait jamais rien sans raison.

Il jeta à Franklin un regard qui, bien qu'encore triste, brillait aussi d'autre chose, et il sourit une dernière fois en ajoutant :

– Cette petite sait ce qu'elle fait.

Sur ces mots, il alla à la porte, l'ouvrit, et sortit sans rien ajouter avec une brusquerie qui était le fruit de la timidité plutôt que d'une volonté d'abréger les adieux. Franklin alla lentement à la fenêtre où il resta quelques minutes à regarder la vallée et la rivière. Il était content des progrès de son bras. Il se sentait plus fort de jour en jour et il décida d'augmenter ses exercices en doublant la cadence si nécessaire quotidiennement. En bas, la rivière, calme et tranquille après cette chaude journée, était recouverte d'une pellicule d'écume poussiéreuse qui ressemblait à une peau transparente. Il vit de la paille, fraîchement coupée, bien jaune, qui dérivait lentement dans le courant, venant peut-être d'une moisson tardive dans un champ en amont. Il la contempla un moment, jusqu'au moment où, enfin, des rides et une agitation de l'eau annoncèrent l'arrivée des pêcheurs. D'abord des vaguelettes se formèrent, qui allaient se briser contre les roseaux qu'elles agitaient comme si le vent s'était levé, puis le bateau se profila entre les arbres. La barque large, plate et massive avançait malgré son poids à une vitesse surprenante. Elle dépassa la maison, Françoise maniant vigoureusement les deux rames, et le médecin, assis à l'arrière, se chargeant du lourd gouvernail.

Franklin les regarda passer. Il vit les cannes à pêche au fond de la coque, et la grosse bâche, maintenant roulée, sous laquelle il s'était caché. La jeune fille, en plein effort, portait la jupe verte et le fin corsage blanc qu'il lui avait déjà vus. Ses mouvements remontaient sa jupe sur ses genoux hâlés, et tendaient son corsage sur sa poitrine ronde. Elle ramait à longs mouvements réguliers, assise très droite, le visage levé, ce qui lui donnait l'air de regarder juste au-dessus de la ligne d'horizon, par-delà la tête du médecin et du sommet des saules pleureurs, vers les collines au nord. Pendant la trentaine de secondes durant laquelle elle fut visible avant de disparaître, au coin du verger, il se demanda pourquoi son visage était aussi concentré et ses pensées aussi intenses, et se souvenant de ce qu'avait dit le médecin il s'étonna de la constance et du sérieux qui la faisaient ramer si fort, comme si elle entamait un long voyage.

15

Le dixième jour après l'opération, Franklin sortit de la maison pour la première fois sur ses deux jambes. Le soir venu, il n'était pas dangereux de descendre se promener, une dizaine de minutes, sur le chemin qui passait entre le moulin et la maison, jusqu'aux premiers pommiers de la pente. La jeune fille l'accompagnait en lui prenant le bras. La résistance de la terre battue était si différente de celle du plancher de la chambre que chaque pas lui semblait résonner dans son corps. La sensation de sa manche vide, dont l'extrémité était rentrée dans la poche de sa veste, le désorientait aussi. Mais l'expérience la plus étrange, il l'eut dans le verger quand, se penchant pour ramasser une pomme sans penser au déséqui- libre de son bras, il faillit tomber, bousculé par une poussée bizarre. C'était comme s'il avait reçu un grand coup du côté gauche qui le faisait tournoyer.

Ensuite, il alla se promener tous les soirs. C'était à présent la fin de septembre ; la nuit tombait tous les jours un peu plus tôt, et tous les jours il se sentait capable de marcher un peu plus loin. Le beau temps se maintenait, si bien que dans le verger, après la chaleur, quand le soleil couchant se tein- tait d'orangé entre les arbres, Franklin sentait une moiteur suinter des pommes luisantes qu'il ramassait dans l'herbe, et s'exhaler une délicieuse odeur de fruit mûr et sucré. Il y avait aussi beaucoup de poiriers maintenant chargés de gros fruits dorés, si lourds qu'ils faisaient ployer les branches, pareilles à des cordes garnies de cloches jaunes et pleines, qui allaient traîner dans l'herbe, pièges invisibles dans lesquels Franklin et la jeune fille se prenaient les pieds. Il en ramassait et se promenait en les croquant tout en pensant au Worcestershire où les poires aussi mûrissaient à la fin de septembre, et dont le jus sucré vous coulait sur le menton. Le goût des poires avait beau être le même, et les senteurs de fin d'été identiques, l'Angleterre lui paraissait loin. Sa vie de là-bas s'était enfuie, les difficultés des vols, le quotidien régi par les grands hangars sombres, les Wellington noirs, les larges pistes asphaltées, bordées de cette herbe si familière, comme de la soie peignée par les vents qui soufflaient de la mer sur le terrain d'aviation.

Ce temps-là lui avait été enlevé par le cauchemar de l'amputation au point que les souvenirs ne lui revenaient plus qu'au travers du brouillard de l'ancienne fièvre. C'était une existence qui n'était parfois même plus peuplée de visages. Il ne se rappelait aucune tête. Il arrivait qu'il ne parvînt même plus à revoir les traits de Taylor, Goddy, O'Connor et Sandy, et puis soudain, à l'improviste, il se remémorait la tête chauve de Sandy le rouquin, et le choc réveillait cette vérité simple qu'il y aurait bientôt encore du changement, et que bientôt, même si c'était à son corps défendant, même si c'était difficile et douloureux, il devrait partir.

Le dix-septième soir après l'opération, il traversa le verger pour grimper tout en haut, jusqu'à l'endroit où commençait la vigne à mi-pente, au-dessus de la rivière. Un trajet de deux cent cinquante mètres. Maintenant, il parvenait à franchir cette distance sans peine. Il arrivait même à marcher d'un bon pas dans la montée, sans se fatiguer. Il s'était aussi habitué à la sensation de déséquilibre, et avait mis au point un balancement court et nerveux du bras droit, un geste de crabe, qui donnait l'impression que, pour rester debout, il se retenait au vide. Son bras gauche lui faisait beaucoup plus mal la nuit, à présent, et il dormait peu, les yeux grands ouverts, épinglés au ciel par les étoiles. Mais c'était une bonne douleur; il la sentait retisser des ligaments rompus et rassembler les tissus, causant une sensation profonde mais nette; c'était un mal réparateur, qui démangeait, et le tenait éveillé par sa sourde violence.

Il ne prit conscience de ses progrès qu'en arrivant en haut du verger, quand il s'appuya à la clôture avec la jeune fille, souriante mais un peu essoufflée.

– Vous me faites courir.

– Tiens? dit-il, étonné. J'ai marché vite?

– Très vite. C'est parce que vous vous entraînez beaucoup, ajouta-t-elle en souriant encore. Nous vous entendons marcher dans la chambre.

– Oh, pardon, je suis désolé!

– Ne vous excusez pas. Nous vous entendons aller et venir sans relâche. C'est un bruit qui nous plaît. Maintenant, vous marchez parfaitement. Et vite.

Son sourire s'effaça et elle eut l'air pensive, appuyée à la clôture, bras pliés en arrière, posés sur la traverse haute. Dans la lumière déclinante, elle semblait trop sérieuse, les yeux très noirs et fixes mais dirigés un peu en oblique, pas tout à fait vers lui.

– Vous allez bientôt avoir besoin de marcher.

– Comment cela?

Il avait répondu sans réfléchir. Il savait parfaitement de quoi il était question. Le crépuscule l'enveloppait, silencieux et profond, et il en aspira le parfum lourd, frais, mais chargé encore d'une puissante odeur de soleil, de feuilles et du jus fermenté des fruits écrasés dans l'herbe. Il se doutait bien, avec une appréhension mêlée de peine et de joie, que quelque chose se préparait.

– Mon père est allé chercher vos papiers.

– Aujourd'hui ?

– Il sera de retour ce soir.

Déjà ! pensa-t-il. Son bonheur se rompit tant sa répugnance était grande. Il n'avait pas envie de partir, non, pas du tout envie de partir. Après la longue attente, ses savants calculs, les efforts qu'il avait accomplis pour récupérer ses forces, il ne voulait plus s'en aller. Il ressentait déjà les effets de la séparation, en percevait l'avant-goût, aigre et mauvais dans son esprit. Il ne voulait pas de la souffrance, pas de la solitude, pas des difficultés qui viendraient de vivre sans elle.

– Quand ? Quand faut-il que je parte ?

Il l'attrapa avec le bras droit, la prit par la taille, l'attira contre lui pour sentir sa forme nette et ferme contre lui.

– Demain. Demain, peut-être.

Si vite…

– Demain ? répéta-t-il.

– Ou après-demain. Mon père nous le dira, ajouta-t-elle en levant vers lui un regard très grave et très tendre. Cela vous fera plaisir de renter en Angleterre.

Il ne comprit pas s'il s'agissait d'une question, mais savait simplement que cela ne lui ferait aucun plaisir. Comme il se taisait, elle continua :

– Que ferez-vous quand vous serez rentré ?

– Je piloterai des avions.

Il avait parlé sans réfléchir. La décision de voler, née sans doute de la peur de ne jamais plus pouvoir le faire, devait couver en lui depuis longtemps. Il l'avait exprimée sans vraiment en prendre conscience et, maintenant, il savait qu'un jour il se débrouillerait pour reprendre les commandes d'un avion. C'était une partie essentielle de sa vie sans laquelle l'existence ne serait pas complète.

– Mais votre bras ?

– Des manchots remontent à bicyclette. Quand on veut vraiment faire quelque chose, on peut.

– Allez-vous de nouveau piloter des bombardiers ?

– Je l'espère.

– Sur la France ?

Elle releva un peu la tête, et il vit un éclair passer dans ses prunelles noires. Comprenant tout, il fut touché au plus profond, et, pris de désespoir, il la serra contre lui. Voilà ce qui arriverait s'il volait de nouveau sur la France : de cette obscurité sans fin qui s'éclairait sous la lune, de l'horizon froissé des Alpes surgiraient de nouvelles peurs. Ce serait bien cruel de passer au-dessus de la France, deux fois dans la nuit, deux fois par semaine peut-être, pendant tous les mois et peut-être toutes les années qui restaient avant la fin de la guerre. Dans la clarté blême, il suivrait le tracé miroitant des rivières, ne pensant qu'à celle du moulin, et pendant ce temps elle lèverait les yeux dès qu'elle entendrait un avion dans la nuit, pensant que c'était lui qui passait au-dessus d'elle. Si cinq mille bombardiers traversaient la France toutes les nuits, pensa-t-il, rien ne pourrait l'empêcher d'imaginer que c'était lui à chaque fois. Si je m'en vais demain, songea-t-il, rien ne pourra changer cela. Quand je serai parti, un million de kilomètres nous séparera. La guerre crée entre les gens des fractures irréparables.

Il n'y avait qu'une seule solution.

– Écoutez, promettez-moi quelque chose.

– Je ferais n'importe quoi pour vous, n'importe quoi.

En entendant cela, il se sentit pris d'une tristesse infinie.

– Alors voilà. Avant mon départ, il faudra me dire le nom de la rivière, le nom de la ville, et celui de votre père. Pour que je puisse revenir. Vous le ferez ? Je vous en prie.

– Oui, bien sûr.

Elle avait dit cela à voix basse, mais pour lui cette promesse avait toute la profondeur et la solidité de la terre. Une permanence éternelle que rien ne pouvait détruire. Le souvenir de cet instant l'aiderait à surmonter tous les moments de doute que lui réservait l'avenir, et le réconforterait.

– Et vous ? Vous me direz où vous vivez, pour que je puisse vous écrire à la fin de la guerre ?

– Oui.

Soudain, elle s'agrippa à lui et le supplia avec le plus grand désespoir :

– Je vous en prie, ne volez plus. Ne volez plus. Je ne veux pas que vous remontiez dans un bombardier.

– Ne craignez rien, il ne m'arrivera rien.

Ah ! songea-t-il, elle a compris. Il resta là, stupéfié, le regard perdu dans l'ombre grandissante du verger. La brutalité de ce qu'il avait enduré quand il était pilote et dont il n'avait jamais parlé était maintenant exposée devant lui sans fard. Toute sa vie d'aviateur avait, d'une certaine façon, été balisée par la peur. Il l'avait cachée de son mieux à sa mère, à Diana, à ses amis. Il l'avait masquée par son comportement, son vocabulaire, par toutes les expressions de son visage. Il s'était encore plus sévèrement menti à lui-même en blindant ses émotions. Et pourtant, sous ces faux-semblants, sous cette écorce que la longueur des opérations fragilisait parfois à l'extrême, il avait la curieuse et totale conviction d'être immortel. D'autres pilotes pouvaient partir sans revenir, mais, à lui, cela n'arriverait pas. Il ne lui avait jamais semblé possible de mourir. Maintenant, à cause de son bras, après les ténèbres du délire et les terreurs de la chambre qui l'avaient écorché vif, il arrivait à envisager la mort. Et pourtant il savait, malgré tout, sans pouvoir dire pourquoi, qu'il ne mourrait pas. La douleur et la perte de son bras lui avaient simplement donné de la lucidité. Grâce à Françoise, il s'était en partie dégagé de sa gangue protectrice, cependant il conservait encore, profonde et inébranlable, une croyance absurde mais absolue en son immortalité.

Elle le tira de ces quelques secondes de réflexion.

– Cela ne sert à rien de parler d'événements qui pourraient ne pas se produire. Il est temps d'être raisonnable. Mon père va revenir avec vos papiers.

– Oui, il est temps d'être raisonnable.

Ce n'était pas facile de la tenir d'un seul bras, et il dut la faire un peu tourner pour mieux la toucher. Tout en l'embrassant, il posa la main d'abord sur un sein, puis sur l'autre, pris d'une grande tendresse. Il lui apparaissait que cette première fois serait sans doute aussi pour eux la dernière. Il dégagea doucement le corsage pour l'enlever. Elle se déplaça, libérant un bras, puis l'autre, et il sentit l'arrondi de ses épaules, nues et satinées, sous ses doigts. Puis elle fit un mouvement pour se rapprocher encore de lui, un peu de biais du côté du bras coupé, et comprima trop fort le moignon. La douleur fusa. Le souffle coupé, il eut un geste de recul.

– Ce n'est pas du tout raisonnable, remarqua-t-elle.

– Je croyais que vous feriez n'importe quoi pour moi.

En bas, au bout de l'allée sombre du verger, les dernières lueurs du soleil avaient disparu. La tendresse qu'il éprouvait pour elle, quand il lui toucha les seins, avait la profondeur infinie de l'obscurité qui s'étendait sur la vallée.

– Oui, je ferais n'importe quoi pour vous, dit-elle.

Le père de Françoise alla dans la pièce à l'arrière de la cuisine et s'allongea sur le canapé dans le noir. Il resta couché sur le dos sans bouger, les yeux au plafond. Il n'avait rien avalé depuis tôt le matin, mais il n'avait pas faim. Son estomac, lui semblait-il, remontait en poussant vers le haut, rendant une aigreur malade qui lui venait dans la gorge et dans la bouche. De temps en temps, il essayait de ravaler ce venin, travaillait ses lèvres sèches avec la langue, mais chaque fois son gosier se refermait, formant un piège qui retenait l'amertume. Il s'écoula une dizaine de minutes, qu'il passa à se masser le ventre, trop fatigué pour fermer les yeux, avant que les voix de Franklin et de sa fille n'annonçassent leur retour.

Il eut encore cinq minutes de paix, puis Franklin ouvrit la porte et entra.

– J'avais besoin de m'allonger, expliqua le père. Excusez-moi.

Laissant la porte ouverte de quelques centimètres, Franklin traversa la pièce en se guidant au son de la voix. La lumière qui filtrait par l'entrebâillement jetait un long rai jaune sur la table ronde en acajou, le canapé et le mur du fond. Il contourna la table et parvint, dans ce rai de lumière, à voir les mains du père pressées sur son estomac. Il fallut encore quelques instants avant qu'il ne distinguât son visage.

– Vous avez demandé à me parler, dit Franklin.

– Oui, j'ai quelque chose pour vous.

Ses mains remontèrent plus haut sur sa poitrine.

– J'ai vos papiers.

– Je vous suis très reconnaissant. Vous vous êtes donné beaucoup de mal pour moi.

– Il faut se donner du mal pour tout, vous savez.

Franklin, qui s'était habitué à l'obscurité, regarda son visage. Les rides qui creusaient ses joues, habituellement profondes, ressemblaient dans l'ombre à des crevasses noires. Les yeux, quant à eux, étaient encore cachés.

– Vous êtes très fatigué, dit Franklin. Je suis désolé.

– Ce n'est pas votre faute.

– Préférez-vous plutôt m'en parler demain matin ?

– Non, maintenant, c'est mieux.

Franklin vit les mains bouger, se séparer, puis un éclat blanc.

– Voilà les papiers. Il vaut mieux que je vous explique comment cela va se passer.

– Bien.

Sous la bonté de cette voix, il percevait comme une réserve, peut-être du désespoir. Il trouvait très étrange, aussi, cette conversation dans le noir.

– Ces papiers vous permettront de vous débrouiller de tous les contrôles ordinaires, dit le père. La question de votre bras est réglée. Vous avez été victime d'un accident du travail. C'est tout simple. Vous vous rendez à Marseille pour suivre un traitement à l'hôpital. Les attestations nécessaires sont là, signées par notre ami le docteur.

– Bien.

– Demain soir, Pierre vous conduira chez des amis. Je ne sais pas au juste comment ils vous feront passer. Ils ont leurs circuits. Cela ne devrait pas présenter de difficultés.

– Entendu.

– Vous devriez être à Marseille en deux jours.

Franklin ne commenta pas. La porte s'étant un peu ouverte, la lumière formait maintenant une bande plus large qui éclairait les yeux du père. Il vit un regard mort, les paupières grandes ouvertes, pupilles noires et fixes tournées vers le plafond.

– Il vous faut de l'argent, reprit le père.

– De l'argent, j'en ai.

– Parfait. Ensuite les vêtements. Nous avons de quoi vous habiller.

– Merci.

– Avez-vous besoin d'autre chose ? N'emportez pas vos cartes de navigation. S'il arrivait un imprévu, cela vous mettrait en difficulté.

– Je comprends. J'ai besoin du revolver.

– Vous pouvez le prendre, mais ce n'est pas essentiel.

– Je préfère l'emporter.

– Vous l'aurez.

Franklin se demanda où était son revolver, mais il ne posa pas la question. Il ne voulait à aucun prix donner à penser qu'il ne leur faisait pas confiance.

– Je vous l'apporterai tout à l'heure, promit le père. Il vaut mieux que tout soit prêt dès ce soir.

Il tendit les papiers à Franklin.

– D'ici un petit moment, je vous monterai les vêtements et le revolver.

– Merci, dit Franklin en se penchant pour les prendre. Vous avez tellement fait que tous mes remerciements n'y suffiront pas.

Lui prenant la main pour la serrer dans le noir, il fut horrifié par sa froideur sèche, et l'inertie des doigts.

– Je vous suis vraiment, infiniment reconnaissant.

– Vous n'avez pas à me remercier, c'est naturel. C'est un privilège pour nous d'avoir pu vous aider.

– Si, merci. Jamais je n'oublierai.

– Nous non plus, nous ne vous oublierons pas.

La main échappa mollement à Franklin, et resta un instant en suspens, trop lasse, semblait-il, pour retomber.

– Vous êtes très fatigué. Je suis désolé.

– Fatigué, ce n'est pas vraiment le mot.

C'était la voix d'un homme paralysé par un choc ; il parlait, mais par expressions creuses, coquilles vides dépourvues d'âme.

– Aujourd'hui, je suis allé voir la famille du docteur.

Franklin fut incapable de répondre. Dès qu'il pensait au médecin, à son bon visage, pâle et lucide, il s'étouffait de fureur. Les salopards, pensa-t-il. Les salopards ! Qu'ont-ils encore fait ? Il ne savait pas comment exprimer la rage qui l'animait, mais finit par dire, la voix vibrant de colère :

– C'est très triste, c'est terrible.

– Oui, et malheureusement le mal ne s'arrête pas là.

Son abattement était de plus en plus perceptible. Ce ton accablé venait de la même souffrance qui le faisait rester prostré dans le noir.

– Y a-t-il eu d'autres otages fusillés ? demanda Franklin.

– Non, pas de morts, seulement beaucoup de souffrance.

Franklin attendit.

– Aujourd'hui, reprit le père, je suis allé voir la sœur du docteur. Je les connais tous depuis l'enfance. Ils venaient nous voir ici, et nous sortions en barque sur la rivière. Tous les étés. Les deux docteurs et leur sœur. Elle était tellement gentille. Tellement charmante.

La voix, bien que lente, reprit un peu de forces.

– J'étais très attaché à elle. À une époque, j'ai même espéré l'épouser. Il y a des années de cela. Mais vous savez que ces choses ne se commandent pas.

– Oui, je sais.

– Peut-être valait-il mieux que nous restions simplement amis.

Il continua de parler, avec un peu plus d'énergie, un peu plus vite, des étés d'avant la guerre, des visites des deux médecins et de leur sœur au moulin, parfois avec le fils du docteur qui tenait compagnie à Françoise et au frère de Françoise. Le soir, la chaleur passée, ils prenaient les barques et remontaient le courant, pique-niquaient, pêchaient, nageaient parfois dans l'eau fraîche des trous d'eau sous les saules. Dans ce récit, il mentionnait pour la première fois la mère de Françoise, qui avait disparu cinq ou six ans avant la guerre, et Franklin imagina la situation telle qu'elle avait évolué, après la mort de sa femme, quand la sœur du docteur leur avait rendu visite les dimanches, et qu'il avait tourné dans sa tête le projet de refaire sa vie avec elle, sans rien exclure ni demander, se contentant de l'envisager, un peu inquiet, un peu heureux, dimanche après dimanche, irrésolu, en attendant le moment où la guerre, ou une autre circonstance, en déciderait à sa place.

– Elle était plus jeune que ses deux frères. Plus jeune que moi. C'était peut-être ce qui l'arrêtait. Peut-être qu'elle ne voulait pas épouser un homme de mon âge.

Franklin y vit plus clair ; la balle, alors, avait été dans le camp de la femme qui n'aurait eu qu'à parler, mais qui, pour une raison ou pour une autre, ne l'avait pas fait. Il n'attendit pas l'explication longtemps.

– Je crois qu'elle était trop attachée à ses frères. Vous savez comment sont certaines femmes. C'est un peu comme si elles étaient mariées à leurs frères, et ne voulaient pas d'un autre homme.

– Oui, je comprends.

– Mais vous vous demandez pourquoi je vous raconte tout ça.

– Vous alliez me dire ce qui est arrivé.

– Ah! Oui, c'est vrai.

Il garda le silence pendant une longue minute, sans bouger, le visage dans la pénombre. Dehors, Franklin entendait l'eau qui cascadait du déversoir.

– Je lui apportais toujours un petit cadeau quand j'allais en ville. Un peu de beurre, ou autre chose. Un poulet. Aujourd'hui, je suis allé la voir avec un poulet. Mais elle n'était pas là. On l'avait emmenée.

– Elle a été arrêtée?

Les salauds, pensa Franklin. Les salauds! Mais il se trompait. Le père reprit à voix basse:

– Depuis qu'ils ont fusillé le docteur, elle n'allait pas bien du tout. Elle a fini par perdre la tête.

Franklin, hésitant, contemplait la barre lumineuse qui coupait en deux le corps noir, inerte sur le canapé. Il comprenait à présent la raison de sa prostration. Il ne dit rien. La voix qui monta vers lui paraissait très distante, malheureuse.

– Je me sens perdu...

Franklin resta encore un peu, en silence, ne sachant comment le réconforter. Sans doute valait-il mieux le laisser seul, songea-t-il finalement. Quand il s'éloigna du canapé, il vit le visage se tourner légèrement vers lui, dans la lumière, la bande jaune révélant des yeux, ouverts et vifs cette fois.

– Dites-leur que je ne viendrai pas dîner. Je préfère rester allongé ici encore un moment. Cela me fera du bien.

– Voulez-vous boire quelque chose ?

– Non, c'est très gentil. Merci.

Franklin acheva de traverser la pièce jusqu'à la porte. En ouvrant, il regarda derrière lui. Dans le rectangle lumineux, il croisa le visage blanc de nouveau dirigé vers lui, couvert de larmes qui tombaient lentement, sans un bruit, comme si les yeux avaient enfin repris vie, mais que la voix était morte.

Dans la cuisine, pendant le dîner qu'il prit avec Françoise, la vieille dame et Pierre, il avait la gorge si serrée qu'il eut du mal à avaler. Son pain lui paraissait très sec. De temps à autre, il levait la tête pour regarder la jeune fille de l'autre côté de la table, derrière la lampe à pétrole. Elle avait les yeux clairs, mais pleins d'une sorte d'indécision interrogative qui lui donna l'impression angoissante que quelque chose n'allait pas. De Françoise, il passait ensuite à la vieille dame qui trempait son pain dans sa soupe, qu'elle pompait de ses vieilles lèvres lourdes, avant de relever la tête à son tour pour le regarder, un peu de travers, lui semblait-il, comme si elle savait fort bien ce qui s'était passé. Il ne voulut pas parler du père, mais pendant tout le repas il eut envie de les remercier, d'exprimer simplement, mais très sincèrement, sa gratitude pour tout ce qu'ils avaient fait. Mais dès qu'il voulait se lancer, il levait les yeux et voyait les trois regards attentifs qui espéraient entendre un bruit dans l'autre pièce, tout comme ils avaient auparavant guetté les sons du dehors.

Une fois le dîner terminé, Françoise l'accompagna au pied de l'escalier pour lui souhaiter bonne nuit. Il la prit contre lui, la caressant tendrement, traversant là, il en avait l'impression, le moment le plus dur de sa vie, car tous ses sentiments, cette connaissance nouvelle et intime qu'il avait d'elle, devaient rester insatisfaits. Il souffrirait de la quitter plus qu'il n'avait jamais souffert. Il l'embrassa une ou deux fois dans le noir, des baisers fougueux, longs et douloureux, la torture grandissant à mesure que son besoin d'elle montait, jusqu'au moment où il sentit qu'elle aussi éprouvait le même désir et ne pouvait plus non plus en supporter la frustration.

– Il faut que je vous laisse, dit-elle.

– Bien.

Il savait, malgré sa déception, qu'il ne servirait à rien d'essayer de la retenir.

– Vous regrettez ce qui s'est passé ce soir ? demanda-t-il.

– Non. Pas du tout.

– Je vais partir demain. Vous le savez ?

– Oui. Je suis contente que ce soit arrivé.

– Il ne nous reste plus que cette nuit. Vous ne voulez pas monter me retrouver ?

– Si vous me laissez partir maintenant, j'essaierai de venir vous voir plus tard. Cela ne sera peut-être pas facile.

Elle s'écarta de lui. À part les bruits de vaisselle que faisait la grand-mère dans la cuisine, le silence régnait.

– Vous voudrez que je vienne même s'il est très tard ?

– Quelle que soit l'heure.

Elle partit aussitôt sans rien ajouter. Il monta lentement, entra dans la chambre, s'allongea sur le lit tout habillé, et resta couché sans bouger à regarder le ciel d'été étoilé par la fenêtre. Le moment tant redouté était arrivé. Il se trouvait dans l'état d'esprit d'un homme qui aurait subi un entraînement intensif pour finalement n'avoir qu'à sauter du haut d'un toit. J'aurais dû arracher mon pansement tous les jours, pensa-t-il. Là, j'aurais pu rester. Et cela aurait fait moins mal.

Tout en réfléchissant sur le lit, il enleva lentement son col et sa cravate, puis ses chaussures. La nuit était chaude et les étoiles brillaient doucement, luminescentes. Un astre se couchait sur la vallée, vers l'ouest, comme une fleur orange frémissante. Il le suivait des yeux depuis un long moment quand il entendit des pas dans l'escalier. Il se redressa sur le coude et attendit. Le bruit approcha de sa porte, mais elle ne s'ouvrit qu'au bout d'un certain temps.

– Vous dormez?

C'était le père.

– Non, je ne dors pas, dit Franklin, le cœur battant trop fort.

– Je vous apporte les vêtements et le revolver. Je les pose sur la chaise. Ne vous levez pas.

– Merci.

– Le revolver est dans la poche de la veste, continua le père dont la voix était plus ferme, à présent, plus calme. Les cartouches aussi. Vous verrez cela demain matin.

– Merci.

Il resta appuyé sur son coude, suivant des yeux la silhouette sombre qui se déplaçait devant la fenêtre étoilée, et mettait la pile de vêtements sur la chaise. Il attendit de le voir revenir, puis il lui souhaita une bonne nuit.

– Bonne nuit, répondit le père.

En sortant, il ferma la porte doucement derrière lui, et Franklin se rallongea pour attendre.

Il passa encore une heure à guetter Françoise. Une ou deux fois, il se redressa en tendant l'oreille, mais aucun bruit ne parvenait jusqu'à lui, sauf celui de la chute d'eau, tellement présent, tellement régulier, qu'il ne l'entendait même plus qu'en y prêtant vraiment attention. Autrement, c'était un son qui se fondait dans le silence chaud et assoupi qui régnait sur tout, sur la maison comme sur la campagne. Finalement, il ferma les yeux et somnola, sans plus rien entendre, ses pensées formant des suites d'images colorées et nébuleuses. Puis ce fil se rompit, et il fut de nouveau bien éveillé.

Comme il était déjà très tard, il se décida à se lever pour se déshabiller. Il suspendit sa veste au dossier de la chaise près de la fenêtre puis, par curiosité, prit celle que le père avait apportée. En la soulevant, il fut surpris par sa légèreté.

Il l'emporta jusqu'au lit et l'étala pour vérifier les poches. Les munitions se trouvaient bien dans celle de gauche, mais il n'y avait pas de revolver. Il inspecta la poche intérieure, et la trouva vide aussi. Il retourna près de la fenêtre et s'empara du pantalon, mais il était léger, lui aussi. Il le laissa tomber par terre pour tâter l'assise de la chaise dans le noir. Il fallait croire que le revolver n'était pas là.

Il resta encore quelques secondes à la fenêtre, se demandant que faire. Puis il ouvrit la porte et descendit, pieds nus.

En arrivant dans la cuisine, il vit que la lampe brûlait toujours sur la table, bien que la pièce fût vide. Il hésita un peu en regardant autour de lui. Une assiette entourée d'un couteau et d'une fourchette avait été laissée sur la table, avec un verre, une miche de pain et une bouteille de vin. Il se demanda ce qu'il fallait faire, puis il traversa la cuisine et ouvrit la porte de la pièce du fond.

La bande lumineuse s'allongea dans la pièce. Elle tomba sur la table, et, derrière, sur le canapé et le mur. Franklin contourna la table, puis, dans le rectangle lumineux, il vit le père allongé sur le canapé. Son visage était tourné du côté sombre et en partie enfoncé sous le coussin, comme s'il s'était endormi dans la position d'un enfant qui pleure au lit, la tête dans l'oreiller. Franklin eut peur de le déranger, mais il se pencha quand même sur lui et toucha le coussin avec la main.

À cet instant, il vit que le coussin, le revolver et la tête ne formaient plus qu'une seule masse informe, brillante et sanglante, un incompréhensible magma qui émergeait de l'ombre de sa silhouette pour tomber dans la bande de lumière.

16

Cinq jours plus tard, retranché au deuxième étage du moulin, Franklin restait collé au carreau de la petite fenêtre devant laquelle il avait eu un malaise en regardant Goddy et Taylor s'éloigner dans les vignes. Il regardait la pluie qui s'abattait sur le chemin et sur le modeste convoi funèbre composé d'une voiture à cheval et d'un corbillard, et escorté du chien, qui venait de quitter la maison. La pluie mitraillait le toit noir des voitures et le chapeau du curé, ainsi que les têtes nues de Pierre et du frère du père, et les robes noires de la vieille dame et de Françoise. Elle tombait de biais, poussée par un vent d'ouest qui soufflait en rafales, malmenant le cortège comme des papiers noirs qu'il faisait voler sur la route mouillée, les emportant derrière la maison. Le chien disparut à leur suite en s'ébrouant sous la pluie.

Après leur départ, Franklin resta à regarder l'averse. Il s'était entraîné à sauter du haut d'un précipice, et à présent le précipice avait disparu. Son revolver, qui avait supprimé l'obstacle, n'était plus là, lui non plus, et il ne savait pas où il était passé. Tout d'abord, l'idée de voir un revolver anglais mêlé à la justice française lui avait fait très peur. Il avait beaucoup pensé aussi à l'inutilité de cette arme et au rôle sinistre qu'elle avait joué malgré lui : il l'avait emportée dans près de quarante missions sur l'Allemagne, la France et l'Italie, et ne s'en était pas servi une seule fois. Et puis finalement, elle avait brûlé la cervelle d'un honnête Français, un homme bon, anéanti par le désespoir. Il était même très content d'être débarrassé de cette arme. Il se souvenait de la seule fois où il l'avait utilisée. C'était au stand de tir de la base, par une maussade journée de mars. Il avait tiré six coups et percé deux petits trous d'apparence inoffensive dans la cible, l'un à 4 heures, et l'autre à 7. Il avait été assez peu satisfait et s'était promis d'améliorer ses résultats, mais la pluie avait interrompu l'entraînement. Il s'était abrité avec les hommes des deux escadrilles sous la tôle ondulée d'une remise en regardant l'eau dégringoler du toit. Déjà, un vent d'ouest soufflait de froides bourrasques sur les petites cibles noires et blanches au bout des couloirs de tir. C'était là que Watson, l'Américain, lui avait proposé de lui apprendre à tirer. Il avait regretté plus tard de n'avoir pas pu profiter de cette offre, mais maintenant s'en félicitait. Il était revenu de la confiance irraisonnée qu'il avait eue en ces armes. Un revolver pouvait faire s'écrouler un monde.

Le sien avait fait exploser celui de la vieille dame, de Pierre et de Françoise. Pensif, il contemplait la pluie qui zébrait la campagne. Cela lui rappelait de plus en plus l'Angleterre. Après les semaines de soleil ininterrompues, les longues journées de chaleur brutale et aveuglante, la pluie devenait presque trop douce et familière. En regardant tomber ce rideau régulier qui lavait de leur poussière d'été l'herbe, les pommiers et les derniers fruits accrochés aux branches, qui emportait l'écume sale de la rivière et des roseaux, il comprit pourquoi les Anglais aimaient tant la pluie. La pluie, comme rien d'autre, réveillait en lui sa passion pour l'Angleterre. Elle ravivait la tristesse de l'exil et le mal du pays. C'était une nostalgie plus forte, à cet instant, que ses sentiments pour la jeune fille, plus forte que la simple volonté de s'échapper, plus forte que la guerre et que les souffrances qu'elle causait, et que son désir de la voir prendre fin. Devant cette fenêtre, la pluie anglaise pénétra dans son sang et y instilla des pensées mélancoliques qui l'envahirent si bien qu'il fut vite totalement dégoûté du moulin, de la maison, de la rivière et de la morne campagne française, des odeurs de la France, de cette autre langue dans laquelle il devait parler et qui gouvernait ses pensées, et par-dessus tout de toutes les complications que la guerre apportait. L'âme de l'Angleterre remontait à la surface, lavée à grande eau des scories, propre, claire et simple comme l'ondée.

Il ouvrit la fenêtre de quelques centimètres et s'y colla pour mieux sentir la pluie. Le bruit de l'averse avait le même effet rafraîchissant que l'odeur et le souffle du vent. Il posa la main sur le rebord et ses doigts furent vite mouillés. Le paysage était si gris que, au loin, les champs se réduisaient à des lignes de vapeurs indécises, comme des nuages bas.

Il contempla la campagne délavée en broyant du noir. Dans le moulin vide, sous le plafond de nuages, la grisaille du ciel devant lui, il se sentait très seul. Il eut soudain l'impression qu'il ne connaissait pas vraiment cette famille, dont les membres auraient pu naître des illusions d'un songe d'été. La pluie les avait soufflés au loin, avec les chevaux noirs mouillés, le corbillard dégoulinant, et le curé dans sa soutane trempée sur le chemin boueux, comme elle balaierait bientôt les feuilles d'été. Plus il pensait à eux, moins ils lui semblaient réels. Même ce qu'il avait vu de ses yeux, le revolver qui avait, en partant, comme arraché au coussin une masse emmêlée de rembourrage écarlate, n'avait pas semblé réel, ni les cris de la vieille dame qui hurlait à Dieu de lui rendre son fils, ni le visage calme et livide de la jeune fille.

Après le suicide du père, on l'avait de nouveau caché dans le moulin. Quatre jours s'étaient écoulés, tout aussi peu réels, emportés comme le reste. La pluie neutralisait par son bruit rafraîchissant et sa beauté grise l'horreur du sang, l'angoisse des nuits sans sommeil, ses inquiétudes pour le revolver, la désolation qu'il ressentait pour Françoise. L'eau nettoyait le sang qui s'était emparé de son esprit. Elle l'apaisait au point qu'il en vint à envisager une idée qui lui parut toute naturelle, celle de fuir seul, tout de suite.

Il ferma la fenêtre et s'y adossa, réfléchissant posément. Toutes ses affaires étaient par terre, prêtes pour le départ dans un ballot. Il portait sa chemise et sa cravate d'uniforme, et la veste noire et le pantalon gris que lui avait donnés la famille. Il enleva son col et sa cravate et les mit dans la poche de sa veste, puis, à leur place, il noua un mouchoir à son cou. Il avait encore sur lui les papiers que lui avait fournis le père. Il ne lui manquait plus que de la nourriture pour la route, qu'il trouverait dans la maison, et l'opportunité de partir avant la nuit. Si les circonstances le permettaient, protégé par la pluie, il parviendrait à parcourir quinze kilomètres avant la tombée du jour. Il se dirigerait vers le sud-ouest et s'en remettrait à sa bonne étoile. Jusqu'à présent, le sort lui avait souri, peut-être même un peu trop. Sa chance n'avait pas été ternie par un seul nuage, comme le ciel. Même son bras, d'une certaine façon, s'était révélé bénéfique. Or, maintenant que le beau temps avait pris fin, il avait peur, par superstition, qu'il en allât de même pour le reste. Il hésitait encore, son balluchon sous le bras. Il faudra bien que je parte un jour, songeait-il. Seule la pluie qui battait contre les vitres et sur le toit rompait le profond silence. Il se disait qu'il éviterait ainsi l'insupportable douleur des adieux. Mieux valait partir tout de suite en profitant de ce qu'il était seul, et que les visages amis s'étaient estompés. Il contempla une dernière fois cette pièce où il avait dormi avec O'Connor et Sandy et leurs deux plus jeunes compagnons. C'était la première fois depuis leur départ que leur souvenir éveillait si peu d'émotions en lui.

Il ouvrit la porte et descendit lentement l'escalier. Il ne lui manquait que les provisions. Il laisserait une lettre pour Françoise sur la table de la cuisine. Nom de Dieu! je n'y arriverai jamais, pensa-t-il soudain. Bon sang, c'est impossible. Il fit un effort désespéré pour formuler ce qu'il avait à dire, et se rendit compte que rien dans la langue de Françoise ni dans la sienne n'arrivait à traduire l'ampleur de l'amour, de l'angoisse, et de la confusion qui l'habitaient. Il s'arrêta au premier étage, se rendant compte qu'il n'avait pas envie de partir, et pourtant il le fallait. S'il ne savait pas comment l'écrire, il ne trouverait pas non plus comment le dire. La douleur de la séparation ne saurait pas trouver d'expression.

Il s'immobilisa, pris dans ce dilemme. Il y avait deux étages à descendre, coupés par le palier. Il posa les yeux sur la petite fenêtre qui se trouvait là, le regard arrêté par les vitres carrées troublées par la pluie, qui lui bloquaient la vue.

Contemplant la fenêtre plus qu'il ne regardait dehors, il lui fallut une minute pour percer l'opacité des carreaux, dépasser les hachures grises de la pluie, et entrevoir le chemin boueux qui longeait la maison. Il n'arriva pas tout d'abord à en croire ses yeux. En bas, il y avait un homme. Un homme que Franklin n'avait jamais vu, et qui contemplait la maison sous la pluie.

Il se plaqua contre le mur, le visage collé au coin de la fenêtre. Pardessus gris foncé sur le dos, chapeau melon sur la tête, l'homme resta un moment immobile, puis il pivota sur ses talons pour contempler le chemin derrière lui, vers la rivière. Il avait une cigarette au coin des lèvres, enfoncée sous une moustache grise que la fumée avait colorée de jaune sale. Il retira la cigarette de sa bouche, la tint comme pour la jeter, puis il se ravisa et l'éteignit en pinçant le bout entre le pouce et l'index, avant de la glisser dans la poche de son manteau. Ensuite, il regarda de l'autre côté comme s'il craignait d'être vu ou comme si, peut-être, il s'attendait à voir revenir la famille de l'enterrement. Depuis le palier, Franklin avait une vue dégagée de la façade et du chemin jusqu'à la rivière. Entre lui et l'homme, il n'y avait pas plus de douze mètres.

Si j'avais mon revolver, et si j'étais bon tireur, et avec un peu de chance, pensa-t-il, je pourrais le tuer. Je viserais son chapeau. Il ne savait comment l'idée de l'abattre lui était venue. Cela lui semblait tout naturel. Malheureusement, je n'ai plus le revolver, pensa-t-il encore, et puis je ne suis pas bon tireur, alors à quoi bon? Et pourtant, l'idée de tuer cet homme lui paraissait couler de source, être plus que nécessaire. Et puis il eut une autre pensée: S'il entre dans le moulin et qu'il me trouve, je suis cuit. Il faudra bien que je le tue, alors. Il accepta cette idée très calmement. L'homme traversa la route et regarda dans la maison par la fenêtre. Il avait les mains dans les poches de son pardessus. C'est bizarre qu'il vienne le jour de l'enterrement, quand il n'y a personne. Je ne sais pas qui est cet homme, mais je vais devoir le tuer. Je ne peux pas me permettre de le laisser en vie. Quatre personnes savent que je suis ici; cinq, ce serait une de trop. Il vit l'homme longer la façade vers la porte. À la porte, il s'arrêta, regarda derrière lui, puis sortit une main de sa poche et essaya d'ouvrir. La porte était fermée à clé. Comme j'aurais dû m'en douter, pensa Franklin.

L'homme hésita encore, peu pressé de partir, tandis que Franklin attendait la suite, tendu, un genou plié, prêt à bondir. Le convoi funèbre était parti depuis environ une demi-heure. Il pleuvait encore des cordes, mais l'homme demeurait là, comme s'il savait parfaitement de combien de temps il disposait. Puis soudain, il leva la tête vers le moulin, le regard dirigé droit sur Franklin, comme s'il le voyait. Franklin ne bougea pas. Allez, espèce de salaud, monte. Monte si tu l'oses. Pendant une longue minute, l'inconnu regarda en l'air vers la fenêtre. Franklin voyait la pluie briller comme de la rosée sur le chapeau melon et dégringoler devant le visage levé. Allez, décide-toi!

Finalement, l'homme se remit en mouvement. Il fit lentement demi-tour et descendit à la rivière. Franklin le vit aller jusqu'à la jetée. Il resta sur le bord, plongé dans ses pensées, observant la rivière qui coulait sous la pluie. Puis Franklin comprit qu'il s'intéressait non pas au paysage, mais à la barque. Il la contemplait en prenant son temps, avec la même attention impassible qu'il avait eue en regardant la maison et la fenêtre. Une ou deux fois, il tourna la tête pour surveiller la rivière. Ensuite, il s'accroupit et posa prudemment une main au bord de la jetée, et sauta dans la barque. Franklin vit l'embarcation tanguer légèrement lors de l'impact, puis la silhouette courtaude se baisser de telle sorte que seul le chapeau melon resta visible. Il demeura dans cette position quelques instants avant de se redresser. Il n'y avait aucune hâte dans ses mouvements. Il resta dans la barque encore deux ou trois minutes, immobile, contemplatif, jusqu'au moment où, enfin, il se tourna vers la jetée, posa les deux mains sur le bord, et se hissa hors du bateau.

En le regardant revenir lentement vers la maison, Franklin comprit qu'il avait manqué sa chance de partir, mais il ne le regretta pas vraiment. Il vit que l'homme s'arrêtait de nouveau devant la maison. La pluie ne le dérangeait pas. En attendant qu'il se décide, Franklin regarda ce qu'il avait aux pieds. Il portait des grosses chaussures noires cirées, que la boue avait tachetées de jaune. Puis il vit l'homme approcher de la fenêtre de la cuisine et regarder encore une fois à l'intérieur. Cette fois, il s'abrita les yeux avec la main, puis, n'arrivant sans doute toujours pas à voir, il frotta la vitre ruisselante avec sa paume. Il resta plusieurs minutes le nez au carreau. Au-dessus de lui, la gouttière pleine à ras bord déborda sous la pression du vent, et un filet d'eau dégringola sur le chapeau melon. Surpris, l'homme leva la tête brusquement puis enleva son chapeau pour le secouer. À cet instant, Franklin le vit bien, crâne chauve comme une boule de suif, petits yeux noirs excédés levés vers la pluie.

Après avoir fait couler l'eau de son chapeau, il le remit

sur sa tête, puis attendit encore un peu. Il sortit sa montre au bout d'un moment, regarda l'heure, la remit dans son gilet, et referma son pardessus. Il avait l'air d'avoir décidé de s'en aller. Il remonta lentement le chemin, sans se presser le moins du monde, comme s'il savait qu'il lui restait du temps. Franklin le suivit des yeux, se déplaçant de l'autre côté de la fenêtre pour le garder dans son champ de vision jusqu'au moment où l'homme arriva au sentier qui passait au-dessus de la rivière. Une fois en haut, l'homme s'arrêta et se tourna pour regarder encore le moulin. Arrêté au milieu du chemin, il prit dans sa poche la demi-cigarette qu'il y avait mise. Il l'alluma dans le creux de ses mains, et Franklin vit la fumée s'envoler, prise dans le vent comme une buée grise. Et, tout en regardant l'homme disparaître enfin au coude de la rivière, il se rendit compte que la pluie avait perdu toute sa bienveillance, et qu'il n'avait plus qu'à attendre encore.

Il resta environ une heure à la fenêtre, mais l'homme ne revint pas. La pluie se calma un peu, et quand la famille endeuillée revint de l'enterrement le ciel se dégageait et il ne tombait plus qu'une bruine qui constellait la voiture de fleurs grises. De son poste d'observation, il vit les quatre passagers descendre : la vieille dame, Pierre, Françoise et le frère du défunt. Le chien était trempé. Le frère prit le bras de la vieille dame pour la raccompagner dans la maison. Peu après, la voiture repartit, et le curé arriva, descendant la colline à vélo, son chapeau accroché au guidon.

Franklin resta à l'affût à la fenêtre du palier. La porte de la maison était fermée. Les flaques que la pluie avait laissées sur le chemin se ridaient sous le vent, blanchies par le reflet du ciel plus clair.

Au bout d'une dizaine de minutes, la porte s'ouvrit et Françoise sortit. Dès qu'il la vit paraître, il remonta et l'attendit dans la pièce du deuxième. Elle le rejoignit aussitôt et il l'enlaça d'un bras, contre le mur, sans rien dire.

– Tout s'est bien passé ? demanda-t-elle. Il n'est rien arrivé ?

Il ne pouvait pas faire autrement que de lui raconter.

– Si, il s'est passé quelque chose.

Habillée de noir, le col montant, elle semblait plus calme que jamais.

– Quoi ? Que s'est-il passé ?

– Quelqu'un est venu. Un homme.

– Un Allemand ?

– Non. Je ne crois pas.

Il lui raconta l'incident, et elle attendit qu'il finît sans rien dire.

– Il était complètement chauve. Vous voyez qui ça peut être ?

– Oui, je sais qui c'est.

– Qui est-ce ?

– Un habitant du village.

– Malintentionné ?

– C'est le genre qui ne sait pas se taire.

– Alors il est dangereux ?

– Dangereux, oui. Très dangereux pour nous.

Elle resta contre le mur, plongée dans ses pensées. Il était fou d'elle dans sa robe noire. Son regard lointain resta profondément pensif, puis elle revint brusquement à leur conversation.

– Seriez-vous prêt à faire quelque chose de difficile ?

– Pour vous ?

– Non, pour vous.

Il hocha la tête.

– Seriez-vous prêt à partir ? ajouta-t-elle.

– Quand ?

– Ce soir.

Il ne répondit pas.

– Cet homme ne nous apportera rien de bon. Il voulait nous créer des ennuis en venant ici. Nous le connaissons. Il a une idée derrière la tête et, s'il a un soupçon, il en parlera fatalement. Vous savez comme les soupçons se propagent.

– Oui.

– Êtes-vous prêt à partir ?

Il n'avait pas le choix, mais l'idée de la quitter lui paraissait de nouveau si dure qu'elle lui faisait horreur.

– Je vais partir avec vous, dit-elle.

– Quoi ? s'exclama-t-il.

– Je vais partir avec vous, répéta-t-elle, une belle intensité dans le regard.

– Comment cela ?

– Je vais vous accompagner. C'était mon intention depuis le début.

– Mais bon Dieu !

– Attention de ne pas dire « bon Dieu » devant ma grand-mère. Elle sait que j'ai décidé de vous accompagner.

– Mais pas tout de suite. Vous ne pouvez pas. Votre père vient de mourir. C'est impossible, c'est trop tôt.

– Mais non. Les morts ne sont plus là. Et puis, vous ne vous en sortiriez pas tout seul.

– Pourquoi cela ?

– À cause de votre bras, vous vous feriez arrêter tout de suite.

– Dans ce cas, on vous arrêtera aussi si vous venez avec moi. Nous serions deux à souffrir. C'est pire.

– Personne ne vous arrêtera par là où je vais vous faire passer.

– Ah ?

Il la dévisagea, et la vit si calme, si inébranlable, qu'il eut la confirmation qu'elle avait pris sa décision depuis longtemps.

– Par où allez-vous me faire passer ?

Elle lui tourna la main et posa la paume contre la sienne.

– Avez-vous récupéré suffisamment de forces pour ramer?

– Ramer?

– Oh, pas longtemps, pas trop souvent. Je pourrais ramer seule, mais cela m'aiderait d'avoir votre aide de temps en temps. Cela vous occuperait l'esprit.

Une réponse se forma sur ses lèvres, mais il était trop abasourdi pour savoir vraiment ce qu'il voulait dire. Il comprenait à présent pourquoi elle avait si souvent remonté la rivière à la rame.

– C'est le seul moyen de partir, dit-elle.

– Sommes-nous loin de la zone libre? demanda-t-il en se retranchant derrière des questions pratiques.

– Nous pourrons avancer en barque pendant deux nuits, trois nuits. Une semaine peut-être. La rivière remonte loin vers le sud.

– Et vous, jusqu'où comptez-vous rester avec moi?

– Jusqu'au bout.

– C'est-à-dire?

– Aussi loin que vous. Je vais avec vous.

– Jusqu'à la ligne de démarcation?

– Oui, jusqu'à la ligne, bien sûr.

Il se représenta l'horreur de la séparation à la frontière. Plutôt que de devoir endurer cela, il préférait encore s'évader sans elle.

– Ce sera très difficile de vous quitter à la frontière.

– Nous ne nous quitterons pas à la frontière.

Elle se tenait très droite contre le mur, décidée, sûre d'elle.

– Mais vous ne pourrez pas continuer.

– Si. Je continuerai. Jusqu'en Angleterre.

Elle attendait, lui souriant parce qu'il n'arrivait pas à cacher sa stupeur. Il en perdait la voix. Il n'arrivait qu'à la regarder, sublime de certitude, pour savoir qu'elle ne changerait pas d'avis. Il la voyait chérissant une chose très précieuse, comme une poupée neuve, qu'il serait cruel de lui enlever.

Il lui prit la main et la porta à ses lèvres. Il l'embrassa plusieurs fois, et attendit qu'elle continuât.

– Vous voyez bien que ça ne sert à rien de dire des bêtises, maintenant.

– J'ai dit des bêtises ?

– Non, mais nous avons attendu longtemps, et à présent il est temps de partir.

– Parfait.

Sans doute était-il très heureux qu'elle vienne, mais était-il sage qu'elle aille jusqu'en Angleterre ? C'était une question dont il faudrait décider plus tard.

– Quand partons-nous ?

– Ce soir. Juste avant la nuit. Le curé et mon oncle vont s'en aller d'ici une heure. Il fera noir plus tôt à cause des nuages.

En la serrant contre lui, il fut de nouveau assailli par ses scrupules.

– Je peux partir seul si vous pensez que c'est mieux.

Elle ne répondit pas.

– Vous êtes bien sûre ?

Cette fois non plus elle ne dit rien. Son regard était calme, très ferme, ses lèvres figées dans un demi-sourire opiniâtre, et il comprit que rien de ce qu'il pourrait dire ou faire ne pourrait changer sa décision.

17

Il était dans la cuisine pour la dernière fois, serrant contre lui son balluchon qui contenait, enveloppés dans du papier kraft, son rasoir, son savon et des vêtements de rechange. Devant lui la grand-mère emballait deux pains et un fromage frais dans une serviette de table. Elle les enfourna dans un sac en tissu noir avec quelques grappes de raisin blanc mûr, une bonne dizaine de pommes et deux cuisses de lapin. Françoise s'était munie d'une petite valise en cuir bouilli dans laquelle elle emportait des vêtements et une bouteille de vin enveloppée dans une serviette de toilette.

Dehors, il faisait pratiquement nuit. Le moment de se quitter était venu, mais Franklin ne savait comment remercier la vieille dame. Il aurait eu envie de lui donner un cadeau, mais il n'avait rien. Il hésita près de la table de la cuisine pendant qu'elle préparait leurs provisions, et puis il lui tendit la main. Elle la prit dans les siennes, et la pressa en silence en lui imprimant un mouvement de haut en bas. Elle avait les mains froides, rêches, et elle non plus ne savait pas quoi dire. Elle n'arrivait qu'à lui serrer la main en tremblant d'émotion, si bien qu'il dut finalement s'arracher à elle pour sortir de la maison avec Pierre et descendre à la jetée.

Il attendit collé au mur du moulin avec Pierre que Françoise eût fini de faire ses adieux à sa grand-mère. Pierre portait la valise. Il ne pleuvait plus, mais les nuages étaient bas et des bourrasques violentes agitaient la rivière de vagues noires irrégulières.

– Vous avez tout ce qu'il vous faut ? demanda Pierre.

– Je crois.

Une chaleur et un vertige le prenaient, comme s'il partait en opération.

– Je voudrais vous remercier.

– Non, ce n'est rien.

Pierre surveilla le chemin dans le crépuscule.

– Vous voulez emporter ça ? demanda-t-il en sortant le revolver de la poche de sa veste.

– Non !

– Je l'ai nettoyé.

– Je n'en veux pas. Comment l'avez-vous récupéré ?

– J'ai dit qu'il était à moi.

– C'était dangereux. C'est un revolver de fabrication anglaise.

– Peu importe. L'armement est international.

– Les Français sont bien payés pour le savoir.

– Oui, c'est vrai. Vous êtes sûr de ne pas en vouloir ? C'est un très bon revolver.

– Non. Gardez-le, si vous voulez. Je vous en fais cadeau. Ce sera un petit remerciement pour tout ce que vous avez fait.

Pierre fit passer le revolver dans sa main gauche, et lui tendit la droite.

– Vous n'avez pas besoin de me remercier. C'est moi qui devrais vous dire merci. J'ai été très heureux de faire votre connaissance.

– Et moi aussi, très. Un jour, je reviendrai, et nous pêcherons ensemble.

– Oui, un jour…

Ils se serrèrent la main, et assez vite Françoise sortit de la maison. Elle portait un manteau bleu foncé sur un corsage blanc et sa jupe verte. Sa grand-mère ne l'accompagnait pas.

Pierre et Franklin se détachèrent de l'ombre du mur pour la rejoindre. Ils descendirent ensemble à la rivière.

– Cachez-vous sous la bâche, dit Françoise.

Franklin monta dans la barque et Pierre le suivit pour tenir la bâche pendant qu'il se glissait en dessous. La toile avait retenu des petites flaques d'eau de pluie qui s'écoulèrent quand Pierre la souleva. Franklin se coucha en chien de fusil à l'avant, et Pierre mit avec lui à l'abri la valise et le sac de vivres. Il sortit du bateau sans plus rien dire.

– Ça va ? demanda Françoise.

Franklin sentit le bateau s'agiter quand elle monta à bord.

– Oui, ça va.

– Cela ne durera pas longtemps. Il y a deux ponts, et après vous pourrez sortir.

– Ça ne me dérange pas.

Il entendit le bruit métallique de l'anneau qui retombait sur la pierre quand Pierre eut fait glisser l'amarre, puis rien d'autre que le grondement de la chute d'eau, et le bruit du vent sur la rivière, puis Françoise poussa avec une rame sur le pilier de pierre, et fit tourner la barque en tirant sur l'autre.

– Tu fais confiance à ma sœur ? demanda Pierre à voix basse en guise d'adieu depuis la jetée.

– Oui, totalement.

– C'est au 67, n'oublie pas. Une fois que vous serez là-bas, vous n'aurez plus à vous inquiéter.

– Je n'oublierai pas.

La barque tourna sur elle-même en se balançant légèrement sur l'eau, puis, quand ils eurent le vent de travers, Franklin sentit que Françoise commençait à tirer sur les rames, propulsant l'embarcation sans beaucoup de bruit, par à-coups successifs et réguliers. Mais soudain, alors qu'ils s'éloignaient, il entendit autre chose. Cela venait de la berge, et on eût dit des pleurs. Le son s'amplifia, se muant en un gémissement aigu, puis en un long hurlement. C'était le chien.

Un instant, Françoise arrêta de ramer et il sentit le vent ballotter le bateau au milieu de la rivière. Il y eut une grande agitation dans les roseaux, des éclaboussures, puis le chuchotement désespéré de Pierre qui lui ordonnait de se taire à plusieurs reprises. Il entendit encore le chien pleurer et se débattre convulsivement au bord de l'eau, puis finalement le bruit désolant de coups sonores donnés du plat de la main sur le flanc.

Françoise se remit à ramer, et il n'y eut plus qu'un faible gémissement qui finit par s'étouffer derrière le fracas de la chute d'eau. Ensuite, on n'entendit plus que le choc discret des rames et le frémissement du vent qui soufflait sur l'eau.

Franklin resta caché sans parler. Il se demandait ce qui allait se passer, mais il se souvint que, dès qu'elle l'avait pu, Françoise avait remonté la rivière à la rame, ce qui avait habitué les sentinelles à la voir aller pêcher à la tombée du jour. Il ne savait pas à quoi s'attendre quand ils dépasseraient les ponts : il y aurait des tirs, peut-être, au moins un cri pour les faire arrêter, peut-être même la mort, mais il resta immobile sous la bâche, et rien n'arriva. Une fois, il souleva un coin pour regarder autour de lui. Il vit le ciel gris, pas encore tout à fait noir, au-dessus du feuillage mouillé des saules. Il manqua le premier pont, mais, au bout d'un moment, il devina qu'ils avaient parcouru assez de chemin pour l'avoir dépassé. Il attendit encore, le coin de bâche soulevé, puis il vit l'ombre du deuxième pont passer. C'était un pont très bas, et il y eut une ou deux secondes d'obscurité qui les écrasa. Puis ce fut comme de sortir d'un tunnel et il se retrouva à la lumière.

Cinq minutes plus tard, Françoise arrêta de ramer.

– Tout va bien, maintenant, dit-elle.

Franklin repoussa la bâche et s'assit. Il ne faisait pas encore nuit, et il vit le visage de Françoise qui se reposait, appuyée aux rames. Elle était un peu essoufflée et assez tendue.

– Ça ne va pas ?

– C'est à cause du chien. Il m'a fait peur. Je l'avais attaché, mais il s'est libéré parce qu'il savait que je m'en allais.

Il ne dit rien, la sachant profondément peinée. Il replaça la bâche sur le sac de provisions et la valise.

– Êtes-vous prêt ? demanda-t-elle.

– Oui. Je vais ramer avec vous, maintenant.

– Je peux continuer seule.

– Je veux ramer aussi.

Il enjamba la bâche, avança vers le milieu du bateau, et s'assit derrière elle. Elle changea la rame droite de tolet et il la prit en main. C'était agréable de tenir ce bois poli ; il lui donnait l'impression d'avoir des responsabilités.

– Nous pouvons commencer quand vous voudrez, dit-il.

Il se sentait prêt à ramer fort et longtemps.

– Nous ne sommes pas pressés. Reposons-nous encore un peu. Nous avons toute la nuit devant nous.

Pendant qu'elle prenait un moment pour souffler, il contempla la rivière. Elle était large de vingt ou vingt-cinq mètres, charriant une eau rendue opaque par cette journée de pluie, et était animée d'un fort courant. Le cours d'eau avait l'air différent. Il interrogea Françoise.

– En effet. Nous sommes maintenant sur la rivière principale, répondit-elle. Le moulin est sur un bras secondaire.

– Est-ce qu'elle va loin ? En restant aussi large ?

– Elle va vers la zone libre, et on peut la continuer longtemps vers le sud. Pendant un moment, c'est même elle qui trace la ligne de démarcation.

– Alors nous pourrons passer de l'autre côté ?

– Oui, nous passerons. Êtes-vous prêt à ramer, maintenant ?

Il attendit pour répondre. La nuque très brune qu'il voyait dans la pénombre sous les cheveux noirs lui donna envie d'y enfouir le visage. Il se pencha dans un élan de tendresse qui concentrait tous les sentiments, de gratitude, d'amour et d'admiration, qu'il trouvait si difficile d'exprimer. Il lâcha la rame et posa la main sur son cou pour l'attirer vers lui.

– Ce n'est pas ainsi que nous arriverons en Angleterre, remarqua-t-elle.

– Pourquoi pas, avec un peu de patience ?

– L'amour seul n'y arrivera pas.

– Si, au bout du compte, vous verrez que si.

– Vous voulez toujours que j'aille avec vous en Angleterre ?

– J'aimerais que vous fissiez ce que vous pensez être le mieux pour vous. Avez-vous vraiment très envie de venir ?

– Oui, je veux aller avec vous. Seront-ils contents de me voir ?

– Qui donc ?

– Votre famille. Votre mère.

– Ce sera la guerre chez nous s'ils ne vous accueillent pas bien.

– Les Anglais détestent-ils vraiment les Français ?

– Nous en reparlerons plus tard. Si nous ramions ?

– Je suis prête.

– Parfait.

Alors ils se mirent à ramer ensemble. Au début, dès qu'il tirait sur la rame, l'envie de s'aider de l'autre main le prenait. Son esprit tâtonnait pour la trouver dans le noir. Comme il avait toujours eu les mains grandes, il n'éprouvait aucune difficulté à tenir la rame de la droite seulement. Ce qui le gênait, c'était une étrange absence. Son bras amputé s'immisçait comme un fantôme dans le rythme du canotage. Cette sensation ne fit que croître. Il eut l'impression que son bras était là, et se joignait aux mouvements de l'autre, à l'unisson, partageant l'effort à chaque coup de rame.

Ils firent une première étape d'environ une heure sans s'arrêter. Dans le premier quart d'heure, il fut très fatigué, mais ne voulut rien dire. Il se mangeait les lèvres, se les mordait, et parfois fermait les yeux pour tenir. L'illusion d'avoir un bras gauche s'intensifiait dans le noir. Il ne voulait pas s'arrêter parce que alors le mirage cesserait, le privant de la réconfortante impression de force qu'il lui donnait, et le manque reviendrait. Et pendant tout ce temps, il fallait lutter contre un fort courant, car le débit de la rivière avait gonflé avec la pluie, et parfois, dans les larges méandres, le vent prenait de la puissance et soufflait par bourrasques froides et explosives qui se brisaient comme des vagues sur les saules. À force de ramer, son épuisement n'eut d'égal que la farouche volonté d'y résister. Il ne voulait penser à rien, mais sentait les cloques se former dans sa main, au point que finalement toutes les sensations disparurent, hormis cette douleur que causait la rame dans sa paume.

Il gardait les yeux sur Françoise, visible dans la nuit grâce à son corsage blanc, déterminé à tenir tant qu'elle n'arrêterait pas. Mais au bout d'un moment, la fatigue lui ayant ôté la conscience de ce qu'il faisait, il fut surpris de voir les branches du rivage se tendre vers la barque et approcher d'eux. Il ramait encore machinalement, s'accrochant à l'illusion de son second bras, alors que Françoise s'était arrêtée.

– Nous allons nous reposer un peu, dit-elle. Êtes-vous très fatigué ?

– Non, pas trop.

– Je vais sortir les provisions.

– Je n'ai pas très faim. Surtout soif.

Ils étaient près de la rive gauche, sous le rideau d'un saule pleureur, hors du courant et à l'abri du vent. Il se pencha par-dessus bord pour plonger sa main dans la rivière. La douleur lui cisaillait la chair comme s'il avait empoigné un fil incandescent. L'eau froide finit par l'apaiser, et il y laissa la main jusqu'au moment où Françoise sortit la nourriture et le vin. Elle s'était assise face à lui.

– Vous mangerez quand même quelque chose ? demanda-t-elle.

– Je vais boire un peu de vin, c'est tout.

Elle lui tendit la bouteille.

– Tenez. Moi, j'ai faim.

Il la prit, retira le bouchon avec les dents, puis but quelques gorgées. Le vin, sec et frais, le revigora. Il cala la bouteille entre ses genoux pour présenter sa main mouillée et douloureuse au souffle du vent.

– Êtes-vous très fatigué ?

– Non.

– Si vous êtes très fatigué, nous ne continuerons pas.

– Je ramerai tant que vous ramerez.

– Nous devrions aller encore un peu plus loin ce soir. Nous aurons toute la journée de demain pour nous reposer, et puis nous repartirons.

– Alors continuons.

Ils se reposèrent environ une demi-heure. Françoise mangea des pommes et du pain tandis que Franklin buvait encore un peu de vin. À la fin, pendant qu'elle remballait les provisions, il trempa son mouchoir dans la rivière et s'en emmaillota la main. Ce pansement de fortune tint par pression contre la rame quand ils se remirent en route.

Ils naviguèrent encore longtemps, longeant le bord au plus près pour se protéger du vent maintenant que l'obscurité le leur permettait. Au détour d'un méandre, la rivière formant vers l'est une grande boucle, ils eurent le vent derrière un moment qui, plus fort que le courant, les aida à avancer. L'illusion d'avoir retrouvé son bras reprenait parfois Franklin, mais jamais très longtemps. Pour tenir, il adopta alors la méthode qui lui servait si bien en vol : se détendre en réduisant la portée de ses pensées, et ne jamais anticiper le moment suivant. Il arriva ainsi à rendre ses mouvements automatiques, et même à perdre la conscience de la souffrance que lui causaient les ampoules à vif dans sa main.

Ils ne s'arrêtèrent que près de trois heures plus tard. Les

branches basses frôlèrent son visage quand la barque approcha du bord, se faufilant sous les ramures déployées sur l'eau. Recru de fatigue, il resta courbé en avant, la tête sur les genoux, le sang cognant dans ses tympans, pendant que Françoise amenait le bateau contre les roseaux. Il aurait voulu se lever pour l'aider, mais il resta là, incapable de faire un geste, la laissant amarrer seule le bateau à un arbre.

– Vaut-il mieux que nous dormions dans la barque ou à terre ? demanda-t-elle. Je crois que c'est mieux à terre.

Il sursauta presque en entendant sa voix.

– Oh ! Oui, à terre.

Il parvint à déplier son corps engourdi pour s'occuper de la bâche avec elle.

Une sorte de vertige le prit, qui lui donna l'impression de flotter. Dans un demi-rêve, il jeta la bâche à terre, puis sauta à sa suite sur la berge, glissant dans les roseaux dont les feuilles tranchantes lacérèrent les cloques de sa main, que son mouchoir, qui s'était défait, ne protégeait plus. Mais très vite il retrouva de l'énergie, et ils étalèrent ensemble la toile imperméable sur l'herbe. Ils la plièrent en deux, s'allongèrent ensemble sur une moitié, et tirèrent l'autre sur eux, avec le manteau de Françoise sur le dessus. Franklin lui glissa le bras sous la tête, et elle s'appuya à son épaule, s'en servant d'oreiller. Il avait les yeux fatigués, les paupières rigides, sans souplesse, et il lui fallut beaucoup de temps après s'être couché avant d'arriver à les fermer.

– Avons-nous parcouru suffisamment de distance ? demanda-t-il.

– Nous avons assez bien avancé, je crois.

Elle avait dans la voix la douce tranquillité qu'il lui avait toujours connue : cette sérénité qui ne semblait pas tout à fait naturelle, comme si rien ne pouvait la surprendre, parce que les événements avaient été prévus pour elle à l'avance, et ne prenaient forme que grâce à l'intensité de sa foi.

Elle ne dit plus rien, tandis que de son côté il restait long-temps éveillé, exténué, à écouter le vent souffler sur l'eau. Et, pendant ce temps, reposant sur lui, immobile, elle paraissait déjà dormir. Il finit aussi par s'assoupir, puis se réveilla beau-coup plus tard, ankylosé, la circulation coupée par la pression de la tête qui avait pourtant libéré son bras. Il faisait encore très sombre, et elle s'était retournée, le visage loin de lui.

Il l'écouta longtemps pleurer dans l'obscurité. Elle était secouée de sanglots profonds, déchirants mais libérateurs, comme si son incroyable sérénité l'avait enfermée. Il ne lui dit rien et n'essaya pas de l'arrêter, mais la tint simplement dans le noir tendrement.

18

Le lendemain matin, Franklin passa un long moment allongé sur la berge à regarder les hérons tournoyer au-dessus de l'eau. Ils agitaient leurs grandes ailes, décrivant des cercles lents au-dessus des saules dans la lumière pâle. Le vent accentuait la grisaille ; les bourrasques violentes qui balayaient la rivière déserte ridaient la surface de plaques noires, puis l'eau retrouvait sa clarté et son calme. Ces soudaines rafales apportaient de la rive droite une pluie jaune de feuilles de saule qui se regroupaient comme des bancs de poissons et partaient au fil de l'eau. Il voyait loin, à deux ou trois kilomètres en amont et en aval, et dans les deux sens la rivière était vide, et la guerre semblait très loin.

Pendant toute cette matinée qu'il passa au grand air, dans ce vent frais et humide qui venait de l'ouest, il eut très faim, et ne ressentit pas de fatigue. Son moignon ne lui faisait pas mal, et la paume de sa main droite ne se ressentait plus trop de la friction de la rame. Après le petit déjeuner, qui acheva leur provision de pommes et leur premier pain, il aurait eu envie de repartir, mais Françoise s'y opposa.

– Pourquoi pas ? insista-t-il. Une barque, ça n'attire pas l'attention. Nous pourrions ramer toute la matinée et dormir cet après-midi. Et puis nous reprendrions ce soir. Il n'y a personne.

– Il y a une ville après le prochain coude de la rivière.

– Quelle ville ?

– Dans toutes les villes, il y a des Allemands.

– Et pourrons-nous y trouver de quoi manger ? Nous devons nous ravitailler.

– Je vais m'en occuper.

– Où ? Dans cette ville ?

– Oui. Je vais aller acheter du pain et des fruits ce matin.

– Pas sans moi.

– Si, ce sera très facile.

– Non. Non, vous n'irez pas sans moi.

Il connaissait cette impatience qui s'éveillait en lui. Il l'avait ressentie lors de sa première marche, sous la lune, avec O'Connor et le reste de l'équipage. Les semaines qu'il avait passées dans la chambre lui apparaissaient comme un curieux cauchemar. À présent, sur la rivière, dans la lumière grise de ce lendemain de pluie, il se sentait repris par la réalité. Sa vie redevenait claire et simple. Leur seul but était d'avancer, et d'avancer vite, pour sortir de la zone occupée. Et avant toute chose, ils devaient rester ensemble.

– Vous ne partirez pas sans moi, dit-il, animé d'une farouche détermination.

– Il faut aller aux provisions.

– Bien. Mais nous irons ensemble.

– C'est impossible.

– Mais je ne comprends pas ! Si vous pouvez vous y risquer, pourquoi pas moi ? Nous sommes allés une fois en ville ensemble. Vous n'aviez pas peur, ce jour-là. Vous l'avez dit vous-même. Il n'y a pas de raison d'avoir peur maintenant.

– Je n'ai pas peur.

– Alors quoi ?

Il continua ainsi, parlant vite pour la convaincre, tout en sachant confusément que ce n'était pas elle, mais lui, qui avait peur. Il redoutait l'attente, la solitude, la terreur, surtout, de la perdre. La peur le rendait volubile, et il n'arrêta d'égrener ses arguments qu'en voyant qu'il la faisait pleurer.

– Mais non... dit-il.

Elle était accroupie sur la berge, mains posées à plat sur les côtés pour se soutenir, tête baissée, un peu comme si on lui tapait sur la tête, et que les coups la faisaient lentement s'affaisser.

– Arrêtez, je vous en prie.

Elle ne répondit pas. Malheureux, gorge sèche, il posa la main sur la sienne.

– Je ne veux pas vous faire pleurer. Il ne faut pas recommencer comme cette nuit.

– Cette nuit ? répéta-t-elle en levant le visage vers lui.

– Je vous ai entendue. Cela se comprenait. Mais pourquoi pleurez-vous maintenant ?

– Vous êtes très impatient.

– C'est malgré moi.

– Ce n'est pas si facile de sortir de la zone occupée pour passer en zone libre. Il nous faudra peut-être du temps.

– Combien ?

– Je ne sais pas. Un ou deux jours. Une ou deux semaines, peut-être. Ensuite, ce sera plus facile. C'est comme de traverser une frontière.

Bon Dieu ! quel imbécile je fais, songea-t-il. Il n'ajouta rien, mais continua de lui tenir la main, se reprochant d'être un bel égoïste, un idiot, irascible et aveugle ; victime, une fois de plus, de ses inquiétudes. Mais il sentait aussi que, si une partie de son impatience était le fruit de son anxiété, il s'éveillait en lui dans le même temps une autre conscience de la guerre. Il voulait rentrer, recommencer à voler, apporter au combat cette nouvelle rage née des événements récents. Il ne supporterait pas de passer à côté de cette bataille. Il voulait réagir à ce qui lui était arrivé en France, et à ce qui était arrivé aux autres ; or, pour lui, la seule expression possible de cette révolte était le combat aérien : non pas comme autrefois, par simple plaisir de voler, mais autrement, avec une résolution nouvelle, sans merci, animée par la fougue brûlante d'une vraie colère. Il n'avait jamais eu aucun compte à régler dans cette guerre, mais il avait connu des hommes dont c'était le cas. Jameson était l'un d'entre eux, un garçon très jeune, bon footballeur, qui avait perdu ses parents dans un bombardement. Pendant une année entière, il avait mis son désespoir et sa fureur au service du combat pour mieux piloter, faire plus de sorties, et avec une volonté plus grande de tuer. Dans sa frénésie, Jameson avait fait beaucoup de casse, et ne s'était attiré que des reproches. En le voyant s'entêter, et boire de plus en plus pour tenir, Franklin avait senti sa compassion s'épuiser, sans comprendre le feu dévorant qui consumait son camarade, bien trop violent dans l'ambiance bon enfant de la base. Cela aurait été plus facile, semblait-il parfois, si Jameson avait pu réagir moins fort au chagrin, en fichant la paix aux autres. Mais Franklin comprenait, maintenant. Une souffrance très similaire, et terrible, s'était éveillée en lui à la mort du médecin et du père de Françoise, ses amis, qui réclamaient pareillement vengeance. En temps normal, l'expression aurait semblé excessive, grandiloquente, mais s'appliquait parfaitement dans ces circonstances. Ces morts suscitaient une haine qui, comme Jameson l'avait ressenti, était plus grande que le besoin de vengeance personnelle. C'était la révolte commune à tous les gens simples, honnêtes, respectables, les braves gens d'un peu partout. Rien n'était plus honorable. Il était bien dommage que Jameson, comme c'était si souvent le cas, eût explosé en vol bêtement, salement, avant de pouvoir l'exprimer pleinement.

Comme il ne pouvait pas expliquer tout cela à Françoise, il se pencha sur elle pour l'embrasser doucement.

– Ne pleurez pas, je vous en prie. Nous ferons tout ce que

vous voudrez, dit-il, sachant d'ailleurs que c'était la solution la plus sage.

– Vous ne serez plus impatient?

– Je vous le promets.

– Si vous voulez, nous allons emmener la barque un peu plus loin pour que cela ne me prenne pas trop longtemps d'aller en ville.

– Nous ferons ce qui vous paraîtra le mieux.

– Vous devez garder espoir, dit-elle, le regard encore brillant de larmes, mais de nouveau clair. La foi peut tout. Regardez ce qui vous est arrivé. Vous avez été très malade, mais en fin de compte vous n'êtes pas mort.

C'était la première fois qu'ils en parlaient.

– Comment cela? J'ai failli mourir?

– Nous avons eu peur, une nuit, le lendemain des vendanges.

– Je ne me souviens même pas des vendanges.

– Non. Vous avez été très malade pendant toutes les vendanges. Très malade. Mais moi, j'ai eu foi en votre guérison. Cela a commencé par un tout petit espoir, mais qui a grossi un peu plus avec chaque grappe que je cueillais, pour finir par devenir vraiment une foi immense. Je n'ai jamais autant espéré.

– Une si grande foi, cela a sûrement dû faire beaucoup de raisin, et du bon vin!

Elle sourit, et il essaya de revenir à ce temps où il avait failli mourir. Il ne se souvenait pas des vendanges; il ne se rappelait aucune nuit qui aurait recelé plus de terreurs qu'une autre. De toute évidence, ce souvenir ne lui reviendrait jamais.

– Il est temps d'aller aux provisions, dit Françoise. Nous ne risquerons rien à avancer un peu par la rivière. Ce sera mieux si je peux prendre mon tour tôt dans la queue à la boulangerie.

Elle ouvrit les fermetures de la valise et souleva le couvercle.

– Voulez-vous vous raser maintenant?

235

– Non. J'attendrai que vous soyez partie. Cela fera passer le temps.

– Je vais me débarbouiller.

Elle prit la serviette-éponge dans la valise et descendit à la rivière. Il la vit en mouiller un coin et s'en tamponner le visage. Elle avait laissé le couvercle ouvert. À l'intérieur il y avait une chemise de nuit, un peigne, une deuxième paire de chaussures, des bas et un chapeau. Il vit aussi qu'elle avait inscrit son nom à l'encre noire à l'intérieur du couvercle, sans doute quand elle était toute jeune, car l'écriture était irrégulière, et parce que, après son nom et ceux du moulin, de la ville et du département, elle avait ajouté FRANCE, LE MONDE, et ensuite L'UNIVERS, et L'ESPACE. Il regardait toujours cette adresse quand elle revint de la rivière en s'essuyant avec la serviette.

– Maintenant, vous savez tout, dit-elle.

– Pardon, je n'aurais pas dû regarder.

– Ce n'est pas grave. J'ai écrit ça quand j'étais petite. C'est ma mère qui m'a donné cette valise.

– C'est une jolie valise.

– Oui. Vous pouvez mettre vos affaires dedans si vous voulez. Ce sera mieux que dans du papier d'emballage.

– Je veux bien.

Elle prit le peu de choses qu'il transportait dans son balluchon et les rangea dans sa valise. Elle ferma le couvercle où elle avait écrit à l'encre noire LE MONDE, L'UNIVERS, L'ESPACE, des mots qu'il avait souvent tracés lui-même dans ses livres d'enfants, et qui créaient une complicité encore plus grande entre eux.

– Maintenant, vous pouvez être sûr que je ne vous quitterai pas, dit-elle.

– Oui, maintenant, j'en suis sûr.

– Cela vous ennuie que je vienne en Angleterre ?

– Non. J'ai envie que vous veniez. Je le désire plus que tout.

– Les gens seront contents de me voir, là-bas?

– Très contents.

– Est-il vrai que les Anglais n'aiment pas les Français?

– C'est vrai pour certains Anglais, et pour certains Français. Comme O'Connor, par exemple.

– Qui est-ce?

– C'était le plus âgé des hommes de l'équipage. Il pense qu'aucun pays au monde ne vaut l'Angleterre, et qu'il ne devrait y avoir sur terre que des Anglais.

– Je me demande s'il est arrivé à s'évader.

Franklin aussi aurait bien voulu le savoir. Il ramassa la valise et la lui laissa pendant qu'il roulait la bâche. Ce cher compagnon, pensait-il. Rien ne pouvait arrêter O'Connor. C'était l'invincible, l'impossible porte-drapeau de la nation anglaise, capable de jaillir à tout instant tel un diable de sa boîte en brandissant son étendard. Penser à lui, c'était s'infliger la même nostalgie que lorsqu'il pensait à son pays.

Il prit la bâche sous son bras et descendit sur la berge. Le ciel, qui ressemblait tant au ciel britannique du mois d'octobre, était toujours vide à l'horizon. Des traînées noires de vaguelettes couraient sur la rivière. À droite, à gauche, aussi loin qu'on pouvait voir, elle était déserte.

Françoise s'assit dans la barque entre les deux rames.

– Je peux ramer aussi, protesta-t-il.

– Non, je vais le faire. Cela vous reposera la main.

Profondément humilié, il monta dans le bateau sans rien dire. Pas un instant il ne lui était venu à l'esprit qu'elle pourrait remarquer qu'il avait mal.

Ils avancèrent jusqu'à environ trois kilomètres de la ville, et s'amarrèrent sous un groupe d'aulnes. Il resta dans la barque, se rasa et mangea quelques grains de raisin pendant que Françoise allait au ravitaillement. Il n'eut pas l'esprit très tranquille pendant cette attente. Il ne partageait toujours pas la sublime démesure de sa foi et, à un moment, la terreur de la perdre le frappa comme ces sombres bourrasques glacées qui faisaient frissonner la lumière grise à fleur de courant. Mais au bout d'une heure et demie environ, elle revint, rapportant trois pains, des pommes et une tranche de pâté peu appétissant. Il en aurait pleuré de bonheur malgré la simplicité de ces quelques provisions. Il remarqua que le pain était plus compact et plus bis que celui qu'ils avaient eu jusqu'alors, et elle dit qu'elle se désolait de la mauvaise qualité du pâté, mais qu'elle avait fait pour le mieux, et qu'il devait être mangeable à condition d'avoir faim.

– Avez-vous rencontré des difficultés ?

– Non. C'est une ville pauvre, ce qui fait qu'il n'y a pas beaucoup d'Allemands. Et il n'y a pas de pont.

Ils attendirent toute la journée, puis, au crépuscule, gênés par un vent froid et sec encore assez fort qui rabattait les paquets d'eau comme des drapeaux mouillés sur la coque, ils se remirent à ramer. Ils firent comme la veille, chacun manœuvrant une rame, mais, cette fois, Françoise noua le mouchoir de Franklin autour de sa main, ce qui lui permit d'être beaucoup plus à l'aise dans ses mouvements. Ils dépassèrent la ville presque à la nuit, longeant l'autre rive, et il vit la ligne sombre d'entrepôts et la forme d'une église se découper sur les dernières lueurs froides à l'ouest, et, plus bas, au bord de l'eau, la silhouette d'un ou deux bateaux oscillant sur leurs amarres. Ils laissèrent derrière eux les maisons noires, et se retrouvèrent de nouveau dans la campagne déserte que bordaient des saules pleureurs, puis finalement ne virent plus que l'obscurité modelée de ses opacités plus ou moins denses. Il ne plut pas de la nuit, mais le vent soufflait dans les arbres du bord de l'eau et descendait sur la rivière en poussant un sifflement grave de vague qui se forme. Ils se reposèrent deux fois dans la barque sans en descendre, se partageant un peu de pain et de vin. Il n'eut aucun moment de vraie fatigue, et après la seconde halte, soit grâce à un coude de la rivière, soit parce que le vent avait tourné, ils arrivèrent à ramer plus facilement, plus régulièrement et plus efficacement. Il eut le vent en plein visage pendant tout le reste de la nuit, un souffle frais dans ses cheveux humidifiés par l'effort, et froid dans sa bouche. Et tout en ramant, les yeux posés sur Françoise, il lui semblait que personne avant eux n'avait jamais été aussi proche, et cela pour presque rien, simplement parce que ce matin elle lui avait bandé la main, et que désormais leur maigre bagage occupait la même valise. Ils étaient proches aussi parce qu'ils étaient tous les deux très jeunes, et qu'ils vivaient sur le fil dans un monde en danger permanent.

Ils continuèrent pendant environ quatre heures, et accostèrent au petit matin, alors qu'il faisait encore sombre. Ils se couchèrent sur la berge comme ils l'avaient fait la veille, sous le manteau de Françoise et la bâche, mais, cette fois, elle ne pleura pas, et il sentit qu'aucun regret, aucun malentendu ni aucune méfiance ne les séparerait plus. Il était tout près d'elle, la courbe de son corps épousant le sien, fatigué mais sans épuisement.

À son réveil, le vent était presque tombé et le soleil jetait des reflets blancs sur l'eau. Il apercevait des toits rouges au-dessus des frondaisons dorées par l'automne, dans la diagonale, sur l'autre rive, à environ un kilomètre en amont, et, derrière, une ligne grise de collines. Françoise était déjà debout. À l'abri d'un bouquet d'aulnes, elle regardait quelque chose de l'autre côté de l'eau. Il se leva et la rejoignit sous les arbres pour voir ce qui avait attiré son attention.

C'était une barque, dirigée par un homme portant un costume gris à carreaux, et coiffé d'une ample casquette grise à calotte ronde, qui ramait le long de l'autre rive, régulièrement, prudemment, regardant sans cesse derrière lui. Franklin se rendit compte qu'il les avait vus.

– S'il vient, dit Françoise, surtout ne dites rien. Ne parlez pas.

Franklin l'observa. L'homme n'était qu'à une cinquantaine de mètres. Il devait avoir dans les quarante-cinq ans, très brun avec une petite moustache noire. L'arrière de sa casquette formait un demi-cercle clair presque parfait au-dessus de ses cheveux noirs.

– Il vient, murmura Franklin.

– Surtout, ne dites pas un mot.

L'homme manœuvra vers eux. Au moment où l'embarcation approchait de la berge, il leva ses rames. Le bateau glissa sur sa lancée, et l'homme jeta un coup d'œil derrière lui avant de tirer encore une ou deux fois sur ses rames et s'arrêta parallèlement au bord.

– Vous allez loin ? demanda-t-il.

– Non, répondit Françoise.

– Vous voulez passer de l'autre côté ?

– Non.

– Si c'est ça, je peux vous aider.

– Ça n'est pas la peine. Nous sommes en vacances.

– Drôle d'endroit pour des vacances.

Il se rapprocha de quelques mètres. Il considéra leur barque, conservant une distance d'environ une longueur de rame.

– La ligne de démarcation.

Françoise ne répondit pas.

– Vous pouvez me faire confiance, dit l'homme.

Il inspecta la rivière de haut en bas, puis regarda Françoise.

– Vous pouvez me faire confiance, je vous aiderai.

– Rien ne me le prouve.

– Je ne me serais pas donné la peine de venir si je ne vous voulais pas du bien.

Elle garda le silence. L'homme prit Franklin à témoin.

– J'ai raison, non ?

– Il ne peut pas parler, intervint Françoise.

240

– Comment ça, il ne peut pas parler?

– Il a été victime d'un accident du travail. Il a perdu un bras, et le choc de l'amputation l'a rendu muet.

L'homme dévisagea Franklin qui lui rendit son regard. Il était clair qu'il n'en croyait pas un mot.

– Vous voulez passer au sud.

Il l'avait affirmé sans l'ombre d'une interrogation, et Françoise ne trouva plus utile de nier.

– Oui.

– Vous croyez pouvoir passer avec la barque?

– Oui, pourquoi pas?

– Parce que vous ne pouvez pas la porter sur votre dos. Vous n'en aurez plus besoin une fois que vous serez de l'autre côté.

– Comme si nous pouvions passer ici…

– Vous pensez que c'est impossible? Pas du tout.

Il scruta de nouveau la rivière, vers la droite, la gauche, et en face. Au loin, Franklin vit le panache de fumée blanche d'un train.

– Quand on connaît, ce n'est pas impossible.

– Et ça coûterait combien?

– Oh, pratiquement rien! Pratiquement rien!

Elle lui fit face avec un calme parfait, un peu sardonique.

– Et «pratiquement» ça nous coûterait combien?

– Deux cents francs. Pour tous les deux. Je ne vous prends pas beaucoup parce que vous êtes jeunes.

– Nous sommes jeunes, mais pas complètement idiots.

– Idiots, vous l'êtes quand même un peu si vous imaginez pouvoir rester ici longtemps. Les berges sont patrouillées toutes les quarante-huit heures. Et de l'autre côté, toutes les vingt-quatre heures.

Il surveilla de nouveau les environs.

– Ils ont des mitrailleuses plus loin, qui couvrent la rivière.

– Nous n'avons pas assez d'argent.

– Bon, alors je veux bien vous prendre la barque.

Françoise ne répondit pas, et l'homme feignit l'indignation. Il enleva sa casquette qu'il agita comme s'il chassait les mouches.

– Vous n'en tireriez pas plus de trois cents francs ailleurs ! Pour la barque, je vous fais passer, et je vous donne des papiers, et de quoi manger pour le voyage.

– Nous avons de quoi manger, et nous avons des papiers.

L'homme remit sa casquette d'un geste apitoyé.

– Des papiers ? Quel genre de papiers ? Il y a papiers et papiers.

– Nos papiers sont très bien.

– C'est ce que vous croyez... Et comment comptez-vous continuer le voyage quand vous serez de l'autre côté ?

– Nous prendrons le train.

– Je le savais. Vous avez des papiers. Vous pensez qu'ils sont bons, mais dès que vous serez dans le train vous vous ferez arrêter par les gendarmes. C'est tout ce qu'ils vous apporteront, vos papiers.

Franklin jeta un coup d'œil à Françoise. Elle se taisait, pleine de doutes. L'homme était loin de lui inspirer pleinement confiance, à lui aussi. Il savait simplement qu'il ne voulait à aucun prix se faire arrêter.

– Pourquoi prendre le train ? demanda l'homme.

– Nous sommes pressés.

– Quelle différence si vous prenez un jour ou deux de plus ? C'est bien d'aller vite, mais si c'est pour ne pas arriver... Il vaut mieux ne pas trop se presser si c'est plus sûr.

Il surveilla de nouveau la rivière de haut en bas, puis il rapprocha sa barque de la berge d'un coup de rame.

– Venez chez moi. Je vais vous faire une proposition.

Françoise hésita.

– Cela ne vous coûtera rien.

– Et notre barque ?

– J'enverrai mon fils pour s'en occuper. C'est un bon gars.

242

Je tiens un petit café à cinq minutes, dit-il en montrant la direction du doigt.

Françoise hésita encore, puis elle se décida.

– Entendu.

– Je vous servirai le petit déjeuner.

L'homme acheva de se rapprocher de la berge, et fit échouer sa barque sur la petite grève caillouteuse sous les aulnes. Franklin ramassa la valise.

– Comment sait-il que vous allez m'accompagner? demanda l'homme.

– Il n'est pas sourd. Juste muet. Il entend très bien.

Elle récupéra leur sac de provisions, toujours sur ses gardes, comme le voyait Franklin, mais pas assez sûre d'elle pour refuser. Quand il monta dans le bateau derrière elle, valise à la main, il se sentit très bête et vulnérable.

– Il y a du café chez moi. Du vrai café.

L'homme répéta cette promesse sans relâche tout en ramant. Le soleil était chaud, à présent, et sur l'autre rive, derrière les arbres aux couleurs automnales, le panache du train montait encore, blanc dans le ciel clair.

Ils parcoururent environ six cents mètres en restant près du bord. Quand le bateau accosta, Franklin vit à travers une forêt clairsemée une route de campagne à environ cent mètres, longée par une ligne de poteaux télégraphiques. L'homme les conduisit à travers les arbres, Françoise et Franklin derrière lui, se retournant sans cesse pour les rassurer.

– Ne vous inquiétez pas, ne vous inquiétez pas. Mon fils est un très bon gars. Il s'occupera bien de votre barque. Ne craignez rien.

– Nous ne nous inquiétons pas, dit Françoise.

«Tu parles», pensa Franklin. Et puis il vit le petit café devant eux. C'était une maison sans étage au bord de la route. Le bâtiment avait dû être bleu un jour, mais le soleil avait décollé le mauvais crépi par plaques, qui, resté par terre, détrempé par les pluies, piétiné par les poules, se désagrégeait. Quelques tables rondes en fer étaient disposées sous les arbres, et, sous l'avancée du toit, des pieds de haricots pendus à l'envers séchaient au soleil.

L'homme prit l'allée cimentée qui passait sous des arbres fruitiers. Une odeur aigre de poules montait jusqu'à Franklin, ainsi que celle de la terre desséchée, mouillée par la pluie, qui se réchauffait au soleil.

– Tout va bien, tout va bien, dit l'homme en leur ouvrant la porte de l'établissement.

On entrait directement dans une petite salle où se trouvaient un comptoir, deux tables, et cinq ou six chaises.

– Asseyez-vous, asseyez-vous. Tout va bien. Je vais prévenir mon gars.

Il sortit par l'arrière.

Françoise s'assit et posa sur Franklin ses yeux calmes et lumineux.

– Il n'y a rien à craindre, dit-elle.

Il garda le silence.

– C'est bien, reprit-elle. J'ai dit ça pour vous mettre à l'épreuve, pour voir si vous alliez répondre. N'ouvrez pas la bouche, c'est mieux.

Il eut un sourire, sensible à l'intensité de ce silence forcé. Il se demanda si elle avait peur, mais elle n'en avait pas l'air. Elle posa les mains sur la table et il lui caressa tendrement le bras. En réponse, elle lui jeta un regard ému, et il eut l'impression que leurs difficultés n'étaient plus grand-chose face à la simple beauté de cet instant vibrant.

L'homme revint. Il ouvrit la porte pour regarder dehors.

– Mon gars y va tout de suite.

Il vint s'asseoir avec eux à la table.

– Je vais vous donner de l'eau chaude pour vous raser, dit-il à Franklin.

Franklin fit non de la tête.

– Ce n'est pas la peine, dit Françoise.

– Ça n'est pas compliqué. Il y a de l'eau qui chauffe pour le café. Vous avez tout le temps. De toute façon, vous ne pourrez pas partir aujourd'hui.

– Et pourquoi?

– Le plus important, c'est de comprendre leur système. Les Allemands font tout à heure fixe. Toutes les quarante-huit heures, les sorties sont dangereuses. Il faut attendre que ça passe.

– Quand pourrons-nous partir?

– Demain dans la nuit. Vous pouvez me faire confiance, dit-il en enlevant sa casquette qu'il posa sur la table. Je ne veux que votre bien.

– Nous n'avons pas dit le contraire.

– Non, mais c'est normal de se méfier. Surtout quand on a le ventre vide. Où allez-vous?

– À Marseille. Il doit aller à l'hôpital.

– En barque. C'est une drôle de façon d'aller à l'hôpital.

– Nous, c'est comme ça que nous y allons.

– Bien sûr, bien sûr. Je vois bien.

La porte s'ouvrit sur une jeune femme de vingt-quatre ou vingt-cinq ans, qui entra en portant un plateau, où trônait une grande cafetière, avec deux tasses sur des soucoupes, et Franklin sentit l'arôme corsé du café fraîchement passé.

La jeune femme posa le plateau sur la table sans rien dire. Avec le café et le lait, il y avait du pain coupé en tranches et du beurre.

– Du vrai beurre, commenta l'homme. Et du vrai café. Ça vous va? ajouta-t-il avec un sourire.

La jeune femme sortit.

– Servez-vous, dit l'homme. C'est du vrai de vrai.

Françoise remplit les tasses. Il sentait très bon, et il y avait du sucre blanc dans un bol, qui sembla très blanc en tombant dans le breuvage sombre.

– Je vais vous proposer un marché, dit l'homme. Il faut bien que je gagne ma vie.

Françoise versa du lait chaud dans le café avant de donner sa tasse à Franklin. Il prit du pain et y étala du beurre avec difficulté, car la tranche dansait dans son assiette faute d'une seconde main pour la tenir.

– Pour vous arranger, je peux vous proposer trois cents francs pour votre barque.

– Et sur cette somme, vous nous prenez deux cents francs pour nous faire passer de l'autre côté ?

– Les temps sont durs.

– C'est trop.

– Vous avez besoin d'argent. Vous l'avez dit vous-même.

– Pas à ce point.

Franklin prit une gorgée de café. Il était fort et chaud, et très bon. Il regarda Françoise ; elle soufflait dans sa tasse qu'elle tenait à deux mains, son regard clair et intelligent posé sur les minces volutes de vapeur qui montaient dans la lumière.

– À combien estimez-vous votre barque ? demanda l'homme. Je ne veux pas vous voler.

– Vous savez très bien le prix d'une bonne barque comme celle-là.

– Mais non, je n'en sais rien, moi, comment voulez-vous ? J'essaie juste de gagner ma vie avec mon petit commerce.

– Elle vaut mille francs.

L'homme fit un geste accablé qui montrait à quel point elle demandait l'impossible.

– Nous n'allons pas pouvoir nous entendre.

– C'est une très bonne barque.

Franklin essaya de beurrer une deuxième tartine, mais le pain lui échappait, et Françoise finit par prendre la tranche et y étala lentement et calmement le beurre elle-même. En la regardant faire, il se sentit incapable et diminué.

L'homme réfléchissait. Après avoir posé la tartine, Françoise reprit son café et souffla de nouveau doucement dans la tasse en faisant monter la vapeur dans le soleil.

– Très bien, dit l'homme gravement. Voilà ce que je vous propose, pour vous aider, parce que vous êtes jeunes et que ce garçon n'a pas eu de chance. C'est un marché équitable.

Sans relever les yeux, Françoise l'écoutait en prenant de petites gorgées.

– Avec le bateau, vous me donnez encore cent francs et...

– Nous n'avons pas d'argent, coupa-t-elle.

– Mais bon sang de bonsoir! s'exclama l'homme en reprenant sa casquette. Payez-moi le café, et nous serons quittes.

– Non, dites ce que vous alliez dire, mais sans les cent francs.

– Bon, soupira l'homme en reposant sa casquette sur la table. Je vous propose ceci : nous faisons un échange. Vous me donnez la barque, et moi, je vous fournis un moyen de transport pour circuler de l'autre côté.

– C'est-à-dire?

– Des vélos.

Françoise ne répondit pas. Elle continua de boire son café très lentement, l'œil dans le soleil par-dessus le bord de sa tasse. Elle semblait considérer la question. En la regardant, Franklin se demanda s'il serait capable de faire du vélo sans le bras gauche. Sans doute valait-il mieux continuer à vélo que de se faire arrêter par les gendarmes dans le train.

– Ce sera plus long à vélo, ajouta l'homme, mais vous arriverez là où vous voulez aller.

La jeune fille réfléchissait encore, gorgée après gorgée.

– Si vous revenez par ici, insista-t-il, je vous rachèterai les vélos.

– Et vous nous donnerez des provisions pour la route?

– Je vous donnerai de quoi manger une journée.

– Et les rames?

– Quoi, les rames ?

– Il y a deux rames et une très bonne bâche dans la barque. Vous les voulez aussi ?

L'homme se leva de la table et fit les cent pas en agitant sa casquette comme si, cette fois, elle était allée trop loin. Il revint pourtant assez vite, suprêmement las, et s'assit.

– Bon, écoutez. Vous avez besoin d'une chambre pour aujourd'hui et pour cette nuit. Vous ne pouvez pas dormir dehors. Pour la bâche et les rames, je vous donnerai à manger aujourd'hui, et une chambre jusqu'à demain. On ne peut pas dire mieux.

– Et vous nous ferez traverser demain ?

– Oui, je vous emmènerai demain.

– Alors d'accord.

Elle tendit la main pour prendre une tartine qu'elle beurra pour Franklin, puis lui reversa du café au lait.

– Combien de chambres voulez-vous ? demanda l'homme. Une ou deux ? Faites comme vous voudrez, ça ne me regarde pas.

Françoise sourit dans le soleil, derrière le petit nuage tremblant qui montait de son café.

– Vous allez faire une affaire : nous n'en prendrons qu'une.

19

Ils se reposèrent toute la journée et toute celle du lendemain dans la chambre du fond, ne se parlant que par mur-
mures très bas. Dehors, un figuier battait contre la fenêtre,
agité par la brise qui montait de la rivière. Et quand le soleil
tournait dans l'après-midi, les feuilles découpées jetaient de
grandes ombres tremblantes sur le badigeon gris au-dessus
du lit. La lumière du soleil, douce et dorée, apportait, avec le
vent qui entrait par la fenêtre, un parfum d'automne.

– Demain, nous serons libres, dit Franklin, très confiant
et très heureux.

– Libres?

– Au moins, il n'y aura plus d'Allemands.

– C'est un peu tôt pour parler de liberté. Il nous reste
encore beaucoup de chemin à faire.

À 5 heures du matin le deuxième jour, encore en pleine
nuit, ils traversèrent la rivière. L'aubergiste chargea les vélos
dans son bateau.

– Vous faites une bonne affaire avec ces vélos, assura-t-il.

– Ils valent un cinquième de la barque, rétorqua Françoise.

– Elle est formidable, votre femme, dit-il à Franklin. Formidable!

Franklin garda scrupuleusement le silence.

– Si elle est aussi dure en affaires avec les gens de l'hôpital à Marseille, on vous donnera sûrement un bras tout neuf

et une langue par-dessus le marché. De nos jours, les vélos, à eux seuls, vous seraient revenus à deux mille francs pièce n'importe où.

– Je m'en souviendrai quand je vous les rapporterai pour vous les revendre, ironisa Françoise.

Cette fois il s'avoua vaincu, et, maussade, se mit à ramer en silence. La nuit était encore sombre, le ciel très étoilé ; il s'en fallait de plus d'une heure avant le lever du jour. Au milieu de la rivière, l'homme leva ses rames sur l'eau noire pour leur répéter ses instructions une dernière fois.

– Vous prenez le petit chemin gravillonné entre les deux clôtures. Vous continuez sur cinq cents mètres. Arrivés à la route, vous tournez à gauche. Attention, pas à droite, vous tomberiez sur l'arrière de la gare qui est gardée. Alors surtout, allez à gauche.

– Je vous remercie de notre part à tous les deux, dit Françoise.

– Y a pas de quoi. J'ai toujours voulu votre bien. Depuis le début. Au départ, vous n'aviez pas confiance, mais je ne vous voulais pas de mal.

– Je vous demande pardon de m'être méfiée. Nous vous remercions beaucoup.

– En ce qui me concerne, Vichy peut aller se faire voir. Mon fils aîné a été fait prisonnier. Il n'aurait pas été pris si nous avions continué à nous battre. La France est dans un sale état. Si vous avez besoin d'aide au retour, revenez me voir. Je sais ce que c'est.

– Nous ne vous oublierons pas.

– J'espère que votre mari se rétablira. Vous avez tout ce qu'il vous faut ? Le pain et le vin ? La saucisse ? Je vous ai mis un peu de moutarde pour la saucisse. Elle est très bonne, ma moutarde.

– Je crois que nous avons tout. Encore merci mille fois.

– Ce n'est rien. Et maintenant, dit-il en reprenant les rames, chut, il ne faut plus parler.

Il termina la traversée en silence, et arrivé de l'autre côté il accosta sur un bout de berge étroit et boueux. Franklin sentit des odeurs de vase, d'eau froide et, portées par le vent, de fumées de locomotives. Il descendit du bateau, prit un des vélos, et le tint pendant que le cabaretier attachait la valise sur le porte-bagages. Françoise s'occupa de l'autre vélo au guidon duquel elle accrocha le sac de provisions.

L'homme serra la main à Françoise en chuchotant:

– Au revoir. Il est un peu plus de 5 heures, maintenant. Vous n'aurez qu'à pousser les vélos jusqu'à ce qu'il fasse jour.

– Au revoir, répondit-elle.

– Au revoir, répéta l'aubergiste. Au revoir, monsieur.

Franklin lui tendit la main, et l'homme la lui serra chaleureusement en levant vers lui son visage étroit barré de sa moustache noire.

– Il faut quand même que je vous dise. Je vous ai entendus parler une fois dans la chambre. Ce n'est pas grave. Ne vous en faites pas. Je voulais juste vous avertir. Au revoir. J'espère que vous aurez de la chance.

Franklin ouvrit alors la bouche pour la première et dernière fois, parce que cela ne servait plus à rien de continuer la mascarade.

– Au revoir.

Tenant le guidon par le milieu, il fit tourner le vélo et remonta la berge à la suite de Françoise. On y voyait assez bien: une frange d'arbres, les clôtures de barbelés et, une dernière fois en se retournant, le reflet des étoiles dans l'eau noire, et puis le bateau qui s'éloignait.

Il arriva aux deux lignes de barbelés qui balisaient le chemin et avança en poussant la bicyclette. Un souffle de vent montait de la rivière, apportant de nouveau une odeur âcre et obscurément réconfortante de fumée de locomotive. Dans la nuit, des wagons s'entrechoquaient avec un bruit répétitif de fusil enroué. Le chemin entre les clôtures était couvert d'ancien ballast qui crissait sous les pneus et les conduisit, au bout d'une dizaine de minutes, à la route. Françoise s'arrêta devant Franklin et, sans rien dire, désigna la gauche. Il voyait le col blanc de son corsage dépasser de sous son manteau. Elle se remit à pousser son vélo et, quand le bruit du gravier se tut, il comprit qu'elle avait atteint le goudron. Il hâta le pas pour avancer à côté d'elle. Une impression étrange d'être suivi le fit se retourner, mais il ne vit rien dans la nuit, et quand il regarda vers le sud-est, un petit vent dans le dos, il perçut une lueur à l'horizon, ligne pâle au-dessus des collines, qui annonçait l'aube. Alors, seulement, il se sentit libre.

Le jaune vif de la moutarde couvrait les saucisses brunes qu'ils dévoraient, là où ils s'étaient installés en haut d'une montée, au bout d'environ deux heures de route. En bas de la colline s'étendait un vaste paysage de bocage, dont les haies bordaient les champs de leurs bronzes intenses parcourus de veinures d'or. Franklin tenait sa saucisse et son pain dans la main droite, appréciant la saveur de la moutarde, piquante comme sa joie. Devant cette vallée verte et blonde illuminée par le jeune soleil, qui semblait s'étendre à l'infini, il se souvint du jour où, avec Sandy et O'Connor et les deux jeunes sergents, il avait eu à ses pieds une autre vallée tout aussi immense. Comme ce jour-là, une rivière traversait ce paysage, blanche sous les rayons matinaux ; la même rivière sans doute, mais plus étroite à présent, entre des maisons blanches à toits rouges et les chaumes, que coupaient çà et là les sillons bruns des labours d'automne. D'ici à deux jours, la rivière ne serait plus qu'une source dans les montagnes du Sud. Dans moins d'une semaine, ils arriveraient à Marseille.

Et soudain le bonheur d'être libre le transperça. Il n'en revenait pas. Quelle jubilation d'être dehors par ce beau jour d'automne. Quelle satisfaction d'aller droit vers le sud, en s'éloignant à chaque tour de roue un peu plus des Allemands. Quel délice de manger cette moutarde dans l'air frais de la fin du mois d'octobre. Il pensa à la gentillesse du cabaretier, à leur méfiance, à Françoise qui avait marchandé dur pour tirer le plus de profit possible du bateau, et à la douceur de leur grasse matinée au lit, passée à regarder paresseusement les grandes feuilles du figuier remuer, puis les taches de soleil trembler sur les murs ; il eut aussi une pensée émue pour leur hôte qui les avait crus mariés. Tout cela avait été bien agréable et bien beau, aussi.

– Que ferons-nous à Marseille ? demanda-t-il.

– D'abord, arrivons à Marseille. Ce sera long, pour vous, avec un seul bras.

– Je me sens capable de pédaler tout le chemin sans les mains, déclara-t-il fièrement. Que ferons-nous là-bas ?

– Je ne sais pas. Nous prendrons le train, j'imagine.

– Vous m'épouserez, à Marseille ?

Elle ne répondit pas. Il vit sur son visage impassible et grave passer une frayeur enfantine.

– Si, marions-nous, insista-t-il.

Il était tout à fait sûr de lui. Impulsif, insouciant, mais très déterminé.

– Il y aura peut-être encore un pasteur anglais dans les parages. Nous pourrions peut-être en trouver un. Il reste encore beaucoup d'Anglais à Marseille qui ne sont pas partis.

Elle ne répondait toujours pas.

– Je vous en prie, insista-t-il. Marions-nous.

– Ne me demandez pas ça.

– Quoi ? Vous ne voulez pas ? s'étonna-t-il, encore exalté, rendu presque euphorique par son sentiment de liberté. Nous sommes déjà presque mariés. Nos affaires sont dans la même valise, et nous avons pris la même chambre.

– Ce n'est pas ce que je veux dire. Jamais je ne vous

demanderai une chose pareille à moins que vous n'en ayez envie plus que tout au monde.

– Ah !

Il appuya le visage sur l'épaule de Françoise, se sentant soudain très petit, très égoïste. Sa joie irresponsable s'était éteinte.

– Oui, je le veux. Bon Dieu, je le veux. Je le veux plus que tout. Croyez-moi, je vous en prie.

Elle le regarda, simplement heureuse.

– Alors, nous ne pouvons pas faire autrement, dit-elle.

– Non, c'était inévitable, depuis le début.

L'idée de l'épouser un jour, au bout de la route, sinon à Marseille, du moins en Angleterre, resta en lui toute la journée et encore le lendemain, sans diminuer alors qu'ils descendaient la vallée à vélo sous le soleil d'octobre. Parfois, aussi, en même temps que cette idée claire et simple du mariage, il remuait en lui des pensées beaucoup plus compliquées sur la guerre. Maintenant qu'il se rapprochait du champ des opérations, il se demandait où en étaient les combats. Il tâchait de se souvenir de l'état des mouvements en août, avant le crash, mais les événements de l'année, qui lui avaient déjà paru un bourbier stérile, s'étaient tout à fait vidés de leur sens. La guerre qui allait bientôt commencer pour lui, quand il rejoindrait l'Angleterre, serait une autre guerre. Elle serait toujours pleine d'absurdités, mais il en aurait conscience, et, après tout, peut-être serait-ce seulement lui qui serait un autre homme. Celui qui avait volé sur les Alpes en repoussant les limites de l'épuisement, qui s'était davantage préoccupé de piloter que du sort des autres, qui avait caché sa peur derrière un masque de bravoure, mensonger mais nécessaire, qui avait eu terriblement peur de mourir parce que la mort lui semblait être une expérience destinée à lui seul – cet homme-là aurait changé. On ne peut mourir qu'une seule fois, pensa-t-il. Le médecin était mort, le père de Françoise était mort, et là-bas, à la maison du moulin, pendant ces longs après-midi suffocants, il savait que seul le bienveillant voile de la douleur l'avait empêché de comprendre combien il était lui-même proche de la fin. Jamais il ne retrouverait son insouciance; il ne considérerait plus jamais la mort comme un malheur unique et personnel. Le médecin et le père lui avaient appris à dépasser son égoïsme.

Ils pédalèrent ainsi jusqu'au troisième jour, dormant la nuit dans de petits hôtels de village au bord de la rivière qui, de plus en plus étroite, finit par ne plus être beaucoup plus large qu'une route de campagne. Quand les provisions du cafetier furent achevées, ils achetèrent ce qu'ils trouvaient dans les boulangeries de village: généralement du pain, encore plus bis, si c'était possible, que celui qu'ils avaient eu au départ. S'y ajoutaient un peu de mauvais pâté parfois et toujours des pommes. Dans les bois au bord de la route, les châtaignes étaient mûres, et sous les grandes feuilles rousses qui se détachaient dans l'air pur d'octobre les bogues vertes remplies de fruits bruns brillaient sur le lit d'humus noir. À midi, ils poussaient leur vélo sous les arbres et Françoise décortiquait des châtaignes pour Franklin. Leur goût simple et sucré faisait passer celui du pâté et de la moutarde, et se mariait délicieusement au vin.

Ils continuèrent à bonne allure pendant presque toute la journée du troisième jour, quittant la rivière vers midi, à présent ruisseau vif et charmant qui courait entre les arbres. Franklin n'était pas fatigué. Il était même devenu un virtuose du vélo. Il lui arrivait de rouler les pieds posés sur le guidon, comme il l'avait fait étant enfant, et s'amusait de la peur de Françoise. Le bonheur de pédaler ensemble sur les chemins de campagne par ce bel automne, sans inquiétude, et, comme il en avait l'illusion, entièrement et enfin libres, n'avait jamais été aussi bon.

Ils arrivèrent dans la périphérie d'une petite ville tard dans l'après-midi. Les quartiers pauvres, avec leurs rues défoncées et leurs petites maisons inachevées en béton dans leurs lotissements restés en friche, laissèrent place à des rues qui semblaient avoir durci au soleil. Sur la brique des maisons vides étaient collées des affiches d'hommes politiques, Pétain, entre autres, et beaucoup de slogans étaient tracés à la craie, qui réclamaient la paix et l'unité, et dont certains avaient été effacés. De temps en temps, devant une boutique, des gens faisaient la queue, surtout des femmes, et de l'autre côté de la rue il y avait toujours un serveur appuyé à la porte d'un café pour les observer. Cela rappelait à Franklin le serveur de la rue Richer, au mois d'août, qui, comme eux, avait tué le temps, le regard vide. Il était passé à une époque dans bien des petites villes bombardées d'Angleterre où il avait trouvé plus de vaillance et de fierté chez les gens qui attendaient devant les boutiques qu'ici. La terrible odeur des bombes avait éveillé de la colère, mais n'avait pas été aussi désespérante que ces relents fatigués. Jamais ville ne lui était apparue aussi morte.

– Je n'aime pas cet endroit, dit-il. Je ne suis pas fatigué. Continuons.

– Nous devons nous arrêter. Nous allons chez des amis.

– Quels amis ? Ça ne me plaît pas.

– La sœur de Pierre. Vous vous souvenez ? Il m'a donné l'adresse et j'ai promis d'y passer. C'est ici.

Il sentait l'impuissance et la dépression le gagner.

– Vous ne voudriez pas décevoir Pierre ?

– Non.

– Ce sont des gens très gentils chez qui nous pourrions passer la nuit.

Il ne dit plus rien, et ils descendirent de vélo pour continuer à pied. Ils passèrent devant d'autres files d'attente, mais son malaise persista même quand ils eurent quitté la rue principale pour prendre des ruelles désertes. Le vent soulevait la poussière dans les coins d'ombre, et avec elle s'envolaient des papiers gras qui se collaient contre les murs et les bords des trottoirs. La pression les tenait un moment, puis les lâchait soudain, et les papiers retombaient, sans vie, jusqu'au moment où le courant d'air les reprenait dans son mouvement ascendant.

Il resta sur un trottoir avec les vélos, tandis que Françoise frappait à une porte en face. Il regarda la rue de haut en bas. Il n'y avait personne, sauf un homme et un jeune adolescent qui avançaient lentement le long du caniveau. Le garçon ne portait ni chaussures ni chaussettes, et se servait de ses pieds avec une étonnante adresse pour retourner les papiers en marchant, les exposant pour l'homme qui se penchait parfois pour en ramasser un.

Françoise parlait à une femme mince et brune qui était sortie de la maison et lui répondait, appuyée au chambranle, en faisant des gestes de dénégation lasse. Le numéro lui était resté en mémoire : c'était au 67. L'homme et le garçon approchaient.

Soudain, ils remarquèrent Franklin et ses vélos. Ils délaissèrent alors les vieux papiers que le garçon remuait pourtant encore en avançant, par la force de l'habitude. À présent qu'ils étaient plus proches, Franklin voyait ses pieds. Ils étaient très maigres et longs, et les orteils, sales, recroquevillés, les rendaient curieusement rapaces. Le garçon leur imprimait un petit mouvement sauvage qui retournait les papiers à chaque pas et les repoussait sur le côté. Ils avaient ainsi parcouru lentement la rue vers Franklin sans le voir, puis leur attention avait été attirée surtout par les vélos, lui sembla-t-il. Il entendit le garçon dire quelques mots à l'homme. Ce dernier était chaussé d'espadrilles ; il était jeune et vigoureux sur ses jambes. Le garçon portait un pantalon gris crasseux et un tricot de femme rouge dont le devant, qui avait été distendu par une poitrine pleine, pendait à présent sur le torse maigre. L'homme jeta des regards furtifs derrière lui et tous deux dévorèrent les vélos des yeux comme des affamés devant un bon repas. Finalement, ils remarquèrent le bras de Franklin.

Presque à l'instant, Françoise entra dans la maison. Franklin vit la porte se refermer avec une sorte de désespoir ; il eut l'impression qu'il n'allait plus jamais la revoir. L'homme et le garçon s'arrêtèrent à environ trois mètres de lui, et le dévisagèrent sans gêne. Il ne les devinait que trop bien : deux vélos, un manchot, et personne dans la rue. C'étaient de très bons vélos. Deux personnes dotées de quatre bras valides contre un mutilé encombré de deux bicyclettes qu'il tenait d'une seule main : le coup ne pouvait pas manquer. Le vent agita des détritus et des papiers gras dans l'ombre.

Franklin attendit sans savoir que faire. S'il se battait, cela attirerait sûrement les gendarmes, et c'en serait fait de lui. Et puis ces gars-là s'attaqueraient sans doute de préférence à son moignon. Ces salauds ne se gêneraient pas. C'était tout à fait leur genre.

Il eut alors l'idée de cracher. Il accumula de la salive dans sa bouche, et la rassembla au creux de sa langue. Le crachat appartenait au langage universel. Il contempla pendant une trentaine de secondes l'homme et le garçon qui l'évaluaient encore. Le crachat était prêt à partir, et soudain il expulsa le jet avec un raclement méprisant, et la salive tomba dans la saleté du caniveau en formant un amas sphérique.

L'homme et le garçon prirent le temps de considérer le globe blanc. Bon, espèce de salauds, pensa Franklin. Venez vous y frotter, pour voir ! Les yeux du garçon étaient inquiets, fiévreux. Son regard malade cligna dans le soleil déclinant, et il dit quelque chose à l'homme, qui fit un pas vers Franklin. À cet instant, le garçon se mit au milieu de la rue, vérifiant qu'elle était toujours vide.

– C'est bon ! annonça-t-il.

L'homme s'approcha encore plus près de Franklin en plongeant la main droite dans sa poche.

Allons-y, se dit Franklin. Il se sentait prêt à tout, et très calme. Il tourna le corps de façon à s'abriter derrière les bicyclettes, en éloignant son moignon de l'homme.

Et soudain, Françoise sortit de la maison. Le garçon regagna l'autre trottoir d'un bond, prétendant ne s'intéresser qu'aux papiers. Elle traversait déjà, et l'homme n'eut pas le temps de passer à l'attaque.

Elle eut peur en le voyant.

– Qui sont ces gens? demanda-t-elle en les regardant tous les deux.

– Ne vous inquiétez pas.

– Que veulent-ils? Que font-ils là?

– Ne vous occupez pas d'eux.

– Cette ville est dangereuse. La situation est très grave. Il faut partir.

L'homme et le garçon ne bougeaient pas. Un petit vent, rendu abrasif par la poussière, souffla dans les papiers.

– Et la sœur de Pierre?

– Elle n'est plus là. Elle est allée vivre à Marseille.

– Alors nous n'avons plus rien à faire ici.

– C'était dangereux de venir. Il y a des gens peu recommandables dans cette ville. Je suis désolée.

– Ne perdez pas de temps à vous excuser. Partons.

Françoise prit son vélo et lui fit faire demi-tour. Franklin attrapa son guidon par le milieu et jeta un coup d'œil à l'homme et au garçon. Ils ne s'avouaient pas encore vaincus. Dans leurs yeux qui fuyaient le soleil persistait une détermination avide.

Franklin et Françoise enfourchèrent leur vélo. Un courant d'air plaqua un morceau de journal contre les rayons d'une roue, où il claqua comme un drapeau, et Franklin s'arrêta pour l'enlever. En se baissant, il regarda derrière lui. L'homme et le garçon les suivaient. Il remonta en selle. Devant, Françoise passait déjà le coin. Il appuya sur les pédales, et, en tournant à son tour, il regarda encore une fois derrière lui. Le garçon criait et courait à toutes jambes, mais dans l'autre sens.

Il accéléra pour se mettre au niveau de Françoise.

– Sont-ils partis ? demanda-t-elle.

– Oui, ils vont en courant vers l'autre bout de la rue.

– En courant ?

Il se doutait qu'ils espéraient leur couper la route. Une colère sourde grondait en lui. Il était écœuré par cette petite ville, par sa saleté, par ses habitants sans amour-propre qui vous dévisageaient d'un air absent. En sortant de la ville, ils retraversèrent les lotissements inachevés aux trottoirs fissurés et aux murs sales couverts de slogans tracés à la craie, où les hommes étaient assis au bord des trottoirs, désœuvrés, défaitistes, indifférents. Tous les cent mètres environ, Franklin regardait en arrière. L'homme et le garçon restaient invisibles. Il se demanda par quel côté ils pourraient surgir.

– C'est une ville dangereuse, répétait Françoise. Il n'y a rien à manger, et la semaine dernière il y a eu des émeutes. Il ne faut pas traîner ici.

Ils dépassèrent l'usine à gaz au bout de la ville. Le gazomètre, plein à mi-hauteur et éclairé par l'arrière dans le soleil bas, projetait une ombre géante sur la route poudreuse. Le vent, en passant entre les bâtiments, apportait de forts effluves de fumée de houille, de gaz et de vapeur d'eau, mais c'était une odeur plus propre, pour Franklin, que celle de cette ville où le soleil avait asséché l'espoir, et la défaite aigri les gens. Ces miasmes qui polluaient l'esprit ne se rejetaient pas si facilement.

Il regarda derrière lui pour la dernière fois. Le garçon et l'homme ne les suivaient pas, et la route était vide. La colère bouillonnait en lui. L'affront qu'il avait subi dans la rue le remplissait encore d'indignation.

– J'ai honte de ce qui s'est passé, dit Françoise.

– Honte ? Pourquoi ?

– Je ne voulais pas vous montrer cette France-là. Ces gens-là.

Il la vit malheureuse et pensive dans le soleil du soir. Il ne savait que dire. Les dernières maisons étaient maintenant derrière eux, et la route longeait des champs, sillons droits des labours, betteraves et pommes de terre des récoltes tardives, et étendues de trèfle. Dans un pré, une femme menait lentement une vache blanche pour la faire rentrer à l'étable.

– Maintenant vous voyez ce que je voulais vous faire comprendre, dit Françoise. Le voyage n'est pas terminé. Nous ne sommes pas au bout de nos peines.

20

Ils n'arrivèrent à Marseille qu'en novembre par un temps beau et doux. Le vent tiède qui soufflait de la mer parvint à chasser de l'esprit de Franklin les derniers relents fétides de l'horrible petite ville.

Il se demandait surtout s'il y aurait un pasteur anglais à Marseille. Depuis l'instant où il s'était retrouvé seul dans la rue pendant que Françoise disparaissait dans la maison, il avait eu l'étrange pressentiment qu'il allait la perdre. Cette impression allait croissant. La sœur de Pierre tenait une petite épicerie au nord-ouest de la ville. C'était une toute petite boutique, avec une seule pièce à l'arrière et deux chambres au-dessus. La sœur de Pierre et son mari dormaient dans l'une de ces chambres, et ils avaient donné l'autre à Françoise. Ils logèrent Franklin dans un petit hôtel à une rue de là en garantissant que c'était un endroit très sûr. Pourtant, cela ne lui plaisait pas. L'hôtel était propre, mais vide et sinistre. Il l'écrasait de solitude et entretenait sa peur de la séparation. Les tapis avaient été enlevés des planchers ainsi que de l'escalier dont les marches rendaient des sons creux sous ses pas et ceux des rares autres clients. On avait l'impression chaque fois d'une débandade.

Trois fois par jour, il prenait ses repas avec Françoise dans un petit restaurant un peu plus loin dans la rue. Le soir, après lui avoir souhaité bonne nuit, il montait dans sa chambre, esseulé, et s'allongeait sur le lit. Il n'avait jamais très envie de dormir, alors il restait éveillé, lumière éteinte, à se demander s'il y avait un pasteur anglais à Marseille et s'ils arriveraient à le trouver vite et à se marier avant de partir pour l'Espagne ; ou bien il gardait la lumière allumée et essayait de lire la presse achetée dans la journée. On ne trouvait dans les journaux censurés de Vichy rien qui pût renseigner sur l'avancée de la guerre. La langue française, ampoulée et grandiloquente, n'avait pas la flexibilité de l'anglais, et se révélait plus mal adaptée que jamais au journalisme. Sa rigidité lui donnait l'impression que tous les articles tombaient de la même plume, celle d'un homme indigné qui se lamentait sur son sort, et implorait pompeusement qu'on se mît à sa place. Assez vite, ne supportant plus l'ennui de telles lectures, Franklin se rallongeait sans éteindre, les yeux au plafond. Les nuits étaient silencieuses. Dans Marseille, on n'entendait pour ainsi dire aucune voiture, et dans l'hôtel, rien mis à part les rares tambourinements de pieds dans l'escalier et, toujours, dans la chambre voisine, le crépitement d'une machine à écrire.

Au début, il ne fit pas très attention à ce bruit, puis, au bout de quelques nuits, il l'écouta mieux. Il en tira l'impression qu'il s'agissait d'un employé de bureau français qui faisait des heures supplémentaires pendant son temps libre pour arrondir ses fins de mois. À intervalles rapprochés, il entendait le tintement de fin de ligne et le retour du chariot. Longtemps après que le silence fut descendu sur l'escalier, cette petite musique continuait. Avec le temps, elle devint pour Franklin plus qu'une partie de la vie de l'hôtel, une affaire personnelle. Il lui arrivait de se réveiller quelque temps après s'être endormi. Une fois, il avait entendu des cloches sonner une heure, puis, dans le silence, le tapotement des touches dans la chambre d'à côté. À moitié assoupi, il l'avait entendu encore longtemps, intrigué.

Le matin, quand il se levait pour sortir prendre son petit

déjeuner avec Françoise dans le restaurant de la rue, il n'y avait plus de bruit dans l'autre chambre. Il en retirait l'impression que l'employé de bureau se levait tôt pour aller à son travail. Franklin se réveillait vers 9 heures et prenait environ une demi-heure pour s'habiller. Il était maintenant devenu expert dans l'art de nouer sa cravate en coinçant son extrémité dans un tiroir. Il laçait ses chaussures de même, mais avec des nœuds simples qui ne tenaient que jusqu'au restaurant, où Françoise les refaisait correctement. Un matin, en sortant de sa chambre, il rencontra en haut de l'escalier un petit monsieur français d'une cinquantaine d'années, qui portait un feutre et un costume anthracite rayé de noir, et une canne étroite au bras. Il pensa fort possible que ce fût là l'employé de bureau qui travaillait à côté. Ils s'arrêtèrent en haut de l'escalier pour se laisser le passage, dirent tous les deux « Pardon » en même temps, et le Français lui fit un petit salut, par déférence, semblait-il, pour son bras amputé. L'inclinaison de tête lui ayant fait porter le regard sur les chaussures de Franklin aux lacets mal noués, il se baissa, posa sa canne en haut des marches, et entreprit de les relacer. Franklin ne sut que dire, ni que faire, pendant que le petit homme s'appliquait à former de jolies boucles. Le Français resta encore un peu penché, le genou posé sur le bois nu d'une marche, à admirer les chaussures de Franklin. Il sourit en redressant la tête.

– De belles chaussures, dit-il. De bien belles chaussures. Voilà longtemps que je n'ai pas vu des chaussures pareilles.

Il observa encore un peu les souliers avec une envie évidente, puis il reprit sa canne et se releva. La poussière avait formé un rond de saleté sur le genou gauche de son pantalon qu'il brossa avec son mouchoir.

– Vous m'excuserez de m'arrêter sur vos chaussures, mais c'est qu'elles sont de la qualité de celles d'autrefois.

– Mais bien sûr, dit Franklin avec un signe de tête en craignant de se trahir par son accent anglais.

– Vous avez perdu votre bras à la guerre ?

– Oui.

– C'est bien triste. S'il y a quoi que ce soit que je puisse faire pour vous, n'hésitez pas.

Il eut un sourire de commisération, mais Franklin ne répondit pas.

– Si vous aviez besoin de papiers, par exemple.

Dans ses yeux s'était allumée une expression beaucoup moins chaleureuse. Dans le va-et-vient du regard qui surveillait l'escalier pour s'assurer que personne ne venait, il y avait à présent une acuité froide qui dissipait la première bonne impression.

– Des papiers, j'en ai, dit Franklin.

– Oui, mais sont-ils bons ? Pour vous, je veux dire. Pour votre situation.

– Ils m'ont très bien servi jusqu'à présent.

Il se méfiait terriblement. La porte de l'hôtel était ouverte au pied de l'escalier, et, de temps en temps, on voyait se profiler l'ombre des passants dans le soleil. Il posa la main sur la rampe pour signifier qu'il avait l'intention de descendre.

– J'ai aidé beaucoup d'Anglais, insista le petit homme.

C'était une allusion indirecte, qui ne visait personne en particulier, qu'il fit tout en surveillant, lui aussi, les ombres qui passaient devant l'entrée lumineuse.

Franklin comprit qu'il ne servirait à rien de faire semblant. Il était d'ailleurs assez surprenant que personne ne l'eût encore interrogé sur son identité. Il fallait beaucoup de fatigue, d'ennui et de désillusions pour expliquer cette indifférence. Il n'eut pas peur. L'Anglais qui sommeillait en lui se contenta d'attendre, flegmatique, que la crise, si c'en était une, éclatât sans la provoquer. Puis il se rappela quelque chose.

Son grand désir de trouver un pasteur anglais lui était revenu. Le petit homme plongea la main gauche, puis la droite, à l'intérieur de sa veste pour chercher quelque chose.

– Si vous n'avez pas besoin de papiers, dit-il, peut-être puis-je vous être utile autrement.

Il sortit d'une poche un carnet d'adresses à couverture de cuir marron. Il l'ouvrit, et y écrivit rapidement quelque chose au crayon. C'était un portemine en argent dont Franklin avait vu la petite pointe noire avancer avant que l'homme ne se mît à écrire.

– Si vous avez besoin de quoi que ce soit à Marseille, allez à cette adresse. On vous aidera.

Il plia la page du carnet proprement, et la déchira le long du pli. Il la plia encore une fois entre ses doigts, puis une autre, lui donnant une forme de cigarette plate.

– Si vous rencontrez la moindre difficulté. Si vous avez besoin de la moindre chose.

Il tendit le papier à Franklin en souriant, et Franklin le prit, regardant droit dans les yeux cristallins et courtois. Il fut surpris par la témérité de ce regard, qui lui parut tout à fait irréprochable dans sa clarté de verre. Il dit lentement :

– Il y a bien quelque chose que je voudrais.

– Oui ?

– Une chose qu'il est sans doute impossible de trouver maintenant. Un pasteur anglais.

Le Français réfléchit en se mordillant les lèvres. Celle du dessous devint blanche, puis rouge, sous l'effet de la pression des petites dents blanches.

– Là, je ne sais pas. Mais à l'adresse que je vous ai indiquée, ils sauront. Ils sauront, ou ils chercheront pour vous. Allez-y. Ils ont aidé d'autres Anglais.

– Comment fait-on pour y aller ?

– Descendez vers…

Il lui donna les indications nécessaires en brandissant sa canne vers le bas de l'escalier.

– Vous passerez par le quai de la Joliette. C'est derrière. Ne vous perdez pas.

– Merci. Merci beaucoup.

– Ne me remerciez pas. Vous y allez tout de suite ?

– J'irai cet après-midi.

– Allez-y dès que vous le pourrez. J'espère que vous réussirez. Ne vous perdez pas.

Il sourit et leva sa canne dans un large mouvement qui sembla l'entraîner et lui faire dévaler les marches plus vite qu'il ne l'aurait voulu. Alors qu'il sortait de l'hôtel dans le soleil, petite silhouette pimpante, presque insolite tant il était soigné, Franklin amorça lentement la descente.

En fin d'après-midi, il se mit à tomber une pluie fine et pénétrante portée par les brèves bourrasques d'un fort vent marin. Franklin sentit les premières gouttes en passant devant la cathédrale, à la recherche de l'adresse qui lui avait été indiquée. C'était la première pluie vraiment froide de la saison, un avant-goût de l'hiver. Elle n'était pas continue, mais mouillait par rafales froides et courtes, comme des tirs erratiques, avant d'être remportée par le vent. Le ciel était bas, bouché par des nuages gris, et il eut l'impression, alors qu'il avançait entre les immeubles anciens, que Marseille le prenait au piège. Il se sentait terriblement seul sous la pluie : comme si Françoise, à qui il n'avait rien dit de cette expédition, n'existait pas. C'était une solitude qui le mettait au centre du monde et faisait que ce vent, ce crachin froid et ces rues qu'il ne connaissait pas paraissaient lui vouloir personnellement du mal. Au détour d'une rue qui descendait vers les docks, une odeur de fumée de locomotive lui parvint, ainsi que le bruit de wagons qui s'entrechoquaient quelque part sur les quais. L'odeur n'était plus aussi rassurante qu'elle avait pu l'être, et il n'éprouvait plus ce plaisir de déambuler dans une ville inconnue. Au contraire, la sensation d'étrangeté et la solitude renforçaient cette hostilité qu'il sentait autour de lui, et qui se manifestait dès que le vent lui crachait la pluie au visage.

Il apercevait les docks et marchait le long de la voie ferrée quand il décida de faire demi-tour. Soudain, il ne se souciait plus de cette adresse, ni du pasteur, ni de ces gens qui aidaient les Anglais. Dans les rues austères se mêlaient des odeurs de pluie, de mer et de fumée de charbon, tantôt âcres, tantôt fraîches et salines, qui lui donnaient la nausée, un mal au cœur qui était surtout un mal du pays, une nostalgie puissante de l'Angleterre où il aurait voulu rentrer. Ah! partir loin d'ici, quitter la France, songeait-il sombrement en longeant, tête basse pour résister au vent, un convoi de wagons de marchandises en stationnement, noir sur le ciel gris. Les rafales de vent explosives soulevaient des nuages de poussière de charbon qui le fouettaient au visage; il entendit plus bas sur les quais les tampons des wagons qui se percutaient comme des salves de coups de fusil. Plus loin, la sirène d'un navire tonna, profonde, portée sur la mer par ce vent chargé de pluie. Il avançait, inclinant toujours la tête, n'aspirant qu'à retrouver l'Angleterre, la maison de son enfance, ses champs du Worcestershire, les visages et les voix des gens de chez lui.

Le convoi s'ébranla, les attelages s'écartèrent, puis se rapprochèrent, puis s'écartèrent, puis se rapprochèrent. Un instinct le poussa à inspecter les quais du regard. Il n'y avait personne. Une force l'attirait vers l'avant. Il regarda de nouveau rapidement les quais de droite à gauche, puis, voyant qu'ils étaient toujours vides, il courut vers le train qui avançait par saccades, les wagons oscillant d'avant en arrière, tirés par la locomotive qui les emmenait vers l'autre bout du quai. Tout en accompagnant le convoi, il se dit qu'il n'aurait qu'à poser le pied sur le levier du frein pour se hisser sur le côté d'un wagon et se jeter à l'intérieur. D'où lui venaient ces pensées, il ne le savait pas. C'était une nouvelle possibilité de fuir inattendue qui s'offrait soudain à lui, irrésistible, fascinante. Il se souvint plus tard d'avoir calculé, l'espace d'une ou deux secondes, alors que les wagons prenaient de la vitesse, le temps qu'il lui faudrait pour poser le pied sur le levier du frein et pour monter à bord. Il se souvint d'avoir regardé l'acier satiné des roues qui brillaient en dessous : plus rien n'avait d'existence que ces deux choses. Tout le reste avait disparu. Sa vie ne semblait plus dépendre que de ces deux pièces métalliques. Il alla même jusqu'à attraper le levier, et à se mettre à courir à côté du wagon qui maintenant roulait plus vite, ne sachant pas pourquoi il agissait ainsi, mais le regard aimanté par l'acier étincelant des roues qui accéléraient, gardant la main sur le levier pour s'assurer de sa solidité avant de faire le grand saut.

Son corps se tendit pour bondir, mais dans la fraction de seconde qui précéda cette détente qui devait le propulser vers le haut, ses yeux furent attirés vers le quai. Son cerveau eut beau lui ordonner de lâcher, il fallut un instant à l'information pour parvenir à ses doigts. Seul son corps s'arrêta net, stoppé par la stupeur, alors que sa main restait sur le levier, comme pour retenir le train. La vitesse tira sur l'articulation de son épaule avec une violence à soulever le cœur juste au moment où ses doigts lâchaient.

Cette effroyable traction sur son bras lui causa un choc qui lui rendit brutalement ses esprits. Il s'arrêta environ dix secondes sur le quai à côté du train de marchandises qui continuait sa course, la tête claire à présent, parfaitement conscient.

Un gendarme, à une centaine de mètres, non loin des rails, immobile lui aussi, le regardait. C'était cela que Franklin avait vu lorsqu'il se préparait à sauter. Ils restèrent un instant à s'observer. Le gendarme était armé d'un fusil qu'il portait en bandoulière en travers du dos. Il était campé sur ses jambes écartées, et Franklin voyait le vent agiter son pantalon autour de ses jambes.

Franklin décida de s'éloigner du train en traversant le quai en diagonale vers le gendarme. Il lui semblait préférable d'avancer plutôt que de reculer. S'il tournait le dos, il se mettrait à courir, et s'il se mettait à courir, le gendarme tirerait. Pas question de se faire canarder. Dès qu'il se fut écarté de l'abri des wagons, il sentit le vent s'emparer de la manche vide de sa veste. Il eut alors l'impression que le gendarme ne regardait plus que cela.

Et pendant tout le temps que Franklin prit pour remonter le quai, le gendarme ne fit pas un geste. Entre l'homme et la voie sur laquelle le train de marchandises circulait de plus en plus vite, il y avait un espace de dix ou quinze mètres par lequel Franklin était obligé de passer. La gare maritime était toujours déserte, mais, maintenant, il savait pourquoi. Beaucoup de gens, comme lui, avaient dû venir ici pour trouver un train. Si on réussissait à se cacher dans un wagon, alors on pouvait espérer, avec un peu de chance et de patience, arriver à monter clandestinement dans un bateau. Il était évident que le gendarme ne portait pas son fusil pour se tenir chaud.

Il franchit la vingtaine de mètres qui le séparait encore du gendarme avec des pas saccadés de marionnette. La rigidité de l'homme avait aussi quelque chose de risible. Il semblait attendre qu'on l'animât comme lui en tirant des ficelles invisibles. Mais quand il revint à la vie, ce fut avec des gestes bien huilés d'une précision silencieuse. Il boucha le passage à Franklin sans lui laisser le temps de se rendre compte de ce qui arrivait.

– Halte !

Le ton était brusque. Il n'avait pas touché à son fusil, mais il levait l'index et le majeur de la main droite dans un petit geste correct mais menaçant.

– Vos papiers.

Franklin s'arrêta. Il ne répondit pas, tâchant de réfléchir. Certainement, une fois qu'il aurait donné ses papiers, il ne les reverrait plus. Qu'ils soient bons ou mauvais, cela ne ferait aucune différence. Pour gagner du temps, il posa la main sur sa poitrine, d'abord d'un côté, puis de l'autre, comme s'il cherchait son portefeuille. Le gendarme ne quittait pas des yeux sa manche vide. Alors qu'il plongeait la main dans la poche intérieure de sa veste, Franklin se dit qu'il serait préférable de prétendre qu'il n'avait pas ses papiers.

– Vous faisiez quoi sur ce wagon?

– Quoi?

– Vous alliez monter dans le train.

– Quoi?

– D'accord, d'accord.

Le gendarme agita les doigts d'un air irrité comme s'il s'apprêtait à jouer des gammes.

– Allez, vos papiers, allez.

Franklin mit la main dans la poche de sa veste du côté gauche. Ses papiers étaient là. Il les sentait du bout des doigts. Il retira sa main, et fit mine de tâter sa poche extérieure, ce qui était plus difficile pour lui. Le gendarme l'observait sans rien dire, lèvres serrées, et le silence se referma sur eux. Pendant une ou deux secondes, on n'entendit plus rien. Le train de marchandises s'était arrêté un peu plus loin, la pluie fine tombait sans bruit, et tout se taisait. Le gendarme fit le geste de doigts d'un joueur qui réclame une carte, et Franklin fourra la main dans sa poche droite, désemparé. Le silence se resserra encore, au point qu'il lui sembla qu'il traversait son corps, et pressait vers le sol pour coller ses pieds terrifiés au quai.

Cette impression que ses pieds avaient peur ne lui parut pas extraordinaire. Toutes ses sensations se concentraient en ce point avec un fourmillement froid très intense. C'était une envie presque irrépressible de partir en courant.

Sans cesser de fouiller ses poches, la tête vide, il appuyait de tout son poids pour souder ses pieds au sol et combattre cette impulsion. Sa raison lui commandait de ne pas s'enfuir. S'il cédait, à coup sûr, le gendarme tirerait. C'était un peu comme dans un cauchemar où la paralysie vous prend. Malgré leur désir énorme de déguerpir, ses pieds ne bougèrent pas.

Le gendarme perdit soudain patience. Il eut un mouvement d'épaules sec pour faire tourner son fusil et le mettre à portée de main. Il était, de toute évidence, décidé à s'en saisir, et s'apprêtait à dire quelque chose. Franklin, impuissant et maladroit dans cette pantomime qui n'était plus crédible, sentit le danger imminent. Le temps s'arrêta, comme le silence se fait avant que les armes ne parlent.

Mais à son immense surprise, les tirs qui rompirent ce silence un instant plus tard venaient de beaucoup plus loin sur le quai. Il crut d'abord à des chocs de wagons sur un aiguillage. Puis, à la seconde où le gendarme tournait brutalement la tête, il perçut la qualité plus caverneuse des explosions. Elles étaient aussi accompagnées d'une sorte de gémissement sifflant, et entrecoupées d'intervalles plus espacés. Cela ne pouvait être qu'un fusil. Au milieu de l'un de ces silences, un coup de sifflet retentit, long et strident, comme un appel de détresse.

La surprise et l'alarme fusèrent dans les yeux du gendarme. Il regarda Franklin avec une drôle d'expression enfantine en mettant son sifflet dans la bouche, où il le garda une seconde comme une sucette argentée entre ses lèvres refermées, joues gonflées, dans cette pause comique qui se prend avant de souffler.

Sans réfléchir, Franklin leva son bras valide. Le fourmillement se transféra d'un coup de ses pieds à sa main. Rien de plus violent ne lui était arrivé depuis que l'avion avait capoté dans le marais, et que la lune lui avait explosé au visage dans une pluie d'éclats de verre ensanglantés. Du plat de la main, il asséna un énorme coup sur le sifflet, ce qui en coupa net le bruit, et l'enfonça dans le palais du gendarme avec une sensation de clou qui plonge dans un bol de gelée.

Franklin vit le gendarme tituber en arrière au moment où lui-même prenait la fuite. Du sang jaillissait, écarlate sur le métal argenté. Il se souvint d'avoir serré les dents en levant la tête pour mieux bondir en avant. Il avait soixante ou soixante-dix mètres à franchir pour atteindre les immeubles au coin du quai. D'instinct, il courut en zigzag, sprintant d'un côté à l'autre. Cette tactique lui donnait une allure bizarre. Les diagonales de sa course, ajoutées au déséquilibre de son bras, le faisaient ressembler à un crabe qui aurait avancé en attirant l'air à lui avec de grands mouvements désordonnés.

Il avait beau s'attendre à entendre des coups de feu, quand il entendit tirer, cette fois encore par intervalles brefs et sporadiques, il eut un violent coup au cœur. Il était presque arrivé au coin. Terrorisé, il pensa que c'était le gendarme qui tirait, et puis, au loin sur les quais, derrière le train de marchandises qui reculait maintenant lentement, il entendit le sifflement des tirs, sourds d'abord puis stridents dans le vent.

Il passa le coin en courant toujours très vite. Seule une très courte distance à découvert le séparait d'un autre train de marchandises à l'arrêt. Il se jeta sous les wagons et roula jusqu'à l'autre côté. Son moignon cogna le longeron d'un châssis quand il se redressa, et le choc brutal le fit vaciller. Son équilibre fut un instant si perturbé qu'il tourna sur lui-même en moulinant avec le bras pour se rattraper. À cet instant, il vit le port tournoyer en se dessinant avec une précision parfaite : le convoi de wagons, un hangar, une trouée, un autre hangar. Il n'y avait plus signe du gendarme, aucun coup de feu. Il parvint à reprendre son équilibre avec une dernière torsion et courut à toutes jambes vers la trouée entre les hangars.

Là, la perspective s'ouvrait, découvrant de longs trains de marchandises, des tas de charbon, d'autres hangars et, beaucoup plus loin, les machines de levage immobiles des docks, noires sur le ciel tumultueux. Il se glissa sous un autre train à l'arrêt, et entendit encore des coups de feu, une salve puis des sifflements du côté gauche. Les détonations semblaient se rapprocher un peu. Il passa entre les wagons d'un autre convoi, et s'arrêta en se penchant en avant, avalant de grandes goulées d'air. La douleur du coup sur son moignon lui portait au cœur. Il s'appuya au tampon, à moitié caché, et regarda devant lui. En sentant des gouttes sur son visage, il se rappela qu'il pleuvait, mais quand il passa la main sur son front il se rendit compte qu'à l'eau se mêlait aussi une sueur fine et froide.

Il resta caché près du tampon une trentaine de secondes seulement, mais qui durèrent une éternité. Il n'entendait plus rien derrière lui, mais maintenant, juste devant, une mitraille balayait la gare de marchandises. Le staccato sifflant des coups de feu arrivait droit sur lui dans le vent. Il recommença d'avancer prudemment le long des wagons, aspirant l'air par grands halètements, bienfaisants mais brûlants. Soudain, il fut rassuré par la noirceur du ciel. D'ici à une demi-heure, il ferait trop sombre pour tirer, et d'ici à une heure, trop nuit pour être vu. Sa respiration s'apaisa pendant qu'il longeait le convoi, et, avec son souffle, il retrouva sa lucidité et ses forces. Mais cette paix fut brutalement brisée par de nouveaux coups de feu qui éclatèrent tout près et presque droit devant lui.

Tout à coup, il comprit. Ce n'était pas sur lui, mais sur quelqu'un d'autre que l'on tirait. Il se demanda comment il avait pu ne pas le deviner avant, et eut presque plus peur que s'il avait lui-même été visé. La violence de ce coup qu'il avait donné au gendarme lui avait embrouillé l'esprit. Il se rendait enfin compte qu'il fuyait un danger pour se jeter dans un autre. «Je me suis mis dans un sale pétrin, un vraiment très sale pétrin. Il faut que je me tire de ce mauvais pas. Que je m'éloigne tout de suite.» Il jeta un coup d'œil derrière lui pour rebrousser chemin. Dans les quelques secondes qu'il lui fallut pour tourner la tête, les tirs reprirent à cent cinquante mètres, si près qu'il eut un mouvement réflexe vers le bruit qui lui permit de voir un homme qui courait à toute vitesse vers lui, le long du couloir que formaient les deux trains parallèles.

Une seconde, il eut presque l'impression de se voir dans un miroir. Le fuyard portait une chemise bleue rayée, un pantalon noir, et n'avait pas de veste. Il se jeta sous les wagons à environ cinquante mètres de lui en faisant exactement la même roulade et, au moment où il plongeait, Franklin le vit rejeter la tête en arrière avec un sursaut, comme si lui aussi s'était cogné, et aperçut un visage très maigre et très pâle d'homme aux abois.

Franklin se glissa sur le ventre sous les essieux. La rangée des roues formait un tunnel au bout duquel il voyait l'autre homme couché comme lui sous un wagon cinquante mètres plus loin. Le fugitif avait le visage collé au ballast entre les traverses, les bras repliés sur la tête, pour la cacher et la protéger. Il ne faisait pas un geste. Les tirs ne reprirent pas, mais on distinguait des voix à la droite du train. Une autre voix, derrière, se joignit aux autres : c'était son gendarme qui criait et donnait de nouvelles directives. Tandis que les deux séries de voix convergeaient, puis se rejoignaient, Franklin entreprit de ramper lentement sur le ventre en s'agrippant aux traverses les unes après les autres pour avancer. Il sentait l'odeur d'huile de machine des châssis et celle des graisseurs de roues, et, par-dessus, celle de charbon et de fumée apportée par le vent frais. Il avançait laborieusement par reptations successives, s'arrêtant de temps en temps pour tendre l'oreille, et entendit que les voix s'éloignaient. Et pendant tout ce temps, il gardait l'œil sur l'autre homme couché sous les essieux, parfaitement immobile. L'affaissement de la tête cachée sous les mains pouvait laisser supposer qu'il était en train de pleurer d'épuisement et de terreur. Il avait l'air d'un homme fini. Pourtant on n'entendait plus de coups de feu, et les voix montaient, mais moins péremptoires, plus irritables, et beaucoup plus lointaines. Franklin continua sa progression de traverse en traverse, fatigué, lui aussi, transi par le vent qui séchait la sueur sur son corps, jusqu'à environ dix mètres de l'homme. Il lui parla, alors, dans un murmure, en français :

– Ça va ? Vous allez bien ?

Il n'y eut pas de réponse ; les mains ne quittèrent pas la tête.

– Je pense que tout va bien, maintenant. Vous êtes blessé ?

Aplati entre les roues, Franklin voyait l'obscurité gagner lentement. S'ils pouvaient tenir encore quelques minutes, ils deviendraient invisibles ; plus que quelques minutes, songea-t-il, il n'y en a plus pour longtemps.

– Vous êtes blessé ?

Il rampa, attendit, puis se traîna encore un peu. Il vit que les mains crispées sur la tête étaient étendues, les dix doigts formant comme un filet de protection.

– Tout va bien, dit Franklin. Ils me poursuivaient, moi aussi. Mais maintenant tout va bien.

Il était à présent si près de l'homme qu'il aurait pu le toucher. Seul l'espace entre deux traverses les séparait. Le fugitif ne fit pas un geste et ne dit pas un mot. Franklin vit une balafre sur le dos d'une des mains, une entaille peut-être faite par une balle, mais si près de l'os que la blessure ne saignait pas. Cette absence de saignement lui causa une frayeur épouvantable. Il rampa encore de quelques centimètres et toucha les mains. Elles eurent un sursaut, et se défirent presque automatiquement. Libérée, la tête tourna sur les traverses et l'homme parla enfin, d'une voix vibrante de colère et voilée par l'épuisement et la peur :

– Les salauds ! Les salauds ! Qui êtes-vous ?

Il avait parlé en anglais. En anglais ! Ces quelques mots lui causèrent un choc beaucoup plus brutal que les premiers coups de feu, et que la violence de ce sifflet qu'il avait enfoncé dans la bouche du gendarme. Il avança la main vers le visage fatigué pour repousser les cheveux mouillés. Cette voix l'avait frappé avec une force si douloureuse, si extraordinaire qu'il cria presque sa réponse :

– O'Connor ! Mais bon Dieu, c'est toi, Connie ! Connie ! O'Connor ! O'Connor !

Il s'était à moitié redressé, et le visage d'O'Connor, vieilli et fatigué, se levait vers lui, bouche entrouverte de stupeur, lèvres trop tremblantes d'émotion pour se refermer.

– Pilote! Pilote! Pas possible!

Le silence était retombé autour d'eux. Les appels distants de leurs poursuivants s'étaient éteints, et seule la pluie crépitait doucement sur les bâches des tombereaux. Regardant Franklin au-dessus de lui, O'Connor vit la manche vide de sa veste. Il resta les yeux rivés sur elle une minute entière, sans rien dire, son visage hâve d'une blancheur effrayante à côté des traverses noircies, dans cette nuit qui s'épaississait sous les wagons, puis il se mit à pleurer.

– Bon Dieu, pilote, mais qu'est-ce qu'ils t'ont fait? Qu'est-ce qu'ils t'ont fait?

Et cette question était si pleine de lassitude, d'angoisse et de résignation que Franklin ne put que se rallonger entre les rails mouillés près de lui sans rien trouver à répondre.

21

Par moments, quand Franklin regardait O'Connor gisant sur le lit de sa chambre d'hôtel, le cognac encore humide sur ses lèvres blanches trop lasses pour l'absorber, il croyait voir un masque mortuaire. Il se souvenait de sa lente avancée de traverse en traverse sous les wagons vers l'homme qui ne bougeait plus. O'Connor était resté couché même après les retrouvailles, immobile, les yeux noirs de peur et de faim et d'épuisement, ternes dans le visage émacié d'une si terrible pâleur dans la pénombre. Il se souvenait du retour dans les rues noires de Marseille, ce trajet qui lui avait semblé interminable parce que O'Connor avait dû s'arrêter souvent pour se reposer, et brusquement, sans avertissement, s'effondrait contre les immeubles, dos plaqué au mur. Pour Franklin, cela avait été un déchirement d'entendre ce souffle rauque et sec, ce halètement coupé de hoquets d'agonie qui ressemblaient à des mots hachés comme s'il avait essayé de parler.

Maintenant qu'il était sur le lit, sa respiration s'était apaisée, mais la parole n'avait pas encore repris vie dans cette face à moitié morte. C'était la physionomie d'un homme qui avait été brutalement rejeté de partout où il allait, un homme qui avait passé la tête à travers les barreaux d'une prison, d'abord à un endroit, puis à un autre, pour chaque fois être repoussé par de grands coups, et puis qui avait recommencé encore, et encore, toujours aussi brutalement repoussé, jusqu'au moment où il était tombé pour ne plus se relever, incapable d'en supporter d'avantage.

– J'ai tout essayé, pilote, dit-il, bouche entrouverte, tremblante comme si elle voulait mordre les mots qui s'en échappaient. Tout tenté. Plongé dans des rivières… Mais… mais… mais…

– Ne dis rien.

La petite pièce résonnait de l'explosion de ce mot qu'O'Connor répétait en trébuchant sans pouvoir le dépasser, comme un enfant pris d'une quinte de toux. Quand il sortit enfin de cet achoppement douloureux, la cascade de paroles qui jaillit était presque trop basse et indistincte pour être comprise.

– Mais on m'a volé tout mon argent, pilote, on m'a volé tout mon argent.

Une expression d'amertume qui ne lui ressemblait pas marqua alors ses joues creuses, formant une double crevasse de part et d'autre de la bouche. Le bouillant O'Connor qui avait un jour su surmonter si vaillamment tous les obstacles était comme mort. Franklin prit un des maigres poignets dans sa main. La peau, au-dessus des osselets saillants, était fripée et froide. Il relâcha le poignet pour ouvrir la chemise largement sur la poitrine. Elle était tout aussi froide, et creuse sous le poil qui la couvrait, encadrée par le renflement des côtes, et garda les quelques gouttes de cognac que Franklin y fit couler. Il posa la bouteille près du lit, puis entreprit de faire pénétrer l'alcool en massant le thorax par petits mouvements circulaires et lents. O'Connor eut un sourire amusé et dit que cela lui rappelait les frictions de son enfance, contre la toux. Franklin fit pénétrer le liquide, puis en remit un peu et recommença. Quand le torse fut de nouveau sec, il reversa du cognac, mais cette fois pour s'humidifier la paume et masser d'abord un poignet, puis l'autre. Une autre sorte de sourire s'amorça sur le visage d'O'Connor, puis s'y installa, serein et presque solennel ; un sourire de soulagement après la douleur. Bientôt, Franklin vit le bien-être s'épanouir avec les mouvements de sa main. Il envahit tout le visage, et atteignit les yeux qu'il réchauffa et qui se remirent à vivre. Alors O'Connor ferma les paupières, comme pour empêcher le bonheur de déborder.

Franklin ne les lui vit rouvrir qu'à la fin du massage. Il se leva et versa encore un peu de cognac dans son verre à dents. Quand il revint vers le lit, O'Connor s'était assis. Ses mains étaient posées à plat sur ses genoux maigres, et la marque de la balle qui avait éraflé l'os ressemblait à la brûlure d'un clou chauffé au rouge qui y aurait été frappé à plat. La plaie n'avait pas du tout saigné, comme si les mains décharnées d'O'Connor ne contenaient plus de sang en elles, et pour la première fois O'Connor la regarda, conservant un petit sourire solennel, très déterminé. Il prit le cognac que lui tendait Franklin et le but sans rien dire et sans changer d'expression. Il regarda longuement sa main comme s'il voulait fixer la signification de cette blessure dans son esprit. Se souvenant de la peur que lui avait causée l'absence de sang parce qu'il l'avait cru mort, Franklin comprit ce que voulait dire ce long regard. À deux ou trois centimètres près, O'Connor aurait très bien pu y rester, et lui avec. Alors, sans même avoir à l'entendre, il savait déjà que cette petite blessure exsangue représentait le paroxysme et le symbole de tout ce que son compagnon avait souffert.

– Je ferai payer ça à un de ces salopards.

– Ne raconte pas d'idioties, dit Franklin en adoptant le ton affectueusement moqueur de leur petit monde.

– Si, je vais le faire payer à un de ces sales Français, dit-il, libéré de ce bégaiement douloureux qui l'avait étranglé. Ces ordures m'ont escroqué et volé d'un bout du pays à l'autre. Partout !

– Voyons.

– Voyons quoi ? Si tu savais…

La colère qui obscurcissait le visage émacié explosa d'une façon qui sembla très étrange à Franklin. Ses mains sautaient nerveusement sur ses genoux : ces grandes mains sans âge, réconfortantes, qui lui avaient fait traverser la rivière, qui auraient pu le porter comme un bébé, s'agitaient à présent comme celles d'un gamin colérique.

– Ils m'ont piqué mes papiers, ils m'ont piqué mon portefeuille, et ils m'auraient piqué mes vêtements si je les avais laissés faire. Ils ont même piqué le peu de nourriture que j'avais. La seule chose qu'ils ne m'aient pas prise, c'est mon revolver. Dieu merci, j'ai pu le garder. Au moins, je vais pouvoir faire la peau à une de ces vermines en guise de remerciement.

– Ne t'énerve pas comme ça, voyons.

Interrompant sa diatribe, car il suffoquait de nouveau et ne respirait plus que par grandes inspirations déchirantes, O'Connor regarda la manche vide de Franklin avec une fascination horrifiée.

– Nom de Dieu de nom de Dieu !

– Rallonge-toi.

– Non, non. Dire qu'il t'est arrivé ça ! J'ai beau te voir, je n'arrive pas à y croire.

– Et les autres ? demanda brusquement Franklin qui préférait ne pas parler de son bras.

– Aucune idée. Aucune idée. J'imagine qu'ils sont passés. Taylor baragouinait le sabir comme un chef. Je suis sûr qu'ils sont partis. D'ailleurs, maintenant que j'y pense, je me demande comment diable tu es arrivé ici. Avec ce… ce qui t'est arrivé, je veux dire, conclut-il en désignant le bras d'un mouvement de menton.

– C'est la fille qui m'a emmené. Nous avons fait le voyage ensemble.

– La fille ?

– La fille du moulin. Tu dois te souvenir d'elle.

– Ah! La fille!

O'Connor ne parut pas s'intéresser à elle, si bien que Franklin n'eut envie de lui parler ni du père ni du médecin. Puis brusquement le sergent eut un froncement de sourcils et lui jeta un regard inquisiteur.

– Mais la fille, pourquoi elle t'accompagne?

– Nous allons nous marier.

– Comment ça, vous marier? répéta O'Connor en jetant autour de lui un regard égaré. J'entends des voix?

– Non, dit Franklin en riant de son étonnement. Tu as bien entendu. Nous allons nous marier.

– Alors là, c'est un peu fort! Toi, tu vas te marier avec une Française!

– Tu seras mon témoin. Et si ce n'est pas ici, ce sera en Espagne. Et si ce n'est pas en Espagne, alors en Angleterre.

– En Angleterre…

O'Connor se leva pour la première fois et fit quelques pas dans la chambre. Il s'arrêta et se tourna vers Franklin.

– Jamais je n'aurais cru pleurer comme un malheureux parce que je voulais rentrer chez moi. Mais c'est vrai, pilote! Toutes les larmes de mon corps.

Il retourna s'asseoir sur le lit, et posa sur Franklin un regard plein de détresse. Il rappela à Franklin ces hommes qui avaient atteint les limites de l'épuisement nerveux après un trop long tour d'opérations. Il s'assit également sur le lit. Il était temps de passer aux considérations pratiques.

– Il vaut mieux que tu ne restes pas ici. La sœur de Pierre tient une boutique à deux pas. Prépare tes affaires, et nous y allons.

– Mes affaires? Tu me fais rire, pilote. Quelles affaires?

O'Connor posa sur le lit deux mouchoirs, une lamelle de savon blanc, son revolver et dix cartouches.

– C'est tout, dit-il. Le voilà, mon paquetage.

– Je croyais me souvenir que tu trimballais tout un attirail pendant les opérations.

– Pour sûr. J'avais mon nécessaire. Tout était prévu, ajouta-t-il, illuminé d'un sourire fugitif. Rasoir, mousse à raser, couteau, chocolat, ciseau à bois, tournevis, cartes à jouer, fléchettes, tenailles, torche, revolver. Tout le tremblement.

– Et où est-ce passé ?

– Piqué par ces foutus salauds, je te dis. Ils m'ont tout pris. Partout où j'allais, on me fauchait quelque chose. Regarde-moi cette bobine, ajouta-t-il en passant une main furibonde sur le poil dru qui hérissait ses joues creuses. On m'a volé mon rasoir.

Les yeux hagards le prirent à témoin.

– Je… je… je…

Il bégayait de nouveau.

– Doucement, dit Franklin.

Sans doute valait-il mieux sortir. Dehors, quand il aurait pris un peu l'air, et peut-être mangé quelque chose, O'Connor se sentirait mieux. Il considéra le visage torturé, masque tragique et hirsute, bouche grande ouverte, et pensa à la pluie. La pluie aussi lui ferait du bien.

– Eh bien, si tu as tout, dit-il, allons-y.

– Oui, tout ce que m'ont laissé ces sales *Frenchies*.

Il enveloppa son savon dans ses mouchoirs et mit le tout dans sa poche. Son revolver étincelait de propreté. Il le prit dans une main, soupesant les munitions de l'autre.

– Au moins, j'ai encore ça, dit-il en serrant si fort la crosse que ses phalanges blanchirent.

– Cache-le bien, recommanda Franklin que l'acier bleu reluisant du revolver mettait de mauvaise humeur.

– Je te crois. Personne ne me le barbotera, celui-là. C'est la seule chose intelligente qui me reste.

– Je me demande si c'est bien malin, justement. Si on te fouille à la frontière et qu'on le trouve sur toi, je ne crois pas que ça t'avancera beaucoup.

– Ça m'avancera parce que je vais tuer un salaud de Français avec. Et avant de faire de vieux os. J'ai des comptes à régler.

– Ah! Mon vieux Connie, je te retrouve bien là.

Il n'approuvait pas, mais il préférait ne pas trop le montrer. Ce désir de tuer un Français ne durerait sûrement pas. Il préférait ne pas lui faire la morale d'autant que cette agressivité retrouvée ne pouvait que lui donner de l'énergie. Il se leva.

– Tu peux marcher?

– Oui, je crois.

O'Connor mit les munitions et le revolver dans sa poche, puis il se dressa sur ses jambes flageolantes, les testa, et eut un petit sourire.

– Ça ira.

Et soudain, Franklin fut formidablement heureux d'avoir retrouvé ce visage ami, tout hirsute et fatigué qu'il était. Il s'émerveillait d'entendre cette voix anglaise, et ne revenait pas de cette coïncidence qui avait été un miracle pour tous les deux. À moins de récupérer son bras, rien de meilleur n'aurait pu lui arriver. Il prit O'Connor par les épaules.

– Allez, viens.

Ils descendirent l'escalier et sortirent de l'hôtel. Une pluie douce et fine tombait toujours dans la nuit, oblique et constante, soulevée parfois par des bourrasques qui l'emmenaient en tourbillonnant. Les gouttes fraîches et pures qui mouillaient son visage firent le plus grand bien à Franklin.

O'Connor remonta le col de sa veste. La pluie et l'obscurité lui rendaient un peu de son ancienne vigueur.

– Au fait, toutes mes félicitations pour la fille, dit-il.

– Merci.

– Vous allez bien ensemble, je m'en rends compte, maintenant.

– Sois gentil avec elle, ou je te défonce le crâne. Sans elle, je ne serais pas ici.

– Ça me suffit amplement. Avant de te retrouver, j'étais au bout du rouleau.

– Alors tu vois, tu lui dois aussi quelque chose.

– C'est bien vrai.

Ils marchaient sous la pluie, humant le petit vent qui apportait par intervalles une bonne odeur de mer. Cette nuit pluvieuse dissipait pour eux l'impression d'être pris au piège dans une ville étrangère. Cette brève sortie à pied dans les rues noires leur rappelait leur ancienne vie. Ils se retrouvaient en Angleterre, à Cambridge, déambulant dans la ville sombre à la recherche d'un taxi de nuit après la fermeture des pubs pour retourner à la gare. La fraîcheur de l'ondée ravivait leur vieille solidarité, et la certitude que, parce qu'ils étaient ensemble, rien ne pouvait leur arriver.

Une rue plus loin, Franklin sonna à la porte de l'épicerie et, au bout d'un instant, il vit par la porte vitrée un rai de lumière qui venait de la pièce du fond et traversait la boutique plongée dans l'obscurité. Ce fut la sœur de Pierre qui vint leur ouvrir, et ils la suivirent dans l'arrière-boutique. Franklin sentit en passant dans le noir une odeur familière de terre et de fruits, puis il se retrouva avec O'Connor dans la cuisine, en pleine lumière. Le regard de Franklin passa de Françoise à la sœur de Pierre, puis de la femme au mari. C'était une petite dame aux cheveux très noirs coiffés avec la raie au milieu. Elle avait aussi de grands yeux noirs. L'homme était petit, comme elle, massif, et de teint très mat. Il portait une veste en similicuir marron.

Franklin vit leur surprise à tous les trois.

– Mon ami O'Connor, dit-il.

Tous sourirent. O'Connor aussi. Françoise était très étonnée.

– Il n'a pas eu de chance, mais maintenant tout va bien, expliqua Franklin. Il a perdu presque toutes ses affaires. Ses papiers, tout. Mais heureusement, il va bien.

– Des papiers, nous lui en aurons, fit l'homme. À Marseille, on peut se procurer pratiquement n'importe quoi quand on connaît les circuits.

– Il lui faudrait une chambre, aussi.

– Nous nous arrangerons ici, promit la femme. On se serrera.

– Tu vois ? dit Franklin à O'Connor en anglais. Ils vont tout arranger, tout va bien.

O'Connor sourit de toutes ses dents et dit « Merci, merci » plusieurs fois. Et puis « Merci beaucoup *very much* », ce qui fit rire tout le monde. Sur la table ronde, au milieu de la pièce, il restait les assiettes et les verres du dîner. La femme entreprit de débarrasser, s'arrêtant de temps en temps avec un verre ou une assiette en main pour plaisanter avec O'Connor.

– Il croit aux miracles, maintenant, dit Franklin. Ce n'est pas vrai que tu crois aux miracles ? répéta-t-il en anglais. Je viens de leur dire ça, j'ai bien fait ?

– Bon Dieu oui ! Oui ! Oui ! répéta le sergent, réjoui. Oui ! Beaucoup, beaucoup.

– Vous voyez, intervint Françoise.

Elle souriait sous la lumière vive de la lampe, le visage hâlé par le soleil, ses yeux plus limpides que jamais. Il pensait, en la regardant, que cette clarté heureuse exaltait son propre bonheur.

– Vous voyez, c'est ce que je vous dis toujours. Il suffit d'avoir la foi. Avec la foi, on peut tout.

– C'est vrai.

– La foi, et un peu de chance, ajouta la sœur de Pierre, qui souriait en empilant les assiettes.

– Même avec la foi seulement, c'est suffisant.

– Je disais pareil à ton âge !

Cette fois, Françoise ne répondit pas. Ses grands yeux résolus s'étaient posés sur Franklin, illuminés par une belle adoration.

– Il n'y a besoin que de la foi, répéta-t-elle.

Le regard d'O'Connor passa de Franklin à la jeune fille.

– Qu'est-ce qu'elle dit ?

Franklin eut un sourire.

– Elle parle de moi ? insista O'Connor.

– Oui.

Il sembla alors à Franklin que dans cette petite pièce brillamment éclairée, avec ces quatre personnes et cette foi inébranlable et magnifique qui habitait Françoise, il était comblé.

– Elle dit que tu es un sacré veinard.

O'Connor sourit de toutes ses dents, blanches au-dessus de sa barbe noire embroussaillée.

– Elle n'a pas tort.

La nature profondément anglaise du sergent, pleine d'un solide bon sens, revenait lentement en lui, lumineuse comme l'éclat de ses yeux.

– Elle n'a pas tort. Elle comprend ?

– Oui, elle comprend.

Et pendant tout ce temps, il voyait la main d'O'Connor dans sa poche, qui tenait le revolver.

22

Rue des Jardins, la femme du concierge ne connaissait pas de pasteur anglais à Marseille, mais elle ne referma pas tout de suite la porte. Franklin, qui avait parcouru la ville toute la journée en posant la même question, traversa et se retourna pour regarder derrière lui. C'était une porte cochère à deux vantaux de bois clair, constituée de quatre panneaux carrés profondément enchâssés et pourvue en son milieu d'une grosse poignée métallique. La femme se tenait d'une main à l'encadrement, de l'autre à la porte, juste assez ouverte pour laisser passer son visage inquisiteur. Elle le surveillait d'un œil curieux, et il s'en voulut de s'être retourné. Il reprit son chemin en se souvenant du jour où, rue Richer, il s'était efforcé de marcher d'un pas égal, et cette fois encore tâcha d'avancer lentement. Il se retourna de nouveau malgré lui. La femme était toujours là, pâle dans la lumière de cette fin d'après-midi, tête avancée, se démanchant le cou un peu comme une poule qui regarde entre les planches d'une palissade. Il eut alors l'idée que c'était plutôt son bras qui l'intéressait. Ce n'était sûrement pas courant, un manchot qui cherchait un pasteur anglican à Marseille. Il se souvenait maintenant qu'elle n'avait pu détacher les yeux de sa manche vide. Seulement il y avait aussi un téléphone mural dans l'entrée derrière elle. Ce serait tellement facile de le dénoncer ; mais la seule simplicité ne voulait pas dire qu'elle le ferait. Il s'appliqua à garder les yeux devant lui, crispé, et continua sans se presser. Il était dehors depuis le matin.

Au bout de la rue des Jardins, il tomba sur un boulevard. Quinze jours s'étaient écoulés depuis qu'il avait retrouvé O'Connor. Il entreprit de traverser les voies du tramway. Avant de franchir la deuxième, il dut attendre le passage d'une rame qui arrivait. Des feuilles mortes brunes sautillaient le long des rails, poussées par le courant d'air. Il avait occupé ces deux dernières semaines à chercher un pasteur. Tout en patientant, il se retourna par habitude. Personne. Jamais il n'avait été suivi, mais, après quinze jours de recherches qui l'obligeaient à poser des questions à des inconnus, quinze jours à essayer de trouver des papiers pour O'Connor, à rester éveillé la nuit, l'oreille aux aguets, à se demander si les pas qu'il entendait dans l'escalier de l'hôtel se dirigeaient vers sa chambre pour l'arrêter, il avait pris le pli de toujours s'attendre au pire. Son inquiétude venait en partie de l'incapacité qu'avait O'Connor de passer inaperçu. Il ne s'habituait pas à entendre éclater cette voix trop forte qui s'obstinait à parler en anglais dans des rues pleines de monde. En retrouvant sa confiance en lui et son exubérance, O'Connor envoyait la prudence aux orties. Et puis à Marseille régnait une atmosphère curieusement malsaine de situation pourrissante qui ne lui plaisait pas. Le tram arriva, à vive allure, et fila devant lui. Le souffle violent souleva une pluie de feuilles déchiquetées qui s'envola et retomba dans son sillage comme de fins débris d'explosion. Il jeta un dernier coup d'œil derrière lui, puis traversa.

De l'autre côté du boulevard, il trouva une petite rue dans laquelle il s'engagea. Il n'avait rien avalé de la journée à part quelques tasses de mauvais café le matin, et il avait faim. Un petit vendeur de journaux traversa les voies en courant et prit la même rue que lui en criant des gros titres que Franklin, qui n'écoutait qu'à moitié, ne saisit pas. Il pensait à Françoise et à son désir de l'épouser ; il fallait à tout prix célébrer le mariage avant qu'il ne fût trop tard. Rien d'autre ne comptait plus que cette quête incessante. Où en était la guerre ? Il n'avait pas lu le journal depuis des jours. Elle était moins présente à Marseille qu'ailleurs. Ici, elle prenait la valeur d'une légende fatiguée dont les gens parlaient le moins possible. La ville elle-même partait en déliquescence, mais il ne voulait pas en sentir les remugles. Peu à peu, il s'y était habitué, absorbé qu'il était par sa quête de papiers pour O'Connor, et, entêtement devenu un peu absurde et ridicule à la longue, d'un pasteur anglican.

Les feuilles ne volaient pas dans cette petite rue orientée d'est en ouest, où s'insinuait un faible soleil. Franklin ralentit le pas. Des passants venaient vers lui sur le même trottoir. Les hautes façades des immeubles fermés par leurs portes massives n'étaient pas moins austères sous ce soleil timide. Franklin regarda de gauche à droite pour se préparer à traverser, puis jeta de nouveau un coup d'œil aux gens qui approchaient. En voyant que ce n'étaient que deux femmes, il n'éprouva plus le besoin de changer de trottoir et reprit sa promenade.

Quand il ne fut plus qu'à une centaine de mètres d'elles, il entendit leurs voix, qui se turent soudain. Il remarqua qu'elles gardaient le silence comme si elles attendaient qu'une certaine distance les séparât de nouveau pour reprendre leur conversation. L'une poussait l'autre, assise dans un fauteuil roulant métallique, les jambes protégées par une couverture marron. L'invalide était une femme massive, grisonnante, dotée d'un double menton flasque qui retombait sur un haut col de dentelle. Sa compagne était au contraire très menue et ses cheveux neigeux semblaient faits d'un fin coton blanc laborieusement planté, mèche à mèche, sur son crâne rose. Ses yeux bleu de glace attentifs regardaient droit devant elle, et elle était vraiment si petite qu'elle voyait tout juste par-dessus le grand chapeau noir orné de fruits qui dépassait de la chaise.

Les deux femmes passèrent lentement devant lui, en silence. L'invalide ne leva pas les yeux du trottoir. En les regardant, Franklin eut une impression extraordinaire, mais les yeux bleu de glace de la petite femme ne quittèrent pas le lointain. Il poursuivit son chemin pendant une trentaine de mètres, puis s'arrêta. Personne au monde, sauf des Anglaises, ne pouvait avoir une allure pareille.

Il fit demi-tour. Le fauteuil roulant, qui avançait très lentement, n'avait pas changé d'allure, mais les deux femmes ne se parlaient toujours pas. Le soleil bas, tout à fait sorti des nuages maintenant, brillait sur les cheveux blancs cotonneux du petit brin de femme qui poussait le fauteuil.

Franklin hésita, puis il hâta le pas pour les rattraper. Elles se taisaient toujours, mais au moment où il arrivait à leur hauteur elles tournèrent brusquement la tête vers lui comme si elles étaient mues par une même ficelle.

– Vous êtes anglaises ? demanda Franklin, qui inspecta rapidement la rue de droite à gauche pour s'assurer qu'elle était vide avant d'ajouter : Je suis anglais.

Le fauteuil roulant s'arrêta. Les yeux bleu de glace de la fluette vieille dame s'étaient animés.

– Pour être exacte, dit l'invalide, je suis écossaise. Je me présente : Mlle Campbell. Mlle Baker, elle, est anglaise.

Elle avait une voix ferme, plutôt masculine, et avalait la fin de certains mots comme il était d'usage dans une tradition aristocratique antédiluvienne, ce qui n'avait rien d'étonnant puisqu'elle devait avoir dans les quatre-vingts ans.

– Comment allez-vous ? dit-elle d'un ton digne en lui tendant la main.

– Bien, merci, et vous ? répondit Franklin en la lui serrant brièvement, notant qu'elle était large et fraîche.

– Ma dame de compagnie, Mlle Baker.

– J'ai longtemps vécu à Leamington, observa Mlle Baker.

Elle lui tendit aussi la main, une main minuscule, et, à la grande surprise de Franklin, très chaude.

Elles remarquèrent toutes les deux son bras sans rien dire, et il ne sut comment réagir.

– Je suis désolée, mais nous n'avons pas fait attention à vous en vous croisant, dit Mlle Campbell. Nous avons perdu l'habitude de nous mêler aux gens.

– J'ai deviné tout de suite que vous étiez anglaises.

– Écossaise, rectifia Mlle Campbell.

– Ah, oui, pardon.

– Même à Marseille, il y a une différence.

– Bien entendu.

Elle lui adressa un sourire franc et amical. Ses cheveux gris étaient arrangés en grosses boucles plates sur son front, comme ceux d'une poupée. Elle regarda de nouveau sa manche vide.

– Comment se fait-il que vous soyez à Marseille ?

– Je cherche un pasteur anglican.

– Il n'y en a pas.

Franklin inspecta de nouveau la rue. Elle était déserte sous le pâle soleil. Il vit Mlle Baker tourner son délicat poignet pour regarder sa montre.

– Quelle heure est-il ? demanda Mlle Campbell.

– Presque 4 heures.

– Nous prenons le thé à 4 heures, expliqua Mlle Campbell. Pourquoi voulez-vous trouver un pasteur anglican ?

– Pour me marier.

– Pas à une Française ?

– Mais si.

Mlle Baker appuya son corps frêle aux poignées du fauteuil roulant.

– Malgré cette crise ?

– Les crises, j'y suis habitué, répondit Franklin. Une de plus ou de moins ne changera pas grand-chose.

– Je vois, dit Mlle Campbell. Et peu importe d'ailleurs, puisqu'il n'y a pas de pasteur. Où allez-vous ? ajouta-t-elle en regardant de nouveau son bras.

– En Angleterre.

Mlle Campbell balaya vivement la rue du regard en penchant son grand chapeau à fruits d'un côté à l'autre de son fauteuil. Le soleil éclaira un instant les cerises rouges et noires qui l'ornaient, les cheveux gris et les bajoues blafardes.

– Il vaut mieux que nous poursuivions cette conversation chez nous, dit-elle. Venez donc prendre le thé.

Franklin n'avait pas très chaud dans le salon de Mlle Campbell où il était assis, tasse à la main. La pièce n'était pas chauffée et était plongée dans une quasi-obscurité.

– Nous sommes obligées d'économiser la lumière, expliqua-t-elle.

Elle était restée dans son fauteuil qui avait simplement été poussé dans la pièce.

– Le chauffage est arrêté, bien sûr. Mais je ne vais pas vous ennuyer avec ces détails.

Mlle Baker lui tendit une assiette de pain beurré. Les tranches, très fines, étaient disposées en rond sur un napperon.

– Prenez-en deux, conseilla Mlle Baker. J'en propose toujours deux aux messieurs.

Franklin posa sa tasse en équilibre sur ses genoux, et se servit, collant adroitement deux tranches de pain beurré l'une à l'autre.

– Attendez, je vais vous tenir votre tasse, dit Mlle Baker en amorçant un geste.

– Non, merci !

C'était pour lui un sujet très sensible. Et puis ici, on ne savait plus où l'on était, songea-t-il. Un parfum d'Angleterre montait de la théière. D'un coup, la guerre lui paraissait très loin.

– Je me débrouille, je m'arrange très bien tout seul.

– Il n'en est pas question, rétorqua Mlle Baker. C'est un privilège d'aider un combattant blessé.

– Un peu de tact, voyons, protesta Mlle Campbell.

– Comment savez-vous que je suis soldat ? demanda Franklin.

– La remarque n'était que métaphorique, dit Mlle Campbell. Je vous présente mes excuses au nom de Mlle Baker. Mais nous sommes tombées d'accord dans la cuisine pour penser que vous étiez aviateur. En fuite. J'espère que nous avons raison.

– En effet.

– M'en voudrez-vous beaucoup si je vous dis que je suis tout à fait désolée pour votre bras ?

– Mais pas du tout, c'est très aimable, répondit Franklin, se sentant ridicule. Ce n'est pas grand-chose.

Mlle Campbell but son thé noir à grandes gorgées, la déglutition faisant trembler ses lourdes bajoues aristocratiques.

– Vous seriez bien inspiré de partir de Marseille, déclarat-elle. Vous devez quitter la France au plus vite.

Rien n'indiquait pourtant, à les voir prendre tranquillement le thé en se régalant de pain beurré, qu'elles avaient la moindre intention de bouger de chez elles. Il avait déjà vaguement mentionné O'Connor. Il leur rappela que son camarade avait perdu ses papiers.

– Et il semble qu'il soit devenu impossible d'en trouver à Marseille.

– Nous pouvons peut-être vous aider, intervint Mlle Campbell, mais vous devez partir très vite.

– À cause de cette crise dont vous parliez ? Ce mot-là n'était pas métaphorique, j'imagine ?

– Les Britanniques et les Américains ont débarqué en Algérie, expliqua Mlle Campbell. Cela n'a rien de métaphorique, en effet.

– Bon Dieu!

– Ce matin, précisa Mlle Baker.

Une joie intense l'avait pris. Nom de Dieu! C'était comme si une charge de dynamite colossale venait d'exploser sous le couvercle stagnant de la guerre. Mlle Campbell reprit une tranche de pain qu'elle plia en deux, calmement.

– Cela ne change pas grand-chose pour nous. Nous sommes très âgées. À quatre-vingts ans, les révolutions ne font plus peur.

– Les révolutions?

L'idée qu'il pourrait y avoir une révolution en France lui donnait un espoir démesuré.

– Oui, bien sûr, dit Mlle Campbell. Tout va changer en France, mais comme les Français ne sont pas capables de se secouer, les Allemands agiront pour eux. Ils vont envahir. Quoi qu'il advienne, les Français se comporteront comme les moutons qu'ils sont. Il vient toujours un moment critique en France où les gens se mettent à courir dans n'importe quel sens pourvu que la masse aille ensemble.

Sa façon de parler, très correcte mais ironique, était celle d'une époque révolue.

– Essayez de profiter du désordre, vous arriverez peut-être à sortir du pays.

Bon sang, songea Franklin.

– Comment ça, «peut-être»? Je dois partir. Il le faut absolument.

– Alors faites-le dès ce soir. Les Allemands prennent leurs décisions très vite.

– Mais il me faut des papiers pour mon ami.

Mlle Campbell but goulûment son thé sans lait, puis s'essuya les lèvres avec son mouchoir.

– Quel âge a-t-il?

– Trente-cinq ans.

Mlle Campbell jeta un coup d'œil à Mlle Baker qui venait

de remplir la tasse de Franklin pour la troisième fois, et laissa enfin transparaître leur intimité en l'appelant Effie.

– Qu'avons-nous fait des papiers que nous avions pour Georges ?

– Je vais les chercher.

Franklin était sur des charbons ardents. Le moment était venu. Une fois Mlle Baker sortie du salon, Mlle Campbell s'expliqua :

– Georges était notre valet de chambre. Georges Leblanc. Quand la France a capitulé, nous avons voulu quitter le pays, et nous nous sommes fait faire des papiers. Pour nous et pour Georges. Deux jours avant la date du départ, Georges a eu une attaque, et il est mort. Après cela, eh bien, après cela, nous n'avons plus eu le cœur à rien.

Elle eut un profond soupir et changea brutalement de sujet.

– Comment est la situation en Angleterre ?

– Bonne quand j'en suis parti.

– Autrefois, je vivais dans le Dorset.

Il s'attendait à des questions sur les bombardements, mais elle n'aborda pas le sujet.

– Nous passions toutes les fins d'été en Écosse.

Elle partit dans de longues réminiscences d'une maison au bord d'un loch, cinquante ans plus tôt. Les truites, se souvenait-elle, étaient rose vif en ce temps-là.

– Nous sommes des exilées, en quelque sorte.

Il commençait à faire très sombre, et il se demanda ce qui retardait tant Mlle Baker. Il eut un moment d'inquiétude, mais elle revint d'un pas guilleret, des documents à la main.

Mlle Campbell les prit.

– Je n'y vois rien, se plaignit-elle.

– Si nous allumions une minute ? proposa Mlle Baker.

Elle alla à la porte et appuya sur l'interrupteur qui commandait une seule ampoule d'environ dix watts à la lueur de laquelle Mlle Campbell dut examiner les papiers, sans lunettes.

– Georges avait cinquante-cinq ans. En transformant le premier 5 en 3, cela pourrait aller.

– C'est faisable, approuva Franklin.

Mlle Campbell considéra encore les papiers.

– J'ai toujours trouvé à Georges un air de basset surpris. Il serait sans doute préférable de changer la photographie.

– Ce n'est pas impossible non plus.

– Alors parfait.

Elle lui tendit les papiers. Il n'y avait pas de temps à perdre. Franklin se leva pour les prendre. Le visage qui se tournait vers lui, long, très vieux, avec ses joues extraordinairement pendantes, n'était pas loin non plus de ressembler à celui d'un basset bien élevé. Elle sourit à Franklin, découvrant de jolies dents nacrées.

– Si j'étais vous, je me dépêcherais pendant qu'il en est encore temps.

– Vous pensez que nous y arriverons ?

– Quand on est jeune, on arrive à tout.

– Belle philosophie.

– Venue trop tard. On ne se rend compte qu'avec l'âge de la chance qu'on a eue. Et bien sûr, il n'est plus temps de se rattraper.

Il mit les papiers dans sa poche.

– Allez droit à la gare et prenez le premier train pour la frontière, conseilla-t-elle. Faites comme tout le monde.

– Et vous ?

Il avait l'impression d'être d'un égoïsme impardonnable.

– Nous, nous restons.

– Mais vous êtes anglaises !

– Écossaise, rectifia Mlle Campbell avec un sourire poli.

– Peu importe, protesta-t-il, trouvant impossible de les abandonner. Vous serez entre les mains de l'ennemi.

– Tout au contraire. Je serai entre les mains de Mlle Baker. Et Mlle Baker, tant que j'aurai des mains, sera entre les miennes.

Il ne trouva rien à opposer à cette prodigieuse simplicité. Mlle Campbell lui sourit de nouveau et, une fois de plus, il sentit un parfum d'Angleterre s'exhaler de la théière dont Mlle Baker soulevait le couvercle une dernière fois.

– Encore une tasse avant de partir ? Il en reste une.

– Non, merci, c'est très gentil.

Il serra la grande patte froide vaguement canine et affectueuse de Mlle Campbell, puis ce fut le tour de Mlle Baker, dont la main, toute petite et maigre, était si chaude.

– Jamais je ne pourrai vous remercier suffisamment toutes les deux, dit-il. Jamais.

– Pensez à nous, répondit Mlle Campbell. Ce sera très bien.

– Je ne vous oublierai pas.

Il se dirigea vers la porte, et alors qu'il saluait Mlle Campbell une dernière fois Mlle Baker annonça qu'elle allait le raccompagner jusqu'à la rue.

– Il fait très sombre, dit-elle dans le couloir. Attention de ne pas tomber.

Il sentit les petites mains s'accrocher à sa manche vide. Personne ne l'avait encore touchée. Il sentit qu'elle le tirait le long du couloir obscur, avançant à petits pas, jusqu'à la porte dont elle chercha la poignée.

– Nous sommes ici depuis 1897… Voilà, vous y êtes, ajouta-t-elle après un silence. Voilà.

Elle ouvrit la lourde porte.

Dehors, il ne faisait pas encore tout à fait nuit. Le soleil était couché, mais une lueur blanche persistait à l'horizon sur le centre de Marseille, qui devenait jaune pâle à l'ouest, du côté de la mer.

– Encore merci, dit-il.

Mlle Baker, qui s'accrochait toujours à sa manche vide, le lâcha.

– Bonne chance, dit-elle.

Il descendit les deux marches qui menaient au trottoir.

– Merci. Au revoir.

– Dépêchez-vous. Il ne vous reste pas beaucoup de temps.

Alors qu'il s'éloignait, un dernier coup d'œil en arrière la lui montra, un reflet dans ses yeux de glace. En effet, songea-t-il en la voyant si frêle et si petite, il ne reste pas beaucoup de temps. Elle souriait un peu, mais tristement, lui sembla-t-il, soit pour retenir ses larmes, soit parce qu'elle pleurait déjà.

23

Dans le train qu'ils avaient pris le soir même pour partir de Marseille, il était assis à côté de Françoise dans un coin fenêtre du compartiment, O'Connor en face d'eux, la valise de cuir bouilli contenant toutes leurs affaires dans le porte-bagages au-dessus de sa tête. Le train, un rapide, pourtant, s'arrêta très souvent pendant la nuit, et parfois, à ces arrêts, Franklin relevait le store pour regarder dehors. Il voyait alors des gares anonymes et obscures, peuplées de silhouettes fan-tomatiques qui allaient et venaient sur les quais sous des lumières glauques dans un brouhaha strident de voix désin-carnées ; ou alors, quand le train stationnait au milieu des voies, c'était une obscurité où rien ne bougeait, percée par les étoiles rouges des feux de signalisation, dans un silence seulement brisé par les chocs sourds des convois sur les aiguil-lages, et parfois par le jeu du vent dans les fils télégraphiques. Il arrivait que pendant ces arrêts l'odeur lourde et récon-fortante de fumée de locomotive entrât dans les voitures, vapeurs entêtantes venues de l'obscurité, qui rappelaient à Franklin la nuit où ils avaient traversé la rivière en barque. Mais cela mis à part, il ne sentait que l'odeur du train, celle des mauvaises cigarettes que fumaient les autres passagers, et parfois le léger parfum intime des cheveux de Françoise dont la tête reposait sur son épaule.

Il ne savait pas combien de temps devait durer le voyage,

mais il espérait simplement qu'il ferait encore nuit au passage de la frontière. Car, sûrement, ce serait plus facile la nuit. Il gardait en mémoire d'autres frontières, d'autres trains, en temps de paix, où, aux heures tardives, pour autant qu'il s'en souvînt, la vigilance avait été moindre. Parfois, en pensant à Françoise, à O'Connor, et ne sachant pas si leurs papiers étaient bons, il s'inquiétait. Et puis il avait une pensée pour Mlle Campbell et Mlle Baker. À la gare de Marseille avait régné une confusion terrible ; des millions de rumeurs avaient volé en tous sens, et il avait vu à quel point Mlle Campbell avait raison. Les gens, affolés, seraient un temps trop occupés d'eux-mêmes pour s'occuper des autres. Dans la nuit, dans le pire des cas, on pouvait toujours profiter de l'affolement général pour fuir. Il pourrait être nécessaire de se séparer. Autant se préparer un peu à cette idée.

Il réfléchit à la question pendant un certain temps. Ils avaient décidé que, O'Connor ne parlant qu'anglais, et son propre accent étant loin d'être parfait, ils ne devaient à aucun prix se parler dans le compartiment, sauf s'ils étaient seuls, ce qui ne leur était pas encore arrivé. Les autres places étaient occupées par deux marins et une dame d'un certain âge. Les marins, qui avaient fumé cigarette sur cigarette depuis Marseille, s'étaient endormis. La dame lui rappelait vaguement Mlle Campbell, mais en très française, alors que Mlle Campbell était anglo-saxonne jusqu'au bout des ongles, et en beaucoup plus jeune. Son grand visage au teint pâle, penché obstinément sur le livre qu'elle tenait ouvert sur ses genoux, avait la même neutralité imperturbable. Sous le livre, elle avait un petit sac de provisions. De temps en temps, elle glissait la main à l'intérieur et en tirait subrepticement quelque chose qu'elle mangeait. Le compartiment était très peu éclairé, et elle grignotait si furtivement, en se couvrant la bouche, que Franklin n'arrivait pas à deviner ce que c'était.

Il finit par se lever en lançant un regard appuyé à O'Connor, et sortit du compartiment. Il vérifia qu'il n'y avait personne le long du couloir, puis, ballotté par les mouvements du train qui fonçait dans la nuit noire, il s'accrocha à la barre horizontale pour garder l'équilibre. O'Connor le rejoignit peu après en refermant la porte derrière lui.

– Que se passe-t-il ?

– Rien. J'avais juste envie de parler un peu.

– Tu sais ce qui va arriver à la frontière ?

– Justement, c'est de ça que je voulais discuter. Je n'ai pas la moindre idée de ce qui nous attend.

– Bon sang, je donnerais n'importe quoi pour avoir un zinc.

Franklin s'appuya à la vitre. Dans la faible lumière, il voyait leurs deux visages se refléter. O'Connor avait toujours l'air beaucoup trop anglais.

– Écoute, au cas où nous serions séparés…

– Qu'est-ce que tu racontes ? coupa O'Connor. On ne va pas nous séparer. C'est fini, ça.

– Ça peut tout à fait arriver.

– On ne nous séparera pas ! Le premier salaud qui veut nous séparer, je lui tire une balle.

– Je te l'interdis.

– Si tu savais comme ça me démange.

– Je le sais.

– Donc tu me comprends. Personne ne va plus nous séparer, je t'assure. Je m'en charge.

– Bon, d'accord, mais juste au cas où.

Un passager apparut au bout du couloir, une lourde valise marron au bout du bras. Il dépassa O'Connor et Franklin, qui avaient cessé de parler. L'homme dit « Pardon ! », et O'Connor et Franklin se collèrent à la vitre pour le laisser passer.

L'homme continua en titubant, la valise bringuebalant contre ses jambes. Franklin et O'Connor attendirent qu'il s'éloignât.

– OK, dit O'Connor.

– Si jamais j'étais séparé de vous, reprit Franklin à voix basse, emmène la petite à l'ambassade de France à Madrid. Si vous arrivez en Angleterre, emmène-la chez ma mère. Quoi qu'il arrive, va voir ma mère.

– D'accord, j'ai l'adresse.

– Et toi ?

– Moi, je m'entraînerai au tir quelque part.

– Non, écoute…

– Quoi, écoute ? Tu m'as obligé à te quitter la dernière fois, et tu as vu ce qui est arrivé ? Nous nous sommes tous les deux mis dans un drôle de pétrin chacun de notre côté. La seule fois où tu m'as laissé arranger les choses à mon idée, je t'ai fait traverser la rivière, non ?

– D'accord. Il y a neuf chances sur dix pour que nous ne soyons pas séparés. Je veux juste dire que ce ne serait pas très grave si ça arrivait. Nous continuerons chacun de notre côté.

– Nous resterons collés comme à la sécotine.

– D'accord, répondit Franklin avec un sourire.

Il n'y avait pas moyen de discuter avec O'Connor, comme d'habitude. Autant céder.

– Mais, pour l'amour du ciel, ne montre pas ton revolver. Et quoi qu'il arrive, sois gentil avec elle.

– Mais oui, je serai gentil, répondit O'Connor en tournant les yeux vers son reflet, gêné par cet instant d'attendrissement. Je serai gentil. Je sais ce que tu ressens. Je regrette que tu n'aies pas trouvé de pasteur.

– Merci. Nous en trouverons un.

Le silence retomba. Ils restèrent appuyés côte à côte devant la vitre. Franklin devinait plus qu'il ne voyait la nuit opaque défiler derrière leurs reflets, se sentant proche de son camarade comme jamais auparavant. Ils étaient plus soudés que lors des missions, plus que la nuit où O'Connor l'avait remorqué dans la rivière, plus que le jour de leurs retrouvailles à

Marseille. Ce lien lui redonnait confiance. O'Connor était un de ces types increvables qui s'arrangeaient toujours pour se tirer des pires emmerdements.

C'était un sentiment qui ne pouvait se communiquer. Avant de reprendre la parole, il inspecta le couloir. Il était vide.

– Bon, retourne dans le compartiment et envoie-moi Françoise. Ne parle pas, et si elle dort, ne la réveille pas.

O'Connor regarda dans le compartiment par la vitre de séparation.

– Elle dort.

Franklin se tourna lui aussi. Françoise était assise, très droite, les yeux fermés, les paupières légèrement plus pâles que le reste de son visage hâlé. Elle n'avait pas l'air de dormir, mais d'être plongée dans ses pensées, abritée derrière ses paupières closes. Elle aurait très bien pu être en train de prier, se dit-il.

– Bien. Retourne t'asseoir quand même. Préviens-la quand elle se réveillera.

O'Connor ouvrit la porte et entra, et Franklin le regarda la refermer et reprendre sa place. Comme Françoise ne bougeait pas, il se tourna de nouveau vers la fenêtre pour scruter la nuit derrière son reflet dans la vitre.

Il resta ainsi longtemps tandis que le train tanguait dans l'obscurité. Il n'y eut pas un seul arrêt pendant qu'il était dans le couloir, et cette allure constante qui les précipitait dans la nuit lui donna l'impression d'être entraîné par un mouvement inéluctable. Oui, les événements s'étaient enchaînés sans qu'il le veuille depuis sa rencontre avec les demoiselles anglaises. Après les semaines d'indécision, de recherches vaines pour trouver un pasteur anglican à Marseille, tout s'était passé très vite. C'était mieux ainsi. Tout ce qui avait précédé ce voyage restait confus. Il avait du mal à se souvenir même des douleurs les plus intenses. Son bras s'était très bien rétabli ; une chance, sans doute. On le laisserait reprendre les commandes d'un avion. Jamais il ne pourrait vivre sans piloter, et il ferait jouer toutes ses relations pour qu'on le laissât voler. Il s'accrocha à la barre pour résister à des secousses au passage d'une gare, et il vit les feux de signalisation filer dans la nuit comme des traçantes. Il se rappela que Mlle Campbell pensait que les jeunes ne se rendaient pas compte de leur chance. À quoi avait-elle occupé sa jeunesse ? Vacances retirées dans les Highlands, saisons mondaines à Londres, printemps peut-être à Hyères, étés dans le Dorset. En ce temps-là, on pouvait rester très jeune longtemps, et peu importait qu'on n'en eût pas conscience, trompé par l'apparente permanence d'un univers bienveillant. Maintenant, il n'y avait plus de bienveillance, et presque plus de jeunesse. Un jour, on révisait ses cours de physique, et le lendemain, on envoyait une bombe sur un pauvre bougre. L'allure du train étant redevenue plus régulière, le reflet pâle de son visage s'était stabilisé sur le fond noir de la vitre. Il avait vingt-deux ans, mais il avait cessé d'être très jeune depuis longtemps.

Mlle Campbell n'aurait pas compris. Il songea que c'était une grande dame qui avait eu une belle vie. Il se souviendrait d'elle et l'associerait à l'odeur de thé qui renfermait toute l'Angleterre. Il y eut encore des secousses, et peu de temps plus tard en se tournant vers la porte du compartiment qui s'ouvrait il vit Françoise sortir.

Elle referma et lui sourit.

– Tu dormais ? demanda-t-il.

– Non. Pas vraiment.

– Pas vraiment ?

– À moitié. Je réfléchissais.

Il fit quelques pas avec elle pour aller au bout de la voiture. C'était le milieu de la nuit, et dans les compartiments la plupart des gens dormaient. Il l'enlaça de son bras droit dans le coin au fond du couloir, et ils se parlèrent à voix basse.

– À quoi pensais-tu ?

– À ce que nous ferons quand nous serons partis.

– Et que ferons-nous ?

– Nous mangerons beaucoup.

– Et puis ?

– J'apprendrai l'anglais.

– Et quoi d'autre ?

– Tu te feras faire un autre bras. J'ai oublié quelque chose ?

– Oui. Ce bras, je l'appellerai George.

– George, pourquoi ?

– C'est le nom que nous donnons au pilote automatique.

– Quel pilote ? Qui est-ce ? Raconte-moi un peu qui est ce George.

Il se rendit soudain compte qu'elle feignait l'insouciance. Ses songes avaient dû être trop pleins de la réalité. C'était le moment d'aborder de nouveau la possibilité d'une séparation.

– Et si nous n'arrivions pas à passer ? dit-il.

– Nous y arriverons.

– Il se peut que nous passions, mais que nous soyons séparés.

– Nous ne serons pas séparés.

Il comprit que bientôt elle aurait raison de ses arguments.

– J'ai foi en nous, continua-t-elle, et je sais que nous ne serons pas séparés. Je savais que nous arriverions ici, et nous sommes arrivés. Je savais que tu ne mourrais pas après ton bras, et tu n'es pas mort.

– Il faudra pourtant que je meure après mon bras, plaisanta-t-il. Un jour.

– Il ne faut pas se moquer de la mort.

Il la tenait contre lui dans ce coin de couloir, heureux d'avoir su la faire parler. Il lui semblait soudain qu'ils étaient les seuls à ne pas dormir de tout le train, les seuls bien éveillés dans cette course aveugle vers l'inconnu. Puis des lumières fusèrent de nouveau dans la nuit, tirs rouges, et jaunes, et noirs, et les craquements des aiguillages d'une nouvelle gare explosèrent sous le train. Il la serrait contre lui, pensant encore, sans trop savoir pourquoi, à Mlle Campbell. Ils avaient beaucoup de chance, comme elle disait ; une chance folle d'être là, seuls éveillés, dans cette nuit qui les emportait, laissant Marseille loin derrière eux et toutes leurs incertitudes, et, plus loin encore, très loin, ces grandes difficultés qu'ils avaient traversées, la proximité de la mort, et la douleur. Mlle Campbell avait raison. La tiédeur et la douceur des bras de Françoise lui donnèrent envie d'enfouir le visage dans ses cheveux, tant cette vérité le bouleversait. Nous devons approcher, songea-t-il. Nous n'avons plus longtemps à attendre. Nous venons de si loin que nous ne pouvons plus avoir beaucoup de chemin à parcourir. Le train filait dans la nuit, et sa confiance, son amour pour elle lui firent devancer sa course. L'espace de quelques secondes, il fut propulsé sur les rails d'une douce illusion, enfin, en Espagne.

Une demi-heure plus tard, le train s'arrêta dans une gare. Ce n'était pas la frontière, et Franklin et Françoise retournèrent à leur place. Quelques passagers montèrent et restèrent dans le couloir. Dans son coin, la dame lisait toujours et, de temps en temps, continuait de manger furtivement les provisions qu'elle tirait de son sac.

O'Connor dormait face à eux. Françoise changea de place pour s'asseoir à la droite de Franklin, et posa la tête sur son épaule. Il l'enlaça. En regardant O'Connor, les marins, la dame au livre, la valise, il réussit à se persuader un instant qu'ils partaient en vacances. Puis le train s'ébranla. Il roula d'abord avec des secousses, puis le mouvement devint de plus en plus uniforme, jusqu'à lui paraître, une nouvelle fois, inéluctable. Il ferma les yeux en se demandant combien de temps il restait avant l'arrivée. Il faisait plus froid, maintenant.

Il était glacé en se réveillant et son cœur fit un bond, lui montant au bord des lèvres, quand il vit le jour derrière le store. Ils ne bénéficieraient pas de l'avantage de l'obscurité.

La tête lui tournait un peu tant le choc était grand de se savoir enfin presque arrivé au moment critique. O'Connor dormait encore et Françoise souleva une tête engourdie quand il bougea son épaule pour quitter sa place. Dans son coin, la dame qui ressemblait à Mlle Campbell lisait toujours ; elle ne leva pas les yeux quand il sortit dans le couloir.

Il resta quelque temps à la fenêtre à regarder passer le paysage dans le petit matin : une ferme blanche et un vignoble en terrasses, et puis des champs labourés nus et bruns, ensuite une gare crépie de jaune près d'un passage à niveau, et puis des champs et encore des champs. Le soleil pointait timidement à travers de gros cumulus gris à l'est, et il voyait le vent agiter les branches des arbres dégarnis le long de la voie. L'horizon devenait montagneux vers l'ouest. Puis il y eut un autre passage à niveau, et il vit un fermier et un petit garçon dans une carriole tirée par un cheval brun, qui attendaient que le train passât. L'enfant avait remonté le col de sa veste, et Franklin vit la crinière du cheval soulevée follement par le vent sur son encolure.

Il mit la main dans sa poche pour vérifier que ses papiers étaient bien là. Il ne pouvait plus y en avoir pour longtemps. Dans la nuit, le train s'était encore arrêté, et maintenant le couloir était de nouveau vide. Il avait examiné ses papiers un nombre incalculable de fois, les vérifiant dans tous les sens. Rien ne pouvait trahir qu'ils étaient faux.

Dix minutes s'écoulèrent encore ; il maudissait ce jour venu trop vite. Les maisons se multipliaient le long de la voie, seules d'abord, puis par deux, puis par petits groupes de vingt ou trente, rouges et blanches. Les vignes, plus loin, étaient désolées, les champs étaient désolés, les arbres, désolés, aussi, sous les coups du vent.

Il regarda dans le compartiment et vit que Françoise était réveillée. Elle était réveillée et se recoiffait. En le voyant, elle sourit, puis ses cheveux noirs lui cachèrent la figure, et un instant elle fut perdue. O'Connor lui aussi se secouait. Le store de l'autre côté du compartiment était levé, et Franklin vit par là d'autres maisons et des champs, et au-delà la pâle ligne plissée d'une chaîne de montagnes.

O'Connor sortit dans le couloir. Il ferma la porte.

– Nous y serons bientôt, dit Franklin.

– D'un instant à l'autre.

– Si quoi que ce soit arrive, fais comme si tu ne nous connaissais pas. Nous ferons pareil.

– Ne t'inquiète pas. Si je ne m'en sors pas d'une façon, je m'en sortirai d'une autre.

Franklin ne répondit pas, car le train ralentissait. Il vit des maisons défiler, puis un château d'eau neuf en béton, puis les premières voies de garage d'une gare. Il était tendu à l'extrême.

– Va te rasseoir et demande à Françoise de venir me voir une minute, dit-il. Et souviens-toi que tu es français.

– Ne parle pas de malheur. Je risquerais de me tirer dessus par erreur.

Il eut un sourire et entra dans le compartiment en refermant derrière lui. Françoise avait fini de se coiffer, et elle sortit aussitôt. Le train roulait très lentement, à présent.

– Nous devons être arrivés, dit-il. Ça va ?

– Oui, ça va.

Elle lui sourit. Ses cheveux étaient très beaux et très soyeux quand elle venait de les peigner.

– Il se peut qu'il y ait de la bousculade, dit-il, et que nous soyons séparés brièvement, mais il ne faut pas t'inquiéter.

– Je ne suis pas inquiète.

Il regarda autour de lui. Le couloir était vide.

– Tu veux bien m'embrasser ? demanda-t-il. Ici ?

– Bien sûr.

Elle l'embrassa rapidement, les lèvres chaudes et fermes. Lui se sentait beaucoup moins solide.

— Retournons dans le compartiment, dit-il. Je vais descendre la valise.

Elle avait une expression sérieuse. Il reconnaissait cette même force réfléchie qu'il avait tant aimée la première fois, et rien, songea-t-il, n'aurait pu être plus fort que cela. Il entra dans le compartiment et descendit la valise du porte-bagages. Les deux marins fumaient, et la dame lisait toujours dans son coin. Debout, valise à la main, il regarda Françoise quand les freins grincèrent.

Quelques instants plus tard, le train s'arrêta et soudain ce moment qu'il avait tant redouté, tant désiré et attendu arriva, mais l'épreuve se déroula si simplement et si vite qu'il la traversa sans rien pouvoir influencer ou prévenir. Il était encore avec Françoise en descendant sur le quai, mais il ne voyait plus O'Connor. Il s'accrochait à la valise. Des centaines de passagers avaient jailli du train. Un moment, il régna une certaine confusion, puis la foule se mit à avancer sur le quai, Franklin suivit le mouvement, Françoise avec lui, leurs papiers à la main. Entraîné, il sentit un vent froid souffler de la montagne, qui fit voler les cheveux de Françoise sur son visage si bien qu'elle fut obligée de les repousser avec la main pour ne pas être aveuglée. Il regarda derrière lui, mais toujours sans voir O'Connor, puis la longue file des passagers l'emporta loin du train, gorge serrée et séché, jusqu'à une grande salle où des policiers examinaient les passeports et les tamponnaient, et le pire moment de sa vie fut expédié par une formalité incroyablement brève et simple, avant même qu'il ne s'en aperçût, et il ressortit dans la gare battue par le vent glacé, ses papiers à la main. L'ensemble de la procédure avait été si sommaire qu'il se demanda même si ce n'était pas voulu. Inquiet, il chercha O'Connor des yeux. La pression de la vapeur qui sortait de sous le train la plaquait au ras du quai, formant des nappes entre les pieds des voyageurs. Il ne voyait O'Connor nulle part. Il retourna vers leur compartiment, déchiré entre la hâte de le trouver et la peur de perdre de vue Françoise. Il regarda derrière lui. Dans la grande salle, il la vit debout devant une table. Quelqu'un lui posait des questions, et il était assez proche pour discerner ses lèvres qui bougeaient pour répondre. Elle était digne, tête nue, décoiffée par le vent. En la voyant ainsi, il eut plus envie de l'épouser. Un curé français vêtu d'une longue soutane et d'un chapeau noir le dépassa, portant deux valises, et disparut dans la foule. Il se demanda pourquoi il n'avait pas envisagé de se marier dans une église française, puis conclut que cela n'aurait fait que compliquer les choses. Maintenant qu'ils étaient presque libres, cela n'avait plus d'importance. Oui, nous avons de la chance, mademoiselle Campbell, son-gea-t-il. Pensez-vous à nous ? Nous sommes presque passés. Nous pourrions nous marier à Madrid.

Ces pensées lui traversèrent la tête très vite, dans la confu-sion du moment. Il ne voyait toujours pas O'Connor. Il tourna la tête vers le train pour y jeter un coup d'œil et vit qu'il était vide. Tout au bout, trois ou quatre hommes en uniforme, des employés des chemins de fer, ou peut-être même des gendarmes, montaient dans un wagon. Il distinguait leur képi par-dessus les têtes, puis en avançant le long du train il vit qu'il s'agissait bien de gendarmes. Il y en avait quatre, armés de fusils courts.

La foule commençait à s'éclaircir : la longue file d'attente qui encombrait la gare avait été avalée par la salle de police. Il était sept heures et demie. La locomotive avait été déta-chée et partait en sifflant vers la voie de garage. Il embrassa la scène d'un seul coup d'œil en se retournant pour voir où en était Françoise. Il ne la vit plus. Quelqu'un l'avait rem-placée à la table où il l'avait repérée. Il chercha anxieuse-ment s'il la voyait ailleurs dans la salle. Il se rassura. Elle était à une autre table, où elle répondait aux questions d'un autre policier.

O'Connor restait introuvable. Franklin se posta à mi-chemin entre le train et la salle. Le train n'avait toujours pas retrouvé sa locomotive, ce qui signifiait qu'il leur restait encore du temps. Il vit alors arriver la Française qui ressemblait à Mlle Campbell. Elle tenait ses papiers dans une main, et dans l'autre un gâteau ; elle regardait ses papiers tout en mangeant son gâteau. Il eut envie de lui demander si elle avait vu O'Connor, mais brusquement il ne se sentit plus capable de prononcer un mot en français, et elle continua son chemin puis remonta dans le train.

Dans les quelques instants de cette hésitation, Françoise disparut. Les bureaux de la salle de police étaient occupés par d'autres personnes, et il se dit qu'elle devait être sortie. Il parcourut anxieusement le quai sans la trouver, puis il retourna à la fenêtre de la salle, et chercha de nouveau dans la gare. Plus loin sur la voie, la nouvelle motrice approchait du train, et partout les gens regagnaient leur place.

Tâchant de rester très calme, il retourna à leur voiture. La Française qui ressemblait tant à Mlle Campbell avait retrouvé sa place dans le coin du compartiment. Elle ne leva pas les yeux. Ni Françoise ni O'Connor n'étaient revenus.

Ils doivent pourtant être là, songea-t-il. Ils doivent bien être là. Il faut bien qu'ils soient quelque part. Il traversa deux voitures, puis redescendit sur le quai. Les quatre gendarmes parcouraient le train de bout en bout. Il était huit heures moins vingt et il regarda de nouveau par la fenêtre de la salle de police. Françoise n'y était pas.

Il longea le train par l'extérieur sur une certaine distance, puis il revint, puis il repartit, puis il remonta à l'intérieur et reprit le couloir. C'était un très long convoi, et il traversa sept voitures. Il lui semblait avoir encore du temps devant lui. Il se demandait où diable O'Connor avait bien pu passer. Il aurait pu continuer sans O'Connor, mais sans Françoise, jamais. Sans elle, plus rien n'avait d'importance... rien, rien, plus rien. Cette pensée le remplit d'un sentiment de panique épouvantable, et il reprit le couloir dans l'autre sens.

Il n'avait parcouru que la moitié des voitures quand le train s'ébranla. Il se rendit compte un peu plus tard que ce n'était qu'une manœuvre ; il restait encore beaucoup de voyageurs sur le quai. Ne le comprenant pas tout de suite, il se mit à courir. Il eut le temps de traverser deux voitures pendant que le train avançait avant de voir O'Connor.

O'Connor sautait du train en marche. Quand Franklin l'aperçut, il sautait sur les voies, puis il les traversa à toutes jambes, deux gendarmes à ses trousses. L'un des gendarmes traînait à l'arrière parce qu'il était tombé sur les genoux en sautant du train, qui roulait assez vite. O'Connor courut vers des tombereaux de charbon. Il passa par-derrière, puis ressortit en courant encore. Le premier gendarme, qui était très rapide, n'était plus qu'à une trentaine de mètres derrière lui. Il allait le rattraper quand O'Connor changea de direction et détala à travers les rails entre deux trains de marchandises, et gagna un peu de terrain, ce qui lui permit de s'abriter derrière d'autres wagons à l'arrêt plus loin. Franklin le vit se coller contre la paroi d'un fourgon, et attendre. Il comprit alors ce qu'il comptait faire. Le gendarme arrivait vers lui en courant le long du convoi. Imbécile ! Triple imbécile, tu es fou, complètement fou ! pensa Franklin. Un instant plus tard, O'Connor tirait un coup de feu. Mais bon Dieu, ne fais pas ça, espèce d'idiot ! pensa Franklin. Il vit le gendarme, à environ vingt mètres d'O'Connor, tituber. Mais non, imbécile, imbécile ! Espèce d'idiot ! Ne fais pas ça ! Ne tire pas ! Puis il vit O'Connor tirer sur le gendarme une deuxième, une troisième et une quatrième fois avant de reprendre sa course. Pendant ce temps, le gendarme s'affaissait lentement sur place et glissait le long du côté d'un wagon.

Le train perdit de la vitesse, puis s'arrêta au moment où O'Connor et les gendarmes disparaissaient. Franklin se remit à longer le couloir, la mort dans l'âme. Plusieurs personnes s'exclamaient, mais il n'y avait plus de gendarmes. Il se fraya un passage entre les voyageurs, tout en inspectant les compartiments à mesure qu'il avançait, mais il ne voyait Françoise nulle part. Il se raccrocha à l'idée qu'elle devait être retournée dans le compartiment où ils avaient voyagé.

Mais quand il y entra, elle n'était pas là. Il ne trouva que la Française dans son coin, qui lisait toujours, mais sans manger, maintenant. Franklin hésita, debout au milieu du compartiment, la valise à la main, ayant l'impression de jouer dans une farce tragique. Affolé, il regarda par la fenêtre. Le train s'était arrêté un peu après la gare, et le vent faisait voler de la paille et des papiers sur les voies.

Se sentant perdu, ne sachant que faire, il se tourna vers la dame.

– La jeune femme, dit-il. La jeune fille, s'il vous plaît. S'il vous plaît ! La jeune fille qui était là. Elle n'est pas revenue ?

La dame leva les yeux. Elle ressemblait vraiment beaucoup à Mlle Campbell, en plus jeune.

– Si, elle est revenue.

– Mais alors, où est-elle ? Je vous en prie, dites-moi où elle est.

– Elle était accompagnée par des gendarmes. Ses papiers n'étaient pas en règle. Elle est revenue pour vous le dire, je crois.

– Mais qu'avait-elle fait pour que les gendarmes l'accompagnent ?

Le train se mit en branle, mais il ne le remarqua pas.

– Je ne sais pas. Pas grand-chose, à mon avis.

– Qu'est-ce qui vous fait penser ça ?

– Elle n'avait pas l'air d'avoir peur.

Le train avait pris de la vitesse, et sur les voies de garage, entre les trains de marchandises, il n'y avait plus signe d'O'Connor. Franklin était fou d'inquiétude.

– A-t-elle dit quelque chose ? A-t-elle laissé un message ? Je vous en prie !

– Elle n'a rien eu le temps de dire.

Franklin l'écoutait à peine, la quittant des yeux pour regarder éperdument les fenêtres derrière lesquelles défilait un nouveau monde.

– Les gendarmes l'emmenaient, continua-t-elle. Je ne sais pas trop ce qui s'est passé. Un gendarme a sauté du train. Tout le monde courait dans tous les sens. Vous avez vu ? C'était une vraie pagaille.

– Oui, j'ai vu.

Mais non, il n'avait rien vu. Pas ce gendarme-là. Les gendarmes s'étaient-ils tous mis à courir ? Mais quelle importance ? Il ressortit dans le couloir. C'était fini. Rien n'avait plus d'importance. Il ne pouvait plus en parler.

Il remonta le couloir comme un possédé, valise à la main. Il ne voulait plus parler à personne. Il traversa le soufflet obscur entre les voitures, où il fut violemment secoué. Puis, une fois de l'autre côté, il s'arrêta à une fenêtre. Il se sentait mort à l'intérieur. Vieux, soudain, horriblement vide et vieux, au point que Mlle Campbell elle-même, pourtant si âgée, n'aurait pas pu comprendre ce qu'il éprouvait. Il avait mal au cœur, aussi, et il ouvrit la vitre pour respirer l'air glacé qui soufflait de l'extérieur. Au bas de la montagne, les arbres, noirs et gris sur le versant resté dans l'ombre, avaient perdu leurs feuilles. Elles semblaient sèches et durcies par la chaleur de l'été, formant de gros amas bruns dans les creux un peu partout, là où le vent, en balayant la pente, les avait accumulées.

Il eut l'impression de rester longtemps ainsi, avant de refermer la fenêtre. La vitesse du train lui avait envoyé un air si froid et si violent sur le visage que ses yeux brûlaient. Il les ferma en appuyant le front à la vitre.

Quand il les rouvrit, il vit le visage de Françoise se refléter, brumeux et irréel, à côté du sien. Un instant, elle fit simplement partie du défilé du paysage. Elle était si blanche qu'il n'arrivait pas à y croire, et il resta là, à la regarder bêtement, comme si elle n'était qu'une vapeur de souvenir qui troublait le verre. Puis il vit que son souffle se condensait sur la vitre froide, formant une buée qui se dissolvait, puis reformait un petit cercle opaque devant le reflet de sa bouche. Il entendit une respiration saccadée. Elle respirait vite, hors d'haleine comme si elle avait couru pour le retrouver et qu'elle avait eu peur, mais elle fit un effort pour parler malgré son souffle douloureux. Il s'agissait de ses papiers et des gendarmes, et d'O'Connor.

– Ils étaient en train de me faire descendre du train quand O'Connor nous a vus, et qu'il s'est mis à courir.

Elle n'avait jamais bien réussi à prononcer ce nom, et il vit ses lèvres tremblantes hésiter et buter sur les syllabes.

– En le voyant, ils l'ont poursuivi. Ils m'ont laissée pour lui courir après.

– Bon Dieu! Non! Non, ne dis rien!

Cela faisait trop mal de voir sa peur, et trop mal aussi d'apprendre ce qu'O'Connor avait fait. Il eut envie de la serrer dans ses bras, mais elle se tenait de son côté gauche, et il n'avait, à gauche, pas de bras pour la réconforter. Il se contenta de la regarder intensément, puis il posa la joue contre ses cheveux en contemplant devant lui le reflet de ses yeux noirs et brillants.

Elle s'appuya contre sa manche vide, et il la laissa pleurer longuement sans chercher à l'en empêcher, et tandis que le train filait entre les arbres dépouillés sous le jeune soleil, il comprit qu'elle ne pleurait pas sur son propre sort. Elle ne pleurait pas non plus pour O'Connor qui avait provoqué l'échange de coups de feu et fait pour eux cet acte fou et magnifique, ni parce qu'elle était jeune, ni parce qu'elle avait eu très peur, ni parce qu'elle était heureuse, ni pour ce qu'elle avait laissé derrière elle. Elle ne pleurait pas pour la France, pas pour le médecin, qui représentait la France, pas pour son père qui s'était tué avec ce revolver qu'il avait apporté. Elle ne pleurait pas non plus pour son bras. Elle pleurait pour quelque chose qu'il n'aurait jamais pu comprendre sans elle, et dont elle lui avait apporté la révélation profonde et complète. Il savait maintenant qu'elle pleurait pour tout cela à la fois qui était une seule et même chose, l'expression de la mortelle souffrance qui s'était emparée du monde.

Alors les larmes lui montèrent aux yeux et, à travers elles, les montagnes l'éblouirent dans le soleil.

*Cet ouvrage
a été reproduit et achevé d'imprimer
en mai 2017
dans les ateliers de Normandie Roto Impression s.a.s.
61250 Lonrai
N° d'imprimeur : 1701235*

Imprimé en France

Dépôt légal : juin 2017

Herbert Ernest Bates

L'Aviateur anglais *roman*

TRADUIT DE L'ANGLAIS PAR FLORENCE HERTZ

En plein cœur de la Seconde Guerre mondiale, un avion anglais qui survolait la zone occupée se voit obligé d'atterrir dans la campagne française à cause d'une panne. L'engin est endommagé et John Franklin, le commandant, n'a que deux choses en tête : la sécurité de son équipage et l'état de son bras, gravement blessé. Les cinq Anglais qui se trouvaient à bord, se réfugient dans une ferme tenue par des résistants. Ceux-ci acceptent de les cacher dans leur moulin et de leur obtenir de faux papiers pour qu'ils puissent rejoindre la zone libre.

Herbert Ernest Bates (1905-1974) est un auteur classique en Angleterre. Son œuvre, que certains ont comparée à celle d'E. M. Forster, est colossale. L'Aviateur anglais *est paru en Grande-Bretagne en 1944. Il a également écrit plusieurs scénarios de films, dont le célèbre* Vacances à Venise *mis en scène par David Lean avec Katharine Hepburn dans le rôle-titre.*

ISBN : 978-2-36914-375-8

9 782369 143758

9,70 €